This Year
It Will Be Different

이 도서의 국립중앙도서관 출판예정도서목록(CIP)은
서지정보유통지원시스템 홈페이지(http://seoji.nl.go.kr)와
국가자료공동목록시스템(http://www.nl.go.kr/kolisnet)에서 이용하실 수 있습니다.
(CIP제어번호: CIP2019044674)

올해는 다른 크리스마스

메이브 빈치 소설 | 이은선 옮김

This Year
It Will Be Different

문학동네

일러두기

1. 주석은 모두 옮긴이주다.
2. 본문 중 고딕체는 원서에서 이탤릭체나 대문자로 강조한 부분이다.

가장 소중한 고든에게
내 모든 사랑과 감사를 담아

차
례

This Year It Will Be Different

크리스마스의
첫 단계

The First Step of Christmas

제니와 데이비드는 근사한 크리스마스 파티를 열었다. 날짜는 항상 크리스마스 전주 일요일이었다. 양가 가족을 모두 초대했고, 사람들이 딱 귀엽다고 생각할 정도의 시간 동안만 티미를 내보이고는 아무도 싫증을 내지 않도록 단 일 초도 더 욕심부리지 않았다. 파티는 어느 누구도 다른 누군가에게 지나치게 붙들리는 일이 없도록 성대한 뷔페로 차렸다. 대개 시골에서 야생으로 자란 진짜 호랑가시나무와 담쟁이덩굴로 집을 장식했다. 그들의 트리에는 천박한 구석이 전혀 없었다. 깔끔한 리본과 천사와 종이꽃과 비싸 보이지 않는 선물 꾸러미가 전부였다. 하지만 보이지 않는 어딘가에 예쁘게 포장된 선물이 있다는 걸 다들 알았다. 데이비드와 제니처럼 사랑스럽고 남을 배려할 줄 아는 부부에게는 선물이 쏟아져들어올 수밖에 없었다.

세월이 흐르는 동안, 정확히 다섯 번의 크리스마스가 지나는 동안 제니는 때로 티끌 하나 없는 부엌에 서서 이어지는 칭찬에 귀를 기울였다. 데이비드의 첫번째 아내는 이런 자리를 마련한 적이 없었다. 다이애나의 시절에는 어느 누구도 이 집 문턱을 넘은 적이 없었다. 다이애나처럼 콧대 높은 여자가 가족을 챙길 리 없었다.

그것이 제니에게는 보상이었다. 몇 주, 아니 몇 달 동안 준비하고 계획하고 장을 보고 뚝딱 상을 차린 것에 대한 명예로운 찬사였다. 제니가 냉장고를 하나 더 사야겠다고 했을 때 데이비드는 살짝 툴툴거렸지만, 그녀가 민스파이*와 세이버리**를 산더미처럼 만들 때 그는 옆에 없었다. 데이비드가 회의를 하거나 다른 지방으로 출장을 갔을 때 제니가 그 부엌에서 어떤 식으로 일하는지 그는 몰랐다. 앞으로도 알 일이 없었다. 제니는 자기밖에 몰랐던 아름다운 다이애나와는 최대한 다르게 행동할 것이었다. 그리고 그녀가 낳은 티미는 다이애나의 아이와 달리 악마가 아닌 천사로 자랄 것이었다. 앨리슨처럼 위험하고 민폐를 끼치는 아이가 아니라.

제니가 앨리슨을 처음 만났을 때 그애는 아홉 살이었다. 정말 예뻤고 아무렇게나 방치한 고수머리가 얼굴을 거의 뒤덮고 있었다. 아이는 예의를 차리는 시늉도 하지 않았다.

"그거 얼마짜리예요?" 아이는 제니의 새로 산 원피스를 보며 물었다.

"그게 왜 알고 싶니?" 제니는 초장부터 기 싸움에서 지지 않았다.

"누가 물어보라고 해서요." 앨리슨은 별로 중요하지 않은 문제

---

* 건과일, 향신료 등을 섞어 만든 속재료인 민스미트를 넣은 달콤한 파이. 특히 영국에서 전통적으로 크리스마스 때 먹는 음식이다.

** 영국에서 애피타이저 또는 후식으로 내놓는 짭짤한 음식.

라는 듯 어깨를 으쓱했다.

"너희 엄마가?" 제니는 그 말을 내뱉은 순간 혀를 깨물어버리고 싶었다.

"그럴 리가요. 엄마는 그런 데 눈곱만큼도 관심 없어요." 제니는 아이의 말투를 듣고 그게 사실이라는 걸 알았다. 사랑스럽고 게으른 다이애나는 정말로 관심이 없을 것이었다.

"그럼 누가?"

"학교 친구들요. 한 친구가 그러는데 아줌마가 아빠 돈을 노리는 게 분명하대요."

이후로 그들의 관계는 썩 좋아지지 않았다.

앨리슨이 열 살 때 주말 동안 같이 지내러 온 적이 있었는데, 아이는 제니의 옷을 전부 입어보고 화장품을 전부 발라보았다. 그것까지는 괜찮았다. 문제는 그애가 모든 립스틱을 뭉개놓고 옷마다 화장품을 묻혔다는 것이었다.

"그냥 어른 흉내를 내본 거야. 여자애들은 다 그런 거 좋아하잖아." 데이비드는 애원하는 눈빛으로 말했다.

제니는 전처의 자식이라는 질 게 뻔한 주제로 첫 싸움을 벌이지는 않기로 했다. 그녀는 애써 미소를 지었고 망가진 옷을 세탁소로 줄줄이 실어나를 계획을 세웠다. 앨리슨이 열한 살 때 티미가 태어났다. "피임약 먹는 거 깜빡했어요?" 데이비드가 밖으로 나갔을 때 그애가 제니에게 물었다.

"우리가 원해서 낳은 아이야, 앨리슨. 너희 엄마 아빠가 너를 원했던 것처럼."

"아, 그래요?" 앨리슨은 되물었고 제니는 마음이 무거워졌다.

데이비드보다 제니가 아이를 훨씬 더 원했던 게 사실이었다. 이 끔찍한 의붓딸은 무슨 수로 그녀의 약점을 간파했을까?

앨리슨은 열두 살 때 학교에서 퇴학당했다. 상담교사는 앨리슨의 문제가 모두 아버지로부터 버림받았다는 감정에서 비롯된 것이라고 했다. 아이가 아버지의 일상 속에서 좀더 많은 시간을 보내야 한다고 했다. 데이비드는 하루종일 밖에서 일했고 제니도 마찬가지였다. 티미와 셋이서 보내는 시간이 그들에게는 소중했다. 스위스 출신의 과묵한 오페어*가 자기 방으로 들어가고 가족인 그들만 남는 시간이. 이제 그들은 부루퉁한 얼굴로 하품을 하며 보탬이 되는 건 아무것도 없고 매사에 트집만 잡는 앨리슨과 오랜 시간을 함께 보내야 했다.

열세 살이 되자 앨리슨은 그들 근처에 오지도 않으려 했다. 더할 나위 없는 축복이었지만 이번에는 데이비드가 버림받은 기분을 느꼈다. 제니는 출판사에서 일했다. 그녀는 동료들에게 재혼 가정을 다룬 책이 왜 그렇게 많은지 알겠다고, 그걸 전부 읽었을 뿐 아니라 대여섯 권 직접 쓸 수도 있겠다고 서글픈 목소리로 얘기했다. 하지만 그들은 앨리슨 같은 아이를 상대할 일이 없었다.

앨리슨이 열네 살 때 그애의 어머니가 세상을 떠났다. 간단한 수술을 받고 나서 갑작스럽게 맞이한 뜻밖의 죽음이었다. 데이비드는 앨리슨의 기숙학교로 찾아갔다. "이제는 아빠가 나를 맡을 수밖에 없겠네요." 그애는 아버지에게 말했다. 데이비드는 하나밖에 없

---

* 외국 가정에 입주해 아이들을 돌봐주면서 약간의 보수를 받고 언어를 배우는 사람을 말한다.

는 딸이 자신을 이리저리 옮겨지는 짐짝으로 여긴다니 생각만 해도 억장이 무너진다고 했다. 제니는 마흔도 되지 않은 나이에 세상을 떠난 다이애나를 억지로 떠올렸다. 제대로 살아보지도 못하고 죽은 그녀를 생각했다. 앨리슨에 대한 생각은 가장 먼 구석으로 밀쳐버렸다. 그 생각을 하면 모든 게 망가진다는 걸 알았다. 이 이야기에 해피엔딩은 없을 것이었다. 영원한 우정을 맹세하며 손에 손을 잡고 석양 속으로 걸어가는 사람은 없을 것이었다. 제니는 데이비드를 위해, 그리고 이상하게 들릴 테지만 생전에는 두려워하고 못 미더워했던 다이애나를 위해 이 일을 감당할 작정이었다. 제니도 젊은 나이에 세상을 떠난다면 다른 여자가 티미를 돌봐주기를, 아이의 삶을 일궈주기를 바랄 테니까.

제니는 전에 없이 노예처럼 크리스마스 파티 준비에 매달렸다. 가끔은 어처구니없을 정도로 일찍 일어났다. 데이비드가 아침을 먹으러 내려가보면 부엌에서 음식냄새가 나는데 이미 깨끗하게 정리가 되어 있곤 했다.

"당신은 재밌고 귀여운 여자야." 그는 이렇게 말하며 그녀를 꼭 끌어안았다.

제니는 재밌지도 않았고 귀엽지도 않았다. 그녀는 곰곰이 자신을 돌아보았다. 그녀는 키가 컸다. 다이애나처럼 가냘프지는 않지만 그래도 키가 컸다. 그리고 가족과 직업을 대하는 태도가 아주 진지했다. 파티를 제대로 준비하려는 걸 왜 재밌고 귀엽다고 표현할까? 예전에 그는 이런 파티를 얼마나 좋아하는지 모른다고, 자기는 원래 기념 파티와 축하 파티를 사랑하는 사람인데 다이애나가 그런 걸 귀찮아했다고 말하곤 했다. 하지만 제니는 시비를 걸거나 말다툼을 벌이지 않았다. 명절에는 그러면 안 되는 거였다.

앨리슨은 예정보다 하루 먼저 도착했다. 제니가 퇴근해보니 앨리슨이 쟁반에 담긴, 만들기 아주 까다로운 전채 요리를 절반쯤 먹어치운 상태였다. 먹는 건 일 초면 되지만 만드는 덴 한 개당 삼 분씩 걸리는, 제니가 무한한 인내심을 발휘해가며 필로 페이스트리 육십 개의 모양을 잡아서 냉장고에 넣기 전에 식히려고 쟁반에 담아둔 거였다. 그녀의 인생에서 세 시간에 상응하는 요리였다. 그녀는 순도 백 퍼센트의 증오가 담긴 눈빛으로 앨리슨을 쳐다보았다.

앨리슨이 커튼처럼 드리운 머리 뒤에서 눈을 들었다.

"맛이 괜찮네요. 아줌마가 커리어우먼 겸 가정주부인 줄은 몰랐어요."

제니의 얼굴이 분노로 하얗게 질렸다.

심지어 앨리슨조차 알아차릴 정도였다.

"저녁에 먹으려고 만든 게 아니었나보다, 그렇죠?" 앨리슨이 뉘우치는 척하며 물었다.

제니는 재혼 가정을 다룬 모든 책에서 추천하는 방법대로 심호흡을 했다. 발가락까지 닿을 정도로 숨을 깊게 들이마셨다.

"집에 온 걸 환영한다, 앨리슨." 제니가 말했다. "맞아, 저녁에 먹으려고 만든 거 아니야…… 절대 아니지. 파티에 내놓으려고 했던 거야."

"파티요?"

"응, 일요일에. 양쪽 식구를 초대해서. 전통이야."

"삼사 년 정도 한 걸 가지고 전통이라고 할 수는 없지 않나요?" 앨리슨이 말했다.

"올해로 크리스마스를 같이 보낸 지 육 년이 됐으니까 그 정도면 전통인 것 같은데." 제니는 발을 옥죄는 구두 한쪽을 벗어 뾰족한 굽으로 전처의 자식을 기절할 때까지 때리고 싶었다. 하지만 그건 명절 분위기에 어울리지 않을 뿐 아니라 역효과를 낳을 만한 행동이었다. 제니가 올해 크리스마스를 즐겁게 보내는 건 불가능했다. 견디려고 노력하는 수밖에 없었다. 그녀는 사람들이 이런 상황에서 쓰는 표현을 떠올리려고 기억을 더듬었다. 뭐더라? 피해 최소화라고 하던가? 그녀는 지금껏 그게 무슨 뜻인지 이해하지 못했다. 지킬 수 있는 건 지키라는 뜻일까? 회사에서도 종종 느끼는 거지만 전혀 상관없는 생각을 하며 기계적으로 일을 처리하면 자제력을 유지할 수 있었다.

앨리슨이 호기심어린 눈빛으로 제니를 쳐다보았다.

"그러게요, 육 년이면 전통이라고 할 만하네요." 앨리슨은 공정하게 평가하려고 애쓰는 것처럼 맞장구를 쳤다.

이 아이를 향한 연민의 불빛이 혐오와 분노의 안개를 뚫고 반짝였다. 하지만 제니는 그걸 영화 막판의 점점 고조되는 바이올린 소리로 착각할 만큼 어수룩하지 않았다.

"파티 얘기가 나왔으니 말인데," 제니가 말했다. "우리가 초대하면 좋을 너희 외가 쪽 친척이 있을까?"

앨리슨은 믿기지 않는다는 표정으로 제니를 쳐다보았다. "여기로 초대한다고요?"

"응, 이제는 여기가 네 집이고 그분들은 네 친척이잖아. 가족들과 함께 보내는 크리스마스가 됐으면 하니까 그분들이 와주면 좋을 것 같아."

"왜요?"

"어느 집이나 크리스마스에 사람들을 초대하는 건 호의를 베풀고 친목을 도모하고 싶어서겠지." 제니는 자신의 목소리가 점점 날카로워지지 않길 바랐지만 가시가 돋으려는 게 느껴졌다.

제니는 심혈을 기울여 세심하게 준비한 카나페 쟁반에서 일부러 시선을 돌렸다. 그 부스러지고 짓이겨진 잔해에서. 남은 것마저 왠지 새것이 아닌 듯 보였다.

"사람들이 크리스마스 파티를 여는 이유는 그게 아니에요. 과시하기 위해서지." 앨리슨이 말했다.

제니는 구두를 벗고 식탁에 앉았다. 그리고 손을 뻗어 절묘한 필링을 넣어 완벽하게 모양을 잡은 페이스트리를 집었다. 맛이 아주 훌륭했다.

"너는 그렇게 생각하니?" 그녀는 앨리슨에게 물었다.

"그렇게 생각하는 게 아니에요. 그렇다는 걸 아는 거지."

제니는 머릿속으로 계산기를 두드렸다. 이제 열네 살인 앨리슨은 아마도 열여덟 살까지 그들과 같이 지낼 것이었다. 운좋게 이 학교에서 퇴학을 당하지 않는다면 정규 방학과 학기중 방학, 그러니까 네 번의 부활절, 네 번의 여름방학, 네 번의 크리스마스만 챙기면 끝이었다. 하지만 티미는 음울한 이 아이의 그늘에서 자랄 것이었다. 앨리슨이 떠날 무렵이면 티미는 꽉 찬 일곱 살이 될 터였다. 제니는 적의를 이글거리며 자신의 식탁에 앉아 있는 이 아이 때문에 그 금쪽같은 시기를 놓칠 것이었다. 이게 직장 문제였다면 어떤 식으로 대처했을까. 하지만 그건 부질없는 상상이었다. 앨리슨이 고집 세고 반항적인 후배 직원이었다면 모두가 놀랄 만큼 신속하게 잘렸거나 다른 부서로 옮겨졌을 것이다. 제니는 불만으로 가득한 이 아이에게 인생은 체리가 담긴 그릇이 아니라 가시밭길일 때가 많고 누구나 행복은 스스로 일궈야 하는 거라고 얘기해줄까 고민했다. 하지만 제니는 십대들이 나이든 세대와 다르게 그런 식의 골치 아픈 얘기를 주고받을 리 없다는 걸 잘 알았다. 앨리슨의 또래들은 어깨를 으쓱하며 반문하리라, 귀찮게 뭐하러?

제니는 앨리슨과 친구처럼 지낼 가능성이 있을지 궁금해졌다. 아이에게 피를 나누자고 제안하며 영원한 결속을 맹세해야 할까?

하지만 안타깝게도 생활통지표가 생각났다. 앨리슨은 학교의 모든 관행을, 또래 아이들이 좋아하는 것마저 질색한다고 거듭 강조되어 있었다. 자매처럼 의리를 다지는 작전은 효과가 없을 듯했다.

제니는 다섯 개째 카나페를 먹으며 이로써 그날 새벽에 투자한 십오 분이 날아갔다는 생각을 했다. 조만간 데이비드가 피곤한 몸을 이끌고 편안한 저녁시간을 보낼 수 있길 기대하며 퇴근할 것이었다. 그녀는 집에 와서 아직 사랑하는 티모도 보지 못했다.

전국적으로 크리스마스 준비에 돌입한 집들 중 일부는 갈등을 빚고 있겠지만…… 전국 어디에도 앨리슨을 상대해야 하는 가족은 없었다. 앨리슨은 시한폭탄이었다. 사 년이라는 긴 세월 동안 그들에게 맡겨진, 언제 폭발할지 알 수 없는 시한폭탄.

앨리슨의 짐이 여기저기 널브러져 있었다. 제니는 앨리슨의 짐을 방 밖으로 내놓지 못하게 하겠다는 동의를 데이비드에게 구해야겠다는 생각을 했다. 앨리슨의 방! 거길 전혀 꾸미지 못했다.

사실 그 방에는 상자가 가득 들어차 있었다. 설상가상으로 전나무 열매가 담긴 통과 호랑가시나무 가지가 담긴 커다란 캔버스 포대까지 있었다. 이 아이가 반갑지 않은 불청객이 된 듯한 기분을 느낀다면 그건 제니 탓이었다. 제니는 옷걸이를 아주, 아주 많이 준비하고 환영하는 뜻에서 조그맣고 소박한 꽃병에 화초와 꽃 두어 송이를 꽂아놓으려고 했었다. 과시적이거나 천박하거나 지질하거나, 앨리슨이 가장 혐오하는 게 뭐가 됐든 이번 명절에 그런 분위기를 풍기지 않도록 신경을 쓰려고 했었다.

제니는 의붓딸과 사이좋게 지낼 수 있는 방법을 떠올렸다 이내 번번이 침울한 마음으로 불합격 판정을 내리며 계속 입을 다물고 있었다. 앨리슨도 대화가 끊긴 걸 느꼈을 것이었다. 제니의 시선을 따라가던 아이의 시선이 자신의 짐 가방에 닿았다.

"거치적거리지 않게 저걸 전부 치워주길 바라는 거죠?" 앨리슨이 유난히 잔인한 고문관을 만난 순교자 같은 목소리로 말했다.

"네 방 말인데……" 제니가 말문을 열었다.

"문 닫아놓을게요." 앨리슨은 앓는 소리를 냈다.

"아니, 그게 아니라……"

"그리고 음악소리도 줄일게요." 앨리슨이 눈을 부라리며 말했다.

"앨리슨, 네 방에 대해 설명하고 싶은 게 있는데……"

아이는 무거운 짐 가방을 끌고 방 쪽으로 터덜터덜 걷다 말고 멈췄다.

"맙소사, 이번에는 뭐예요? 또 뭘 하면 안 되는데요?"

제니는 너무 피곤해서 눈물이 날 것 같았다.

"그 안에 있는 물건들에 대해 설명하고 싶어서……" 제니는 힘없이 말했다. 앨리슨이 이미 문을 연 뒤였다.

앨리슨은 그 자리에 서서 즐거운 크리스마스를 위해 쓰일 온갖 준비물과 장식품과 치장거리를 둘러보았다. 전나무 열매를 하나 집어서 냄새를 맡았다. 아이는 이 모든 광경을 이해하지 못하는 사람처럼 이리저리 시선을 돌렸다. "네가 내일 오는 줄 알았거든." 제니는 미안해했다.

"내 방을 꾸미려고 그랬군요." 앨리슨이 잠긴 듯한 목소리로 말했다.

"아, 응. 그러니까, 뭐든 네 마음에 드는 걸로…… 알지?" 제니는 당황스러웠다.

"이 많은 걸로요?" 앨리슨은 좌우를 두리번거렸다.

제니는 입술을 깨물었다. 그 방에는 그들이 사는 3층짜리 집 전체를 꾸며도 될 만큼 많은 화초가 있었다. 설마 이 아이가 그 많은 걸 다 자기 방에 쓰려고 했다고 생각할 리 없었다.

하지만 제니는 앨리슨의 환한 얼굴을 본 순간, 키가 크고 팔다리가 길며, 헝클어진 머리와 뚱하게 내민 입술이 라파엘전파의 그림 속 모델 같은 이 아이가 바로 그렇게 생각하고 있다는 걸 알았다. 앨리슨은 어린애였다. 난생처음 예쁘게 꾸민 방을 갖게 될, 엄마 없는 아이였다.

출판업계에는 가장 훌륭한 결정과 가장 훌륭한 작품은 오랜 시간 동안 세운 빈틈없는 계획이 아니라 우연의 소산이라는 격언이 있었다.

"응, 뭐, 거의 다 쓰려고 했지. 그걸로 정말, 정말 근사하고 따뜻하게 꾸미려고. 그런데 네가 이렇게 왔으니까…… 그럼……"

"그럼 내가 도울까요?" 앨리슨이 눈을 반짝이며 말했다.

영원히 이럴 수는 없다는 걸 제니도 알았다. 그녀의 앞길에 영화에서처럼 그녀를 돋보이게 하는 은은한 조명이 비추지는 않을 것이었다. 그들은 서로 부둥켜안지 않을 것이었다. 하지만 얼마간은 그럴 수 있었다. 어쩌면 파티가 끝날 때까지는, 크리스마스가 저물 때까지는.

아들이 그녀를 찾아 달려오는 소리가 들렸다.

"나 보러 오지 않고 어디 있었어요?" 아이가 외쳤다.

제니는 아이를 안아올렸다. "누나가 왔길래 인사하고 있었지." 제니는 앨리슨의 얼굴을 차마 쳐다보지 못한 채 말했다.

앨리슨은 허리를 숙여 담쟁이덩굴 잎사귀로 티미를 간질였다.

"메리 크리스마스, 동생." 앨리슨이 말했다.

크리스마스
사진 열 장

The Ten Snaps of Christmas

모라는 크리스마스를 사랑했다. 지미는 크리스마스를 애써 견뎠다. 모라가 어렸을 때 그녀의 가족은 크리스마스 시즌이 되면 난리법석을 떨었다. 강림절 달력*을 날마다 열어보았고, 크리스마스카드를 한 줄 한 줄 큰 소리로 낭독해가며 점검한 다음 색실에 하나하나 꿰었다. 10월부터 일찌감치 트리 얘기를 시작했고 모든 선물을 예쁘게 포장하고 이름을 붙여 최소 일주일 동안 트리 아래에 두고 누르고 찔러보며 그 안에 든 게 뭔지 알고 싶은 마음과 미리 알게 될까봐 두려운 마음을 동시에 느꼈다.

처음 결혼했을 때 지미는 그걸 아주 사랑스럽다고 여겼고 모라의 코에 입을 맞추며 귀엽다고 얘기하곤 했다. 세월이 흐르면서 모

---

* 12월 1일부터 24일까지 매일 해당 날짜의 숫자 칸을 열어 그 안에 숨겨진 선물을 받는 달력.

라는 수많은 다른 것처럼 그것 역시 점점 매력을 잃어가고 있다는 걸 알아차렸다. 때문에 그녀는 크리스마스의 흥분을 그녀 자신과 차례로 태어난 아이들만의 비밀로 간직했다. 올해에는 리베카만 산타클로스에게 선물을 받을 예정이었다. 리베카는 네 살이었고 존과 제임스와 올라는 산타클로스의 선물을 받기에는 나이가 너무 많았다. 하지만 트리와 전구와 촛불과 문에 다는 호랑가시나무 화환은 나이와 상관이 없었다. 모라는 혼자서 즐겁게 준비했고 저녁에 퇴근한 지미에게 많은 부담을 안기지 않았다. 아이들에게 어떤 커다란 선물을 하면 좋을지에 대해서만 의논했다.

열 살인 제임스는 자전거를, 여덟 살인 존은 여러 번 은근슬쩍 거론됐던 비디오게임을 받을 것이었다. 리베카는 작고 화려한 것을 여남은 개 받을 것이었다. 아직은 커다란 선물을 받을 나이가 아니니까. 하지만 올라는…… 키가 큰 열네 살짜리에게는 뭘 선물하면 좋을까? 모라는 아이의 학교 친구들이 몇 시간씩 쇼윈도를 들여다보고 있는 그 트렌디한 옷가게 상품권을 주면 올라가 좋아할 것 같다고 말했다. 지미는 올라가 타자기와 속성 타자 수업 수강권을 좋아할 것 같다고 생각했다. 그들은 이 문제에 관한 한 좀처럼 합의를 볼 수 없었다. 모라는 크리스마스에 타자 수업 수강권을 선물하는 건 다이어트 책이나 다이어트 업체 회원권을 선물하는 것과 다름없다고 말했다. 지미는 어린아이에게 그런 옷가게 상품권을 선물하는 건 변태 같고 저질스러운 옷을 사도 좋다고 부모가 허락하는 거나 다름없다고 말했다. 그 두 개가 아닌 다른 것이라야 했다. 그들은 폴라로이드카메라를 선물하기로 결론을 내렸다. 아무데서나 즉석에서 사진을 찍을 수 있는 카메라였다. 크리스마스 시즌과 어울릴뿐더러 요즘 세대의 필수품이었다. 그래서 그들은 카메라를 산 뒤 올라가 수백 번 찔러보아도 개봉하는 날까지 뭐가 들었는지 알 수 없도록 여러 개의 상자와 골판지로 포장했다.

모라는 크리스마스를 함께 지내러 오는 어머니 선물로 가열식 헤어 롤러를 샀다. 모라의 눈에 비친 어머니는 매력적이고 패션에 민감했다. 지미의 눈에 비친 모라의 어머니는 우아하게 나이 먹길 거부하고 젊게 보이려 기를 쓰는 할머니였다. 지미는 그녀가 크리스마스에 오는 걸 반대한 적은 없었지만 손꼽아 기다리지도 않았다. 그의 부모님은 안전한 거리를 유지하며 선물을 보내고 크리스마스 아침에 안부 전화를 하는 게 전부였다. 지미의 가족은 훨씬 무덤덤했다.

모라는 프랑스 출신의 오페어 마리프랑스 몫으로는 예쁘장한 타라 브로치*를 샀다. 마리프랑스는 물건을 보면 진짜 은인지 백 퍼센트 실크인지 몇 년산 와인인지 혹은 극장에서 가장 좋은 자리를 예약했는지 궁금해하는 당혹스러운 습관이 있었다. 이렇게 누가 봐도 전통적이고 아일랜드적인 선물에는 그녀도 토를 달지 못할 것이다. 모라는 마리프랑스를 괜찮게 생각했다. 조금 뚱하고 심드렁하고 눈을 하늘 저 꼭대기로 치켜뜨는 습관이 있기는 했지만 어쩌면 영국에서 예의범절을 배워 오라며 추방당한 스무 살짜리 프랑스 여자아이는 그럴 수밖에 없을지도 몰랐다. 그녀는 리베카를 돌보거나 채소를 손질하고 1층에서 청소기를 돌릴 때 정확히 시키는 대로만 할 뿐 뭐 하나라도 더 하는 경우가 없었다. 모라는 처음

* 둥근 고리 모양을 가로지르는 핀이 달린 아일랜드의 전통 브로치.

부터 조금 더 빡빡하게 요구하지 않은 걸 후회할 때가 많았다. 이러니저러니 해도 마리프랑스는 독방을 차지하고 삼시세끼 진수성찬을 먹었고 수업을 들으러 가고 공부할 시간이 넘쳐났다. 하지만 그 무엇도, 마리프랑스를 향한 일말의 불평도 모라의 크리스마스를 망칠 수는 없었다. 모라는 슈퍼마켓 스피커에서 〈마리아의 아기 예수〉와 〈북 치는 소년〉이 흘러나오기 시작하면 곧바로 익숙한 흥분을 느꼈고…… 그 정도면 상당히 일찍부터 흥분하는 거였다. 길거리에 조명이 밝혀질 무렵이면 모라의 행복한 분주함은 극에 달했다. 어머니는 평소보다 더 현란한 옷차림으로 등장했고, 또다시 남편과 별거에 돌입한 친구 브리지드가 그들 가족과 명절을 같이 보내도 되느냐고 물었을 때 모라는 "당연하지"라고 대답했다. 크리스마스는 행복해야 하는 시기고 브리지드는 학창 시절부터 알고 지낸 친구이기 때문이었다. 지미는 브리지드를 조금 못마땅하게 여겼다. 나사 풀린 여자라 남편에게는 헤어지는 게 잘된 일이라고 했다. 그래도 그녀가 먹는 건 칠면조 고기와 햄 한 접시뿐일 테고 모라의 어머니로 인해 이미 망친 날이니 솔직히 브리지드가 온다는 데 반대할 이유가 없었다. 더구나 침낭까지 들고 오겠다는데 응접실 소파를 내주지 못할 이유도 없었고. 손님방은 황당한 장모의 차지였다.

그들은 크리스마스이브에 캐럴을 불렀다. 모라는 가진 모든 것에 감사하며 행복 속에서 눈을 감았다. 그녀의 얼굴이 너무 행복해 보였기에 캐럴을 부르는 게 구역질난다고 생각했던 올라도, 도가 지나치다고 생각했던 할머니도, 완전 미친 짓이라고 생각했던 브리지드도, 한심하다고 생각했던 지미도 모두 동참했다. 제임스와 존은 재미있다고 생각했고 다음 곡으로 넘어갈 때마다 점점 목청을 높였다. 리베카는 게임으로 생각하고 나름대로 박자를 맞춰 탬버린을 때렸다.

다음날 아침에는 미사를 드린 뒤 둥그렇게 둘러앉아 선물을 주고받았다. 모라의 어머니는 헤어 롤러를 마음에 들어하며 스탠드 플러그를 뽑고 그 자리에 롤러를 연결해 당장 써보려고 했다. 마리프랑스는 타라 브로치를 보고 어깨를 으쓱하며 입을 내밀었고, 지미는 쓸데없는 물건을 싫어하는데다 원래부터 하나 갖고 싶어했기 때문에 아노락*을 보고 진심으로 기뻐했고, 모라는 지미가 진공청소기까지 꺼낼 필요는 없을 때 유용하게 쓰일 거라며 건넨 카펫 청소기를 보고 좋아했다.

올라는 선물을 개봉하는 오전 내내 말이 없었다. 후회가 모라의 가슴을 찔렀다. 올라를 생각해서 상품권을 선물하자고 더 열심히 싸웠어야 했던 걸까? 올라와 대화하기가 점점 더 힘들어졌지만 십대 딸을 둔 모든 엄마가 그렇다고 했고, 모라 자신도 결혼생활이 자리를 잡고 대가족을 거느리고 잘살게 된 지금에서야 어머니와 제대로 소통할 수 있었다. 어쩌면 엄마와 딸 사이는 절대 잘 굴러갈 수 없는 관계일지도 몰랐다. 통통하고 사랑스러운 리베카도 십년 뒤에는 마찬가지일 것이었다. 올라는 다른 집 딸들처럼 버릇없이 굴거나 성질을 부리지는 않았다. 부모에게 반항하거나 고집을 피우지도 않았다. 그냥 요즘 들어서…… 좀…… 가족을 지긋지긋하게 여기는 것 같은 눈치였다. 가족으로서 그들을 높게 평가하지

---

* 모자 달린 방한용 재킷.

않는 듯했다. 뭔가 콕 짚어 얘기할 수는 없었고 해와 달과 모든 별의 빛이 큰딸에게서 비롯된다고 생각하는 지미한테도 절대 털어놓을 수 없었다. 비난하는 게 아닌데도 비난처럼 들릴 것이었다. 모라는 이번에도, 다른 수많은 경우와 마찬가지로 아무 말 하지 않기로 마음먹었다. 하지만 올라가 긴 금발을 늘어뜨린 채 꽁꽁 싼 선물 포장을 뜯어서 마침내 즉석사진을 찍을 수 있는 카메라를 꺼낼 때까지 모라는 입술을 깨물었다.

"예뻐요. 고맙습니다, 아빠. 고맙습니다, 엄마." 올라는 모라가 카펫 청소기를 보고 지미에게 고맙다고 했을 때와 비슷한 말투로 말했다.

"사람들한테 부탁해 네 사진을 찍으면 미운 오리 새끼에서 백조로 발전하는 과정을 기록으로 남길 수 있겠다." 모라의 어머니가 말했다.

"고맙습니다, 할머니." 올라가 말했다.

"아니면 네 친구들 사진을 찍고 나중에 걔들이랑 엮이지 않은 걸 자축할 수도 있겠고." 앉아서 담배를 피우며 남편 곁을 떠났다는 데 격렬하게 기뻐하던 브리지드가 말했다.

"네, 좋은 생각이에요, 브리지드 이모." 올라가 말했다.

모라는 올라의 불만을 이해했지만 그녀 역시 실망감을 느꼈다. 올라가 어떤 선물로부터 구원을 받았는지 안다면…… 올라가 부활절 방학 동안 들어야 하는 타자 수업과 개조한 타자기와 연습용 교재를 받을 뻔했다는 걸 안다면 어머니를 향해 좀더 따뜻하게 웃어줄지 몰랐다. 모라는 상품권으로 밀어붙이지 않은 걸 다시 한번 후회했다. 올라가 그걸 받았다면 어떤 옷을 살지, 어떤 옷을 고르고 입어보고 퇴짜 놓고 구매하면 좋을지 하루종일 상상의 나래를 펼칠 수 있었을 것이다. 하지만 이미 엎질러진 물이었고 열 장의 필름이 든 카메라도 열네 살짜리에게는 근사한 선물이었다.

"지금 한 장 찍어볼래?" 제임스는 제대로 작동하는지 알아보고 싶어서 안달이었다.

"우리 다 같이 인상 쓰고 찍어요." 존은 장난을 치고 싶어했다.

"먼저 롤러를 풀어야겠네." 모라의 어머니는 벌써부터 새로 받은 선물의 성능을 시험하는 중이라 머리에 뾰족한 핀이 가득했다.

올라는 어깨를 으쓱했다. 보기 싫게 어깨를 으쓱하는 습관이 들었네, 모라는 생각했다. 마리프랑스와 너무 비슷했고, 너무 거리감이 느껴졌다.

"올라 카메라니까 올라가 찍고 싶은 걸 찍어야지." 모라는 이렇게 말하고 감사의 미소나 고맙다는 눈빛을 기대했다. 하지만 올라는 다시 어깨를 으쓱하고 그만이었다.

"상관없어요," 올라가 말했다. "원하면 찍어드릴게요."

그들이 포즈를 잡기까지 시간이 한참 걸렸다. 마리프랑스는 립스틱을 발라야 했다. 모라는 마리프랑스가 타라 브로치를 달지 않은 걸 알아차렸다. 이내 그들은 한데 모여 어른 다섯은 소파에, 아이 셋은 그 앞에 앉았다. 올라가 버튼을 누르자 회색이 섞인 초록색 필름이 요술처럼 나왔고, 그들이 보는 앞에서 그들 모두가 담긴 사진으로 변했다.

모라는 다들 이상하게 죽은 사람 같다는 생각이 들었다. 몇 명은 악마처럼 눈이 빨갰다.

그들은 입을 모아 정말 기발하다고 하며 저런 물건이 있다는 걸 모르는 사람들은 사진을 보면 무슨 생각을 할지 궁금해했다.

다들 크리스마스 식사 때 간단하게 맡은 임무가 있었다. 아들들은 포장지를 모두 치우고 한곳에 차곡차곡 포개놓아야 했다. 지미는 와인을 가져와야 했다. 할머니는 식탁에 크리스마스 크래커를 차리고 나중에 먹을 초콜릿을 조그만 유리 접시에 담는 일을 맡았다. 브리지드는 새 리넨 행주로 유리잔을 닦기로 했다. 마리프랑스에게는 주어진 임무가 없어 할일이 아무것도 없었다. 모라는 그레이비와 브레드 소스를 만들러 갔다. 모든 음식이 한꺼번에 끓는 듯 느껴졌고, 그릇은 무거운데 몸을 돌릴 때마다 리베카가 거치적거렸다. 모라는 부엌에서 나가라고 날카롭게 명령을 내리다 죄책감을 느꼈다. 크리스마스인데 왜 이토록 짜증이 날까? 그냥 뭔가가 잘못된 듯한 느낌이 들었다. 악몽을 꾸고 깨어났을 때 느껴지는 그 한심한 공포와 비슷했다. 모라는 짜증을 내며 갈팡질팡하다 접시에 담긴 칠면조를 바닥에 떨어뜨렸다. 그녀는 씩씩대며 칠면조 다리를 잡아 다시 오븐용 그릇에 욱여넣었다. 어머니와 지미가 부엌에 없는 게 다행이었다. 그들은 모라의 이른바 '대충대충주의'를 보면 콧잔등을 찡그리며 한숨을 쉬는 데 엄청난 재주가 있었다. 모르면 그만이지 뭐. 그녀는 레인지 아래로 떨어진 소시지를 주워 겉에 묻은 먼지를 털며 생각했다. 올라가 부엌에 와 있는 줄은 몰랐는데, 아이는 거기서 계속 생각에 잠긴 표정으로 카메라를 살피고 있었다.

"정말 마음에 드니, 아가?" 모라는 다정하게 물었다.

"네, 제가 마음에 든다고 하지 않았었나요?" 올라는 내성적이었다. 어떤 방식으로 허심탄회한 대화를 시도하든 모두 거부할 것이었다.

"아까 플래시가 터진 거였니? 눈앞에서 번쩍인 게 플래시 불빛이었는지 아니면 번개였는지 궁금한데."

올라는 어깨를 으쓱했다. 폭력까지 쓰지는 않겠지만 어쨌든 어깨를 으쓱하는 저 빌어먹을 버릇을 고쳐놓고야 말겠어, 모라는 의지를 불태웠다. 아들들이 부엌으로 들어왔다.

"사진 한 장 더 찍어줘. 밖에서 우리 찍어주라." 동생들이 애원했다.

"싫어."

"왜 그래, 누나. 카메라는 사진 찍으라고 있는 거잖아."

"싫어, 엄마가 내가 찍고 싶은 거 찍으랬어."

"대체 뭘 찍을 건데?" 동생들은 이제 누나에게 짜증을 부렸다.

"그냥 돌아다니면서 자연스럽게 찍을 거야. 크리스마스 풍경을 있는 그대로 담을 거야, 다들 포즈 잡고 웃는 거 말고."

그들은 올라에게 흥미를 잃었다. 하지만 모라는 얼굴이 환해졌다. 어쩌면 올라는 진심으로 선물이 마음에 들었을 수도, 심지어 사진을 찍는 데 관심이 생겼을 수도 있었다. 그러면 환상적일 것이었다. 하지만 올라가 심드렁하게 받아넘길까봐 모라는 좋은 생각이라고 호들갑 떨지 않았다.

올라는 와인 보관 창고로 갔다. 아버지는 그녀가 들어오는 소리를 듣지 못했고 플래시가 터지면서 나지막이 웅웅거리는 소리가 날 때까지 그녀가 거기 있는 줄 전혀 몰랐다.

"올라." 그는 고함을 지르며 딸에게 잽싸게 다가갔다. 어찌나 순식간에 팔을 풀고 마리프랑스에게서 떨어지는지 꼭 빠르게 돌린

영화를 보는 것 같았다. 마리프랑스는 살짝 미소를 띤 얼굴로 문쪽을 쳐다보았다. 그러는 한편으로 블라우스를 수습했다.

"이 무슨 한심한 장난이냐?" 그녀의 아버지는 충분히 빠르지 못했다. 올라는 집안으로 도망쳤고 모라는 웬 소란인가 싶어 밖으로 나왔다.

"아무것도 아니에요. 엄마가 말한 대로 저 혼자 사진 찍고 있는 거예요."

"내버려둬, 지미. 걔 카메라니까 찍고 싶은 대로 찍으라고 해." 모라는 다시 부엌으로 들어갔다.

"그냥 게임이야. 그러니까 크리스마스에 하는 게임." 지미는 필사적으로 설명했지만 모라는 관심을 잃었고, 올라는 조용히 사진을 감상하러 어디론가 사라지고 보이지 않았다.

브리지드는 식사실에서 즐거운 크리스마스 식사에 쓸 유리잔을 닦고 있었지만 머릿속에 떠오르는 생각은 전혀 유쾌하지 않았다. 어째서 그 개자식 때문에 남의 집에 진을 치고 다른 가족과 크리스마스를 보내야 한단 말인가? 그에게 본때를 보여줘야겠다. 이번 일의 대가를 치르게 해야겠다. 돈이 좀 있으면 얼마나 좋을까. 인생은 정말이지 불공평했다. 모라의 집에 있는 이 많은 커트글라스와 은식기를 보라. 그들은 별로 신경도 쓰지 않는 눈치였다. 사이드보드에 놓인 저 작은 접시만 해도 몇 파운드는 될 텐데 연필과 스카치테이프가 담겨 있었다.

브리지드가 그 접시를 핸드백에 넣었을 때 쉬익 하는 소리와 함께 플래시가 터졌다. 올라가 무표정한 얼굴로 문 앞에 서 있었다.

"그냥 먼지를 닦으려던 거야, 올라. 핸드백에 들어 있는 것에 대고 닦으려고."

"알아요, 브리지드 이모." 브리지드가 사진을 보여달라는 말을 꺼내기도 전에 올라는 사라져버렸다.

응접실에서 디저트와 크리스마스 크래커를 정리하기로 되어 있던 할머니는 파티용 브랜디를 병째 마시고 있었다. 올라가 들어오는 바람에 그녀는 하마터면 사레가 들 뻔했고 카메라가 쉭쉭거리는 소리가 들리자 눈이 휘둥그레졌다.

"바보짓 하지 마라. 필름 열 장을 그런 식으로 낭비하다니 철없는 어린애도 아니고."

"알아요, 할머니. 하지만 제가 아직 굉장히 철이 없거든요." 올라가 말했다.

식사시간이 다 됐고 조만간 모라가 신이 나서 부르면 모두들 식탁 앞으로 모일 것이었다. 그런데 남동생들이 수상하게 조용했다. 올라는 그들의 방으로 가서 노크도 없이 안으로 들어갔다. 존은 담배에 대고 기침을 하고 있었지만 제임스는 멋들어지게 뽐내며 담배를 피웠다.

"다음 세대를 위해 저장하는 거야." 카메라 플래시가 터지는 순간 올라가 말했다.

"엄마 아빠가 우릴 죽이려고 할 거야." 제임스가 단도직입적으로 말했다. "크리스마스 분위기도 망칠 테고."

"그거야 엄마 아빠가 사진을 봤을 때 얘기고."

올라는 자기 방으로 들어가 엄마가 부를 때를 기다리며 자기가 찍은 사진을 늘어놓았다. 새빨간 눈으로 당당하게 소파와 바닥에 앉아 있는 그들. 그리고 엄마와 바닥에 떨어진 칠면조 고기, 아빠와 마리프랑스, 브랜디를 병째 마시는 할머니, 은접시를 훔치는 엄마의 친구, 자기들 방에서 담배를 피우는 두 남동생. 아직 필름이 네 장 남아 있었다. 한 장은 건포도를 넣은 푸딩이 등장할 때, 또 한 장은 다들 입을 벌리고 잘 때 찍으면 어떨까.

"준비 다 됐어요." 1층에서 엄마가 신이 나서 외치는 소리가 들렸다.

올라는 칠면조 고기가 찍힌 사진을 갈기갈기 찢었다. 엄마는 마음씨가 따뜻했다. 한심하지만 따뜻했다. 올라의 시선이 다시 사진으로 향했다. 그리고 엄마의 따뜻한 마음씨 덕분에 맞이한 성대한 크리스마스를 살폈다. 칠면조 참사 사진은 보관할 필요가 없었지만 나머지는 보관할 작정이었다.

올라는 고개를 꼿꼿이 들고 크리스마스 식사를 하러 내려갔다. 올해는 그녀가 중요한 인물이 되리라는 걸 알 수 있었다. 더는 하찮게 여길 수 없는 인물이 되리라는 걸.

미스 마틴의
소원

Miss Martin's Wish

엘사 마틴은 뉴욕에 가본 적이 없었다. 여권은 있었고 플로리다로 신혼여행을 가려고 받아놓은 미국 비자도 있었다.

신혼여행을 가는 줄 알았을 때 받아놓은 것이었다.

여권은 상자 안에 들어 있었다. 할머니의 앙증맞은 은색 핸드백과 아이들이 미스 마틴에게 보낸 축하 카드가 담긴 앨범을 넣어둔 서랍 속 상자에. 버릴 수도 있었지만 아이들이 편자와 결혼식 종을 수없이 그려가며 반짝이와 장식을 넣어 정말이지 정성껏 만든 카드였다. 그걸 버린다는 건 꽃을 완전히 망가뜨리거나 조개껍데기를 밟아서 박살내는 것과 다름없는 짓이었다.

팀에게 받은 편지들을 한동안 거기 보관했었다. 그녀를 진심으로 사랑한 적이 없었기에 더는 관계를 유지할 수 없다고 했던, 그러면서 용서를 빌었던 편지도 있었다. 하지만 엘사는 일 년 뒤에 그 편지를 꺼내서 태워버렸다. 계속해서 그것을 읽고 또 읽었기 때문이다. 마치 그러면 어떤 깨달음을 얻거나 그가 떠난 이유를 알아낼 수 있다는 듯이. 그가 돌아올지 모른다는 실낱같은 희망을 느낄 수 있다는 듯이.

사람들은 엘사는 나무랄 데 없었다고, 팀이 비열한 인간이었거나 정신적으로 불안정했던 게 분명하다고 했다. 그와 헤어지길 잘했다고, 결혼식을 열흘 앞두고 그런 일이 벌어졌는데 어쩌면 그렇게 침착하게 대처했느냐며 놀라워했다. 엘사는 아무 감정 없는 깍듯한 메모와 함께 선물들을 돌려보냈다. "결혼식을 치르지 않기로 합의했으니 보내주신 축복에 감사하는 마음을 담아 챙겨주신 선물을 돌려보냅니다." 그러고는 아무 일 없었다는 듯이, 그녀의 심장이 두 동강 나는 일 따위 없었다는 듯이 다음 학기에도 계속 아이들을 가르쳤다.

아이들은 그녀보다 솔직했다.

"결혼을 못해서 많이 슬프세요, 마틴 선생님?" 한 아이가 물었다.

"조금 슬프긴 하지만 많이 슬프지는 않아." 그녀는 웃으며 시인했다.

교무실에서는 아무도 취소된 결혼식에 대해 묻지 않았고 엘사도 시시콜콜 설명하고 싶지 않았기에 그건 수수께끼 같은 사건으로 남았다. 아마 둘이 잘 맞지 않아서 그렇게 됐을 텐데 결혼식 이후가 아니라 이전에 알아낸 게 다행이었다고.

엘사의 언니들은 눈이 작다는 이유로 애초부터 팀을 마음에 들어하지 않았다. 자기들끼리는 동생이 탈출해서 다행이라고 말했지만 엘사에게는 그런 얘기를 하지 않았다.

엘사의 친구들은 팀을 잘 몰랐다. 그들은 안타까워했지만 조금 안심했다. 팀은 어디에선가 느닷없이 등장해 엘사의 마음과 관심을 독차지한 남자였다. 어쩌면 처음부터 실패할 수밖에 없는 운명이었을지도 몰랐다. 그러고 나서 오 년이라는 세월이 흘렀다. 아이들은 자랐고, 미스 마틴이 결혼식을 잡았었고 그들 모두 카드를 만들었다는 사실을 잊었다. 학교의 다른 선생들도 잊었다. 신임 교사가 부임해 미스 마틴의 사생활에 대해 물어도, 기억을 헤집어야 몇 년 전에 있었던 그 사건을 떠올릴 수 있을 것이었다. 막판에 취소된 결혼식? 그들의 인생에서 그건 중요한 일이 아니었다. 하지만 엘사의 인생에서는 여전히 핵심이었다. 그녀는 이글거리는 불안을 달래며, 어떤 사람이 그녀를 삶의 희망과 꿈을 함께 나누어도 괜찮은 상대로 여겼다 다음 순간 착각이었다고 얘기한 이유를 파악하려고 갖은 애를 썼다. 그녀가 저지른 어떤 행동 때문이 아니라면 그녀라는 인간 자체의 문제일 수밖에 없었다. 이렇게 엄청난 문제를 그냥 과거로 묻고 지나갈 수는 없었다. 하지만 당연히 겉으로는 잊어버린 척했다. 그래야 주변 사람들이 과거를 곱씹는다고 그녀를 나무라며 자꾸 밖으로 끄집어내려고 애쓰는 피곤하고 짜증나는 사태를 모면할 수 있었다. 엘사의 친구들은 그녀가 학교 일에 몰두하는 줄 알았고, 동료들은 그녀가 친구들과 바쁘게 지내는 줄 알았다. 자기 안에 머물기는 쉬웠고 그녀가 있고 싶은 곳은 거기였다.

크리스마스는 원래 가슴 아린 시간이고 외로운 사람들의 결핍이 부각되는 시기였다. 하지만 이상하게도 엘사는 크리스마스가 다른 때보다 나쁘지 않았다. 어느 해에는 한 언니의 집에 놀러갔다. 런던 남쪽에 살며 주로 술에 대해, 형부가 술을 너무 많이 마시는 건 아닌지에 대해 입씨름하느라 긴장감이 감도는 집안이었다. 다른 해에 놀러간 다른 언니의 집은 엉망진창이라 엘사가 요리와 청소를 도맡다시피 했다. 또다른 해에 놀러간 동료의 집은 캐럴만 지나치게 열심히 부르고 음식은 지나치게 빈약했다. 작년 크리스마스에는 얼마 전에 이혼한 친구와 스코틀랜드 고지대를 걸었는데, 그 친구는 남자 안에 못된 본성이 내재되어 있다며 남자를 지구상에서 싹 쓸어버려야 한다고 성난 목소리로 열변을 토했다.

그리고 이제 다섯번째 크리스마스였다. 올해 엘사는 모든 초대를 거절했다. 모두에게 고마움을 표하며, 뭔지 구체적으로 밝히지는 않았지만 오래전부터 계획한 일이 있다고 했다. 학교 강당으로 쓰이는 허름한 조립식 부속 건물에서 크리스마스 공연이 열렸을 때, 그녀는 이 학교에서 오랫동안 그래왔듯 천사들의 날개와 목동들의 양털과 동방박사 세 명의 왕관을 바로잡아주었다. 아이들은 감탄하며 뿌듯해하는 부모들에게 둘러싸여 흥분을 감추지 못했다. 그들은 일제히 엘사에게 모여들어 작별의 포옹을 했다. 엘사는 예전에도 종종 그랬듯 아이들을 가르치는 일이 그 어떤 직업보다 훨씬 낫다는, 크리스마스에는 특히 그렇다는 생각을 했다. 크리스마스 파티가 끝없이 이어지는 회사를 상상해보라. 억지로 꾸민 유쾌한 분위기와 억지로 꾸민 친밀감을 다들 무슨 수로 감당하는 걸까?

"크리스마스 때 어디 가세요, 마틴 선생님?" 아이들이 편안하고 안전한 부모의 품에 안겨 물었다.

그러면 엘사는 대개 막연하고 애매하게 둘러대며 그저 크리스마스 푸딩을 너무 많이 먹지 않을 작정이라고 말하곤 했다. 그런데 올해에는 웬일인지 매리언 매슈스라는 아이가 친구들에게 자신만만한 목소리로 말했다. "미국에 가실 거야. 거기 가신다고 우리한테 말씀하셨어."

그랬던가? 엘사는 그런 얘기를 한 기억이 없었다.

"기억 안 나? 마틴 선생님이 자유의 여신상에서 우리를 위해 소원을 빌어주겠다고 하셨잖아." 매리언이 의기양양하게 외쳤다.

엘사도 기억이 났다. 뉴욕에 있는 자유의 여신상 앞을 지날 때 소원을 비는 사람들 얘기를 수업시간에 다같이 읽은 적이 있었다.

"선생님도 거기서 소원을 빌어본 적 있어요?" 아이들이 물었었다.

"아니, 아직." 엘사는 대답했다. "하지만 가게 되면 너희 모두를 위해 소원을 빌어줄게."

아이들은 일곱 살답게 그걸 진지하게 받아들였다. 마틴 선생님이 새 강당이 생기게 해달라고 빌어줄까? 새 강당이 생기면 댄스 수업, 농구, 제대로 된 체조 등 여러 가지를 할 수 있었다. 엘사는 대수롭지 않게 당연히 그럴 거라고, 하지만 모든 소원이 이루어지지는 않는다는 걸 명심해야 한다고 말했다.

크리스마스 휴일이 시작됐다. 아이들은 다음 학기가 되면 마틴 선생님이 그들을 위해 소원을 빌어주기로 했다는 걸 잊어버릴 것이었다. 바쁜 명절 동안 있었던 신나는 일과 선물 생각밖에 없을 것이었다. 하지만 엘사는 잊지 않았다. 그녀는 서랍을 열고 여권을 찾았다. 그녀가 생각하기에 그때 그녀의 표정은 달랐을 것이다. 눈빛은 전처럼 지쳐 보이지 않고 입가에서는 좀더 여유가 느껴졌으리라. 하지만 어쩌면 상상에 불과했을지도 몰랐다.

여권 뒤편에 접어놓은 지폐가 열 장 들어 있었다. 모두 20달러짜리였다. 오 년 동안 거기서 가치를 잃어가고 있었다. 왜 그걸 다시 파운드로 바꾸지 않았을까? 아마 당시에는 모든 게 너무 괴로웠을 테고 이후에는 잊어버렸을 것이다. 그래도 좋은 징조였다. 거기 갔을 때 쓸 수 있는 돈이 200달러 늘었다. 그녀는 살짝 사치를 누릴 것이었다. 원래는 뭐에 쓰려고 했던 돈인지 생각하지 않을 것이었다. 그녀는 어째서 거기에 돈이 들어 있는지조차 알지 못했다. 그녀가 직접 환전했을까, 아니면 선물받았을까? 그 당시의 수많은 일을 무서울 정도로 선명하게 기억하는데 전혀 기억나지 않는 일이 있다니 신기했다.

미혼 여성이 뉴욕행 비행기표를 끊고 여행사에 호텔을 예약해달라고 요청하는 과정은 놀라우리만치 수월했다. 아무도 그녀에게 그곳에 가는 이유를 묻지 않았다. 엘사는 성인이었으니 그녀만의 계획, 그녀만의 일정이 있겠거니 했다.

다른 승객들은 비행기 안에서 책을 읽거나 영화를 보거나 잠을 잤다.

"행복한 크리스마스 보내세요." 출입국 관리소 직원이 말했다.

"즐거운 시간 보내시기 바랍니다." 세관 직원이 말했다.

"전 세계에서 가장 훌륭한 도시죠." 버스 기사가 묻지도 않았는데 말했다.

호텔에서는 프런트 직원이 객실에 작은 크리스마스트리를 두고싶은지 물었다. "원하는 분도 계시고 크리스마스인 걸 잊고 싶어하는 분도 계셔서 항상 여쭤보거든요." 직원이 말했다.

엘사는 잠깐 고민하다 말했다. "작은 크리스마스트리가 있으면 좋겠네요." 오 년 동안 그녀는 아파트에 호랑가시나무 가지 하나 장식한 적이 없었다.

엘사는 편안한 신발을 신고—영국은 지금 몇시인지 이미 잊었다—쇼핑객과 퇴근길 인파 속으로 나섰다. 뉴욕은 길거리에서 서로 밀치고 지나가는 번잡하고 무서운 곳이라고 들었는데, 다들 예의바르게 느껴졌고 그녀의 억양을 듣고 미소를 지었다.

엘사는 록펠러센터에서 스케이트 타는 사람들을 구경했고, 맨해튼의 대로에 늘어선 모든 가로수 위에서 반짝이는 꼬마전구를 보고 감탄했다. 대형 백화점의 쇼윈도와 거기에 진열된 화려한 선물을 들여다보며 넋을 잃었다. 그러다 피곤한 몸을 이끌고 호텔로 돌아와보니 체구가 아담한 동양계 객실 청소부가 그녀를 위해 손질해놓은 개인 트리가 있었다.

"당신 가족도 크리스마스를 기념하나요?" 엘사가 물었다. 고향이었다면 상대방의 배경이나 문화에 대해 개인적인 질문을 하지 않았을 것이다. 뉴욕에 오면서 성격이 달라진 모양이었다.

"크리스마스 기간이야 누구나 좋아하죠. 다들 행복해하면서 마음이 너그러워지고요." 여자는 세상에 이보다 뻔한 게 있느냐는 듯 대답했다.

프런트에 크리스마스이브 이벤트를 소개하는 안내책자가 있었다. 아이들이 부르는 캐럴을 들은 뒤 대형 버스를 타고 뉴욕을 한바퀴 돌며 명소와 다양한 지역사회의 크리스마스 기념행사를 구경하는 스페셜 투어였다. 크리스마스 오찬과 기분 전환을 위한 보트 여행도 있었다. 배를 타고 자유의 여신상 앞을 지난다고 했다.

"거기서 사람들이 정말로 소원을 비나요? 아니면 그냥 저의 상상일까요?" 엘사는 물었다.

"소원을 비는지는 잘 모르겠지만 저는 여기서 나고 자랐기 때문에 모르는 걸 거예요. 관광객이나 여신상을 처음 보는 사람들은 소원을 빌지도 몰라요." 프런트 직원이 대답했다.

엘사는 책자를 다시 살폈다. 분명 재미있는 프로그램으로 가득했지만 비쌌다. 하지만 있는 줄도 몰랐다 짠 하고 등장한 20달러짜리 지폐 열 장이 생각났다. "이거 예약할게요." 그녀는 말했다.

같이 출발한 인원은 스무 명이었다. 커플도 있고 혼자 온 사람도 있었다. 다들 대접시만큼 커다란 종이 명찰을 달고 있었다. "메리 크리스마스, 저는 엘사예요." 그중 몇 명은 서로 사진을 찍어주었다.

"당신 카메라로 사진 찍어줄까요?" 한 남자가 엘사에게 물었다. 그녀는 사진을 보여줄 사람이 지구상에 한 명도 없다는 말을 하고 싶지는 않았지만 남자가 다정해 보였다.

"그럼 감사하죠." 그녀는 남자를 실망시키지 않으려고 이렇게 대답했다.

함께 여행에 나선 사람들은 서로 친해졌다. 베트남인 부부는 아들이 삼십여 년 전에 전사했다고 했다. 그들은 같은 날 아들이 전사한 미국인 부부와 오랫동안 편지를 주고받았다. 이번이 그들이 함께하는 첫 미국 여행이었다. 엘사는 그 옛날 그들에게 벌어진 황망한 사건으로 단단하게 맺어진 두 쌍의 칠십대 부부를 바라보았다. 그들에 비하면 그녀의 고민거리는 사소하게 느껴졌다.

장난처럼 거의 무의식적으로 툭탁거리는 모녀도 있었다. 그들은 지금까지 한 세대 동안 그래왔듯 앞으로 한 세대 동안에도 계속 그럴 것이었다. 드문드문 보이는 혼자 온 사람들은 하나같이 외향적이었고, 하나같이 오랜 친구처럼 대화를 나누었다. 말이 없는 사람은 엘사의 사진을 찍어준 다정한 인상의 그 남자뿐이었다. 그는 관광지를 지날 때면 미소를 지었다. 뉴욕을 잘 아는 듯했고 어쩌면

이 도시 출신일 수도 있겠다 싶었는데 그렇다면 이상한 일이었다. 뉴욕 출신이 뭐하러 가이드 투어로 자기 도시를 둘러보겠는가?

자유의 여신상에 가까워졌을 때 가벼운 눈발이 날리기 시작했다. 엘사는 경외감에 젖어 자유의 여신상을 바라보았다. 가슴 가득 희망을 안고 새로운 인생을 시작하러 온 수많은 사람에게 너무나도 중요한 상징이었던 이런 장소에서는 반드시 소원을 빌어야 했다. 엘사는 눈을 감고 그녀가 가르치는 아이들에게 새로운 강당이 생기길 빌었다.

"아주 중요한 건 아니에요." 엘사는 공정을 기하는 차원에서 자기도 모르게 이런 말을 속으로 중얼거렸다. "여기서 이보다 더 중요한 소원을 빈 사람도 있었겠지만 제가 아이들한테 소원을 빌어주겠다고 약속했거든요. 새로운 강당이 생기면 놀이뿐 아니라 음악과 공연과 모든 게 달라질 거예요. 과시용이 아니라 정말 필요한 건물인데 남은 기금이 없어서 지을 수가 없어요."

카메라 플래시가 번쩍이는 게 느껴졌다. 다정한 인상의 남자가 엘사의 사진을 찍은 것이었다.

"기도를 하도 열심히 하길래 당신을 위해 사진으로 남기고 싶었어요." 그가 말했다. 그는 편안하게 대화를 나눌 수 있는 상대였다. 엘사는 그에게 강당과 런던에 있는 학생들에 대해 얘기했고, 나중에 술집에서 다 같이 에그노그*를 마실 때는 팀에 대해, 그가 어떤 식으로 떠났는지에 대해, 그리고 여권 뒤편에 들어 있던 돈에 대해 얘기했다.

---

* 브랜디나 럼주에 달걀과 우유를 섞은 술. 크리스마스에 주로 마신다.

그는 그녀에게 육 개월 전에 세상을 떠난 스테판이라는 친구에 대해 얘기했다. 스테판은 매해 크리스마스이브마다 미국에 보금 자리를 선물해줘서 고맙다고 자유의 여신상에게 인사를 하러 왔 지만, 정작 남자는 스테판에게 진정한 보금자리를 선물하지 못했 다고 했다. 나이 많은 아버지와 몸이 약한 어머니가 하나밖에 없는 아들이 남자와 친밀한 관계라는 사실을 받아들이지 못했기 때문이 었다. 그들은 아직도 아들이 결혼해 엄청난 재산을 물려받을 후손 을 낳을 거라는 희망을 버리지 못했다.

남자는 크리스마스를 스테판과 보낸 적이 없었다. 그는 자신에 게 실망한 두 노인의 비위를 맞추며 비참한 심정으로 말없이 앉아, 아파트에서 혼자 보드카를 마시며 인정받지는 못해도 사랑받고 있 는 건 분명하다고 되뇌면서 혼란스러움을 달래고 있을 스테판 생 각을 애써 떨쳐버렸다.

그래서 그들은 크리스마스이브마다 함께 뉴욕항의 관문에 있는 자유의 여신상에게 인사를 하러 나왔다. 가끔 스테판은 미국으로 초대해줘서 고맙다는 뜻으로 바이올린을 연주했다. 사람들은 그를 보며 미소를 지었고, 어떤 이는 그걸 감상적이라고, 또 어떤 이는 감동적이라고 생각했다.

그는 스테판을 모르는 사람이 없도록 나중에 그의 이름으로 대 강당을 짓겠다고 약속했다는 얘기를 하며 눈물을 글썽였다. 그러 면 스테판은 무명의 이민자가 아니라 이 도시를 사랑한 바이올리 니스트가 될 수 있었다. 하지만 아직은 불가능했다. 부모님이 살아 계신 한은 그럴 수 없었다. 두 분이 마지막 몇 년 또는 몇 달 동안 마음 편하게 지낼 수 있도록 배려해야 했다. 스테판도 이해해줄 것이었다.

"그분이 음악회에서 연주를 했나요?" 엘사가 물었다.

"아뇨, 학교에서 음악을 가르쳤어요." 다정한 인상의 남자가 말했고, 그 순간 두 사람은 스테판의 기념물을 어디에 어떤 식으로 세우면 될지 깨달았다. 그의 이름을 딴 강당이 3000마일 떨어진 곳에 들어설 수 있었다. 아이들은 기뻐할 뿐 놀라워하지는 않을 것이었다. 마틴 선생님이 소원을 빌었고 그게 이루어진 것뿐이니까. 그리고 스테판은 고향인 뉴욕에서 인정받을 수 있을 때까지 또다른 근사한 도시에서 영예를 누릴 것이었다.

당신은
어떤가요?

How About You?

엘리는 그들을 대부분 좋아했다. 은퇴자를 위한 우드론스wood-lawns 요양원에서 지내다 종종 죽음을 맞는 노인들을 말이다. 그곳에는 산책할 수 있는 정원과 둘러볼 수 있는 강기슭과 근사한 고목 몇 그루가 있었다. 딱히 숲wood이라고 할 수는 없었지만 그래도 이름만큼은 다른 시설에 뒤지지 않았다. 여기서 조금만 더 가면 나오는 시설은 이름이 레스트헤이븐이었고 거기서 더 가면 나오는 시설은 산타로사델라마리나였다. 우드론스가 좀더 기품 있는 이름이었다.

엘리는 입소자 사이에서 인기가 있었다. 그녀는 다른 요양보호사처럼 그들을 어울리지 않는 호칭으로 부르지 않았다. 귀가 먹었거나 정신 나간 사람 대하듯 말을 걸지 않았다. 우리 어르신 오늘은 기분이 어떠냐고 묻지 않았다. 그들의 엄청난 나이와 얼마 남지 않은 죽음을 존중한답시고 언성을 낮추지 않았다. 숙취가 있으면 실

토했고 그들에게 까다로운 남자친구에 대해 하소연했다. 이른 아침
에는 차를 들고 그들의 방으로, 오전 중간쯤에는 커피를 들고 휴게
실로 찾아가 열심히 어수선하고 요란하게 활기와 에너지를 불어넣
었다. 늘 필요한 곳으로 달려가느라 머리는 산발이었다. 사무실에
서 거울을 보고 몸단장을 하면서 시간을 보내는 일은 거의 없었다.
가족들 안부를 물으며 입소자와 수다를 떨었고 칠칠찮고 덤벙대며
지나치게 스스럼없는 차림새를 벌충하고도 남을 만큼 천성적으로
워낙 정이 많았다. 방문객의 이름을 기억하는 것도 플러스알파였
고 노인을 만나러 온 아들이나 손자들과도 곧잘 시시덕거렸다.

엘리가 우드론스에서 근무한 기간은 얼마 되지 않았다. 그녀는
실직 상태였고 연애도 마음먹은 대로 잘되지 않았다. 댄이 또 속을
썩였다. 크리스마스 휴가를 같이 보내자고 해놓고 이제 와서 그러
기로 못을 박은 건 아니라고 했다.

엘리는 여행 가서 입을 옷을 장만하는 데 전 재산을 투자했다.
그래서 이제 빈털터리였다. 댄이 같이 살자고 얘기해주길 바랐지
만 그러지 않았기에 살 집이 필요했다. 엘리는 절대 말썽을 일으키
지 않겠다고 약속했다. 케이트에게 자신을 믿어도 된다고 했다.

케이트는 몹시 미심쩍어했다. 그녀는 여동생인 엘리를 바라보았
다. 엘리가 열심이고 의욕적인가 하면, 그랬다. 남을 잘 믿고 열의가
넘치는가 하면, 그랬다. 하지만 믿음직스러운가? 그건 아니었다.

그리고 엘리는 남자 보는 눈이 형편없었다. 가장 최근에 만난 댄
역시 예외는 아니었다. 밤늦게 차를 몰고 와서 입소자들이 자려는
시각에 경적을 울린 게 한두 번이 아니었다. 그런 남자를 만나는
것 자체가 자기 몸값을 떨어뜨리는 짓이었다. 남자는 그런 식으로

다뤄선 안 되었다. 엘리처럼 얼굴도 예쁜 아이가 그렇게 매달릴 필요는 없었다.

하지만 케이트도 남자 다루는 법을 제대로 보여줬다고 할 수는 없었다.

그녀의 남편은 케이트보다 훨씬 어린 여자와 자취를 감추었고 그녀에게 재산의 절반을 남기지도 않았다. 재산 문제는 제대로 정리가 되지 않았는데 앞으로도 절대 정리되지 않을 것이었다. 엄청난 빚이 우드론스를 뒤덮고 있었다. 입소자가 적어도 다섯 명은 더 있어야 요양원을 유지할 수 있었다.

하지만 도널드, 조지아, 헤이즐 그리고 헤더—우드론스의 아주 고약한 터줏대감—가 호락호락하게 굴지 않았다. 그들은 모든 입소자를 괴롭혔고 그들 때문에 그만두는 직원도 있었다. 그들은 우드론스에 대한 불평을 늘어놓으며 새로운 입소자를 따돌렸다. 케이트는 그들 모두에게 작별을 고하고 싶은 마음이 굴뚝같았지만 그럴 수 없었다.

가족도 없고 친구도 없고 다른 무엇도 없는 그들은 사실상 오갈 데가 없었다. 크리스마스 때 다른 입소자들은 외출해도 그들은 남았다. 그리고 크리스마스 때 유난히 힘들게 굴었다.

도널드는 범죄 통계를 들먹이며 자기가 판사였던 시절에는 세태가 어떻게 달랐는지 이야기했다. 조지아는 자신이 배우로 잘나가던 젊은 시절에는 사람들이 사는 법을 제대로 알았는데 요즘은 품격과 스타일을 아는 사람이 없다고 했다.

헤이즐과 헤더는 제대로 된 기준이 있고 어머니와 아버지가 살아 계시던 시절에 대해 옥신각신했다. 생각해보면 정말 서글픈 일이었다. 삶에서 이런저런 것을 누려왔음에도 베풀 준비는 전혀 되어 있지 않은 네 사람. 스무 명의 다른 입소자가 친척과 친구를 만나러 나간 동안 그들은 우드론스에 남아 투덜거리고 분개했다. 스무 명의 평범한 사람들에게는 그들을 받아줄 친구나 가족 비슷한 것이 있었다. 그들은 케이트에게 선물로 들고 갈 와인이나 초콜릿을 주문할 수 있게 도와달라고 했다. 그러고는 모든 손님이 종이 모자를 쓴 즐거운 크리스마스 만찬 사진을 들고 돌아왔다.

하지만 터줏대감들은 아니었다.

그 네 명은 못마땅한 듯 허리를 꼿꼿하게 펴고 앉아 음식을 가져다주길 기다렸고 음식이 나오면 이래저래 트집을 잡았다.

도널드와 조지아는 각자 다른 테이블에 앉았다. 자매인 헤더와 헤이즐은 한 테이블에 앉아 소곤대며 이러쿵저러쿵했다. 이상적인 크리스마스는 아니라고 케이트는 혼자 한숨을 쉬었다. 그래도 올해는 엘리의 도움을 받을 수 있을지 몰랐다. 그리고 네 명이 자러 들어가면 둘이서 술을 한잔 마실 수도 있을 것이었다. 원래 케이트는 이 모든 걸 혼자 감당했었다. 조지아, 도널드, 헤더와 헤이즐이 가장 극악무도해지는 시기에 벌어지는 끔찍한 악몽을 차마 어느 직원에게도 분담하자고 할 수 없었다. 하지만 막돼먹은 댄이 변덕을 부리면 엘리가 사라질 수도 있다는 걸 케이트도 알았다.

케이트는 자신이 엘리의 어머니가 아니라 언니에 불과하다는 사실을 되새겼다. 어머니는 두 사람 모두를 포기했다. 이 나라 반대편에서 살며 딸들 얘기가 나올 때마다 혀를 찼다. 때문에 케이트는 마음의 준비가 전혀 되어 있지 않은 상태에서 어머니가 뇌졸중을 일으켰다는 전화를 받았다. 입소자와 직원이 긴 시간에 걸쳐 천천히 한 해를 마감하는 작업에 돌입하는 크리스마스 며칠 전이었다. 뇌졸중이 치명적이지는 않았지만 둘 중 한 명이 어머니 곁을 지켜야 했다. 케이트가 가는 편이 나았다. 어머니와 엘리가 붙어 있으면 분위기가 격해지기 십상이었다. 그 말은 곧 우드론스의 문을 닫아야 한다는 뜻이었다.

케이트는 무거운 한숨을 내뱉었다. 하지만 적어도 덕분에 어머니를 둘러싼 충격과 격정의 홍수를 한쪽으로 미뤄놓을 수는 있었다. 그들을 어떻게 하면 좋을까? 어쩌면 도널드는 레스트헤이븐에 넣을 수 있을지 몰랐다. 어쩌면. 하지만 워낙 다혈질이고 성질이 괴팍한데다 고압적으로 지팡이를 흔들어대니…… 그래도 레스트헤이븐은 자칭 고상하고 품격이 있는 곳이라고 주장했다. 도널드는 터줏대감 중에서도 최상급이었다. 케이트는 레스트헤이븐과 도널드, 둘 중 어느 쪽을 설득하는 것이 더 어려울지 궁금했다.

그러면 조지아는? 그녀는 레스트헤이븐에서는 음주 사건 때문에, 산타로사델라마리나에서는 스페인과 이탈리아 사람들이 하녀로는 더할 나위 없을지 몰라도 사교적으로 말을 섞어서는 안 된다는 발언 때문에 입소를 금지당했다.

헤이즐과 헤더는 그보다 수월할 수 있었다. 그들은 사실 나이가 많다기보다 그저 성격이 문제였다. 그들이 얼마나 증오로 똘똘 뭉쳤는지 레스트헤이븐이나 산타로사에서 간파하기 전에 슬그머니 밀어넣을 수 있지 않을까……?

케이트는 잠시 두 손으로 머리를 감싸고 앉아 있었다.

엘리가 들어왔다. "숙취야?" 그녀가 딱하다는 듯이 물었다.

"앉아봐, 엘리." 케이트는 동생에게 사무적으로, 감정을 배제한 채 상황을 설명했다. 어머니가 돌아가시지는 않겠지만 거동에 제약이 있을 것이었다. 케이트는 오늘 당장 떠나야 했다.

"가기 전에 저 사람들 문제를 해결해야 하는데." 케이트는 식당을 향해 고개를 까딱였다.

"지금 같은 때 그런 고민을 하면 안 되지." 엘리가 말했다. 표정이 다정하고 부드러웠다.

이 아이에게 좀더 믿음직한 구석이 있다면 얼마나 좋을까. 케이트는 생각했다. "고민해야 해, 엘리. 그게 이런 수지맞는 사업체를 운영하는 거물이 짊어져야 하는 짐이야." 케이트가 씁쓸하게 말했다. 그녀가 오랜 시간을 여기에 투자하기 때문에 간신히 파산을 면하고 있다는 걸 모르는 사람은 없었다.

"하지만 다른 사람한테……"

"아무도 없어. 아무리 거금을 준다 한들 저 인간들을 맡을 사람은 없어." 케이트는 수화기를 들려고 했다.

엘리가 손을 내밀어 케이트를 막았다.

"내가 할게." 엘리가 말했다.

"뭐라고?"

"겨우 일주일이잖아, 언니. 언니는 어머니한테 가."

"너는 못해. 저들은 악몽 그 자체야."

"내가 그걸 모르겠어? 평소보다 돈을 다섯 배로 주면 할게. 어때, 언니, 이만한 조건도 없지 않아?" 엘리는 의욕적으로 나섰다.

"그 돈을 다 어디에 쓰려고?" 케이트가 힘없이 물었다.

"안 그래도 스파에 가서 변신을 할까 했거든. 알고 보니 댄이 작고 마르고 어려 보이는 여자를 좋아하더라고."

"남자들은 다 작고 마르고 어린 여자를 좋아해. 그게 그들의 생리야." 케이트는 딱 부러지게 말했다.

"그렇더라고. 그럼 그러기로 한 거다? 여기 일은 모두 나한테 맡기고 언니는 가서 어머니를 챙겨."

"그럴 수는 없어, 엘리."

"레스트헤이븐이랑 산타로사에 찾아가서 무릎 꿇고 싶어? 그냥 가!" 엘리가 애원했다.

그 말에 케이트는 짐을 싸기 시작했다.

그들은 엘리가 관리를 맡게 됐다는 소식을 듣고 전혀 좋아하지 않았다.

"우리 때는 그런 여자를 천박하다고 했지." 도널드는 콧방귀를 뀌었다.

"간호사도 아니고 하녀랑 급이 같은 요양보호사잖아." 조지아가 말했다.

"남자친구랑 싸웠나봐." 헤더가 말했다.

"적어도 남자친구라도 있으니 너보다는 낫지." 헤이즐은 코웃음을 쳤다.

케이트가 공항에서 전화를 했다. "내가 미쳤었나봐. 내가 정신이 나갔지, 그렇지 않고서야 너한테 그 사람들을 맡길 리 없는데."

"믿어줘서 고마워, 언니."

"그 사람들의 심기를 거스르지 말아줘. 부탁할게, 엘리. 나한테 남은 건 우드론스뿐이야. 그들이 떠나면 우리는……"

"잘 다녀와." 엘리는 전화를 끊었다.

엘리는 어깨를 펴고 피할 수 없는 불평분자들을 상대하러 갔다. 크리스마스 동안 그들을 감당하는 것만으로도 충분히 힘든데, 이곳의 재정 상황이 그녀가 짐작했던 것보다 더 심각하다는 것까지 알 필요는 없었다.

"식비를 아껴서 남는 돈을 슬쩍할 작정이겠지?" 도널드는 그 생각에 벌써부터 얼굴이 붉으락푸르락했다.

"먹는 양을 줄였으면 남자친구한테 차일 일도 없었을 텐데." 헤더가 말했다.

"네가 남자친구에 대해 뭘 안다고 그래?" 헤이즐이 쏘아붙였다.

"내가 다시는 여기서 크리스마스를 지내나 봐라." 조지아가 말했다. "정말이지 케이트 해리스가 너무했어. 직원은 다 보내고 요양보호사한테 시설을 맡기다니……"

"산타로사에는 요리사라도 있지." 헤더가 말했다.

"그리고 레스트헤이븐은 아무 쓰레기나 다 받지 않고 급이 비슷한 사람끼리 모아놓고." 도널드는 조지아가 거기서 입소를 금지당했다는 사실을 아주 분명하게 건드리고 지나갔다.

엘리는 그들 네 명밖에 없으니 한 테이블에서 다 같이 식사하는 게 어떻겠냐고 제안했다. 그들은 얼음장 같은 눈빛으로 그녀를 쳐다보며 그냥 지금 이대로가 좋다고 대답했다. 그래서 그녀는 각기 다른 테이블로 각자의 식사를 가져다주었고, 그러는 내내 그녀를 기다리는 근사하고 비싼 스파 프로그램을 생각했다.

엘리는 이제 겨우 스물일곱 살이었다. 심각하게 나이가 많은 건 아니라 해초를 바르고 얼굴 마사지를 받으면 스무 살로 보일 터였다. 댄은 왜 지금까지 그녀와 미래를 약속하는 데 소극적이었는지 모르겠다는 생각을 하게 될 것이었다.

댄.

엘리와 댄도 늙으면 후줄근하고 심술 맞은 여기 네 사람처럼 괴팍해질까?

당연히 그럴 리 없었다.

초반의 일시적인 덜거덕거림을 해결하면 희망과 모험과 만족을 누리며 같이 나이를 먹을 것이다. 그렇지 않은가? 하지만 우드론스 식당에 앉아 있는 이 사람들도 예전에는 그렇게 생각했을지 몰랐다. 엘리는 서로를 저격하고 비웃고 꼬투리 잡고 아무것도 아닌 일에 의기양양하게 공허한 웃음을 터뜨리는 그들을 지켜보았다.

그들 주변의 세상은 크리스마스 준비가 한창이었다. 이 무슨 시간 낭비란 말인가. 이 무슨 절망적이고 무의미한 시간 낭비란 말인가. 케이트가 전화할 때마다 엘리는 그들에 대한 평가를 혼자만의 비밀로 간직했다.

"다들 괜찮아." 엘리는 거짓말을 했다. "어머니는 어때?"

"아주 잘 지내고 계셔." 케이트도 거짓말을 했다. "아니, 아직 많이 움직이거나 말하는 건 어렵지만 좋아지고 있어……" 그러고는 둘 다 조금 위안을 느끼며 전화를 끊었다.

적어도 어머니가 임종을 앞두고 있지는 않았다.

적어도 우드론스가 잿더미로 변하지는 않았다.

하지만 엘리는 화를 참기가 점점 힘들어졌다. 어느 늦은 저녁 피아노 치는 소리가 들리기에, 그녀는 휴게실로 나가보았다. 도널드가 눈을 감고 자기 음악에 빠져 있었다. 엘리는 깜짝 놀라 그를 지켜보았지만, 그는 그녀의 존재를 느끼고 날이 선 눈빛으로 그녀를 노려보면서 그렇게 살금살금 따라다니지 말라고 고함을 질렀다.

조지아는 외투도 없이 눈밭에 나갔다가 얼굴을 바닥에 찧으며 넘어졌다. 엘리는 조지아를 방으로 데려가 늘 두르고 다니는 터번을 풀고 뜨거운 목욕을 시켜야 했다. 그러는 동안 조지아는 봄베이 사파이어 마티니를 연거푸 주문했고 올리브가 없다며 투덜거렸다.

헤더는 엘리에게 편지든 소포든 헤이즐에게 주지 말고 전부 자기한테 달라고 했다.

"하지만 헤이즐의 이름이 적혀 있으면……?" 엘리가 말문을 열었다.

"그것도 나한테 줘!" 헤더는 거의 단춧구멍 수준으로 눈을 가늘게 뜨고 말했다.

그러고 나서 저녁식사 시간에는 도널드가 나이프로 완두콩을 튀겨 조지아의 테이블로 날리기 시작했다. 그러자 조지아가 도널드에게 음식을 접시째 던지는 걸로 응수했다. 헤이즐과 헤더는 겁에 질려서 종알거리며 음식을 들고 식당 구석자리로 대피했다.

엘리는 마음이 무거웠다. 입소자의 8분의 1에 해당하는 네 명의 미래가 그녀의 손에 달려 있었다. 그들은 전부 떠날 것이었다. 어쩌면 텔레비전 보도를 비롯해 언론의 관심을 끌기에 최적의 시기인 크리스마스 시즌에. 엘리는 인터뷰를 하고 지팡이를 흔들며 길을 건너 레스트헤이븐으로 향하는 도널드의 모습이 눈앞에 그려졌다. 실제 있었던 일인 양 인터뷰 광경이 말 그대로 눈에 선했고 사태를 파악했을 때 케이트가 어떤 표정을 지을지도 선했다.

바로 그 순간, 며칠 동안 장렬하게 극기심을 발휘하던 엘리가 무너졌다.

그녀는 애플타르트와 아이스크림을 사이드보드에 내려놓고 양손을 허리춤에 얹은 채 그들을 쳐다보았다.

"저도 더이상은 못 참겠다는 걸 알아주셨으면 좋겠는데요." 엘리가 말문을 열었다.

"너도 더이상은 못 참겠다고? 그게 우리랑 무슨 상관인데?" 도널드가 물었다.

"미안하지만 자기는 돈을 받고 일하는 사람이야. 돈을 받고 우리를 돌보는 사람." 조지아가 설명했다.

"진짜 미스 해리스가 돌아왔으면 좋겠네." 헤이즐이 운을 뗐다.

"미스 케이트 해리스였다면 이렇게 전적으로 부적절한 소란을 피우지 않았을 텐데." 헤더는 이번만큼은 여동생의 말에 맞장구치며 고개를 끄덕였다.

"이게 소란을 피우는 거라고 생각하세요?" 엘리는 이글거리는 눈빛으로 말했다. "아직 시작도 안 했는데 무슨 말씀이세요."

그들은 놀란 얼굴로 엘리를 쳐다보았다. 그런 말투는 엘리의 평소 스타일이 아니었다.

"당신들처럼 끔찍한 인간은 내 평생 처음이에요." 그녀가 말했다. "이 식당에 훈훈함이라고는 한 톨도 없어요. 하지만 그러거나 말거나 내가 관심이 있을까요? 아뇨, 없어요. 당신들은 멋진 삶을 즐길 수도 있고 친구와 시간을 보낼 수도 있고 가족과 함께할 수도 있어요. 다들 방에 근사한 가구도 있고, 늘 보살펴주는 사람도 있는데 부탁한다거나 고맙다는 인사를 절대 하지 않죠. 당신들이 너무 지긋지긋하게 구는 바람에 우드론스를 떠난 사람도 있어요. 당신들은 가엾은 케이트 언니가 새로 온 입소자에게 시설을 안내할 때마다 현관으로 나와 요양원에 대한 불평을 늘어놓죠. 새벽 여섯시에 나를 깨워서 반숙 달걀과 조각 토스트를 달라고 하고, 저녁 준비를 하는데 엑스트라드라이 보드카 마티니를 달라며 방해하고, 누구는 우편물을 받고 누구는 받지 않을지 자기 멋대로 규칙을 정해요.

이 넓은 식당에서 이 테이블 저 테이블로 나를 끌고 다녀요. 천박하다는 둥 흔해빠졌다는 둥 어쩌고저쩌고하면서 남들 다 하는 크리스마스 장식을 달지 못하게 해요. 우리 어머니 안부는 절대 묻지 않죠. 절대.

여긴 문을 닫을 거예요. 보시다시피 그럴 수밖에 없어요. 당신들이 원흉이에요. 맞아요, 당신들 네 명이 합심해서 거둔 성과예요. 참 잘했어요.

하지만 어떻게 보면 자살골 아닌가요? 당신들 자신의 집을 망가뜨리고 있으니까요. 여기가 팔리면 어디로 갈 거예요? 당신들 절반은 레스트헤이븐과 산타로사에서 입소 금지를 당했고, 소문이 나면—분명 소문이 날 거예요—전부 입소 거부를 당할 텐데.

결국에는 지린내 풍기는 어느 시설 신세를 지게 되겠죠. 당신들이 저지른 빌어먹을 잘못 때문에.

당신들이 어디로 가게 될지 궁금하네요. 그래요, 정말로 궁금해요. 하지만 나중에는 잊어버리겠죠. 당신들 모두를, 그리고 당신들이 나와 케이트와 당신들의 이번 크리스마스를 어떤 식으로 망쳐놓았는지를.

이제 나는 이 애플타르트를 들고 주방으로 가서 먹을 거예요. 당신들한테는 신경 끊고요." 엘리는 쾅 소리와 함께 문을 닫고 식당

밖으로 나갔다.

그들은 얼떨떨한 표정으로 서로 멍하니 바라보았다.

이번만큼은 무슨 말을 하면 좋을지 아무도 알지 못했다.

엘리는 주방에서 애플타르트와 아이스크림을 듬뿍 덜어서 먹었다. 전화벨이 울렸다. 케이트였다. 케이트는 피곤한 것 같았지만 어머니가 분명한 회복세로 접어들었고 오른쪽은 감각이 전부 돌아왔다고 말했다.

"그 네 사람은 우드론스에서 어떻게 지내고 있는지 물어봐도 될까?" 케이트는 목소리에 힘이 없었다. 엘리는 언니에게 오늘밤에는 숙면을 선사하기로 마음먹었다.

"아, 뭐, 평소랑 똑같아." 엘리가 말했다.

"너 진짜 대단하다, 엘리. 너는 천사야. 너를 표현할 수 있는 단어는 그거 하나뿐이야."

엘리는 결국에는 다른 단어들도 생겨날 것임을 알았다. 하지만 오늘밤에는 아니었다. 그녀는 커피에 브랜디를 잔뜩 넣었다. 그런 다음 커피 없이 그보다 더 잔뜩 마셨다. 그리고 식당으로 돌아가 뒷정리를 하는 대신 2층으로 올라가 잠자리에 누웠다.

엘리는 창문으로 햇볕이 쏟아져들어올 즈음에 눈을 떴다. 맙소사, 몇시일까? 아홉시가 넘었다. 평소에는 여덟시에 아침을 내갔는데.

엘리는 이를 닦고 브랜디 냄새가 남았을까봐 가글로 입을 헹구고 허우적허우적 옷을 갈아입었다.

식당 문이 열려 있었다. 어제저녁에 썼던 접시들이 치워져 보이지 않았다. 그리고 그들이 전부 한 테이블에 앉아 있었다. 토스트 한 접시와 차 한 주전자가 차려져 있었다.

그들이 알아서 대처하고 있었던 것이다.

엘리는 이제 아무렇지 않게 행동해야 했다. 그러면 이 사태를 모면할 수 있을지 몰랐다.

"달걀 드실 분?" 그녀는 명랑하게 물었다.

그들은 고개를 저었다. 아니라고, 됐다고, 정말로 괜찮다고 했다. 평범하고 점잖게 얘기했다. 미묘한 뉘앙스를 풍기지도 비웃지도 않았다.

엘리는 온 세상이 살짝 기우는 것 같은 느낌이 들었다. 그들이 어제저녁에 그녀가 폭발했던 걸 모르는 척할 리 없었다. 그건 가능성이 전혀 없는 얘기였다.

헤더가 헛기침을 했다. "당신도 차 한 잔 들고 여기 와서 같이 앉으면 어떨까 하는데." 그녀가 말했다.

"네, 좋죠." 엘리가 말했다. 그녀의 텅 빈 뱃속에 찬바람이 불었다. 그런 거였다. 그들이 합심해서 그녀를 상대하려는 거였다. 뭐, 언젠가는 겪어야 할 일이었다. 그녀는 환한 미소를 지으며 자리에 앉았다.

이제 조지아가 마이크를 넘겨받았다.

"우리끼리 의논해봤는데 우리가 아는 사람한테 전부 편지를 보내서 여기가 얼마나 좋은 곳인지 알려야겠어." 그녀가 말했다. "그리고 한 가지 더, 알고 보니 지금이 크리스마스 시즌이지 뭐야." 그녀가 단호하게 덧붙였다.

엘리는 좌우를 미친듯이 두리번거렸다. "네, 음…… 사실 크리스마스 시즌이죠." 그녀는 결국 이렇게 말했다.

"그러니까 다 같이 시내에 가서 쇼핑을 하면 좋을 것 같아." 조지아가 말했다. "그리고 칠면조도 살까?"

엘리가 크리스마스에 칠면조를 먹으면 어떻겠냐고 물었을 때 그들은 하나같이 비웃음을 날렸다. 헤이즐과 헤더는 거위 고기 아니면 안 먹겠다고 했다. 도널드는 뿔닭만 좋아한다고 했다. 그리고 조지아는 굴 두 판이 낫겠다고, 다른 음식에는 전혀 관심이 동하지 않는다고 했다.

그래서 엘리는 스테이크 앤드 키드니 파이*를 준비하려고 했었다. 하지만 이건 화해의 제스처였고 그녀는 받아들여야 했다.

"칠면조요?" 엘리는 그런 건 생각지도 못했다는 듯이 외쳤다. "그럼 정말 좋겠네요!"

도널드는 크리스마스트리도 있어야겠다고 했고, 헤더와 헤이즐은 시내에 나갔을 때 캐럴 예배를 드릴 수 있을지 궁금해했다. 엘리는 가시지 않은 현기증을 달래며 케이트의 고물차를 꺼냈고 그들은 시내로 향했다.

조지아는 그길로 크리스마스 크래커와 꼬마전구를 샀고 그날 오후에 트리를 배달하는 것으로 젊은 남자와 합의를 보았다. 헤더와 헤이즐은 칠면조를 파는 좌판을 돌아다니며 농부의 아내로서 쌓은 전문 지식을 총동원해 죽은 새의 가슴을 찔러보았다. 도널드는 주류 판매점에 들어가 아무나 붙잡고는, 자신은 술이 잘 다루면 충실한 하인이지만 잘못 다루면 포악한 주인이라는 걸 알기에 끊었지

---

*작게 자른 소고기와 소나 양 등의 콩팥을 넣어 구운 영국식 파이.

만, 네 명의 숙녀에게 대접할 생각이니 빈티지가 훌륭한 샤토 와인을 달라고 했다.

엘리는 지극히 비정상적인 동행들을 계속 주시하며 그 밖의 필요한 준비물을 장만했다.

처음에는 조지아를 놓쳤다. 엘리는 이쪽저쪽으로 뛰어다니며 들렀던 곳을 다시 찾아다녔고 점점 겁에 질리기 시작했다. 술집 문이 열리는 걸 보고 그녀와 달리 정신병자를 책임지지 않아도 되는 사람들, 쌀쌀한 점심시간에 술 한잔 마실 수 있는 사람들을 부러워했다.

그런데 안에서 노랫소리가 들렸다.

"나는 뉴욕의 6월이 좋아요.
당신은 어떤가요?"

왠지 모르게 귀에 익은 목소리라 엘리는 왔던 길을 되짚어갔다. 조지아가 바에 앉아 모든 손님을 동원해 즉석 합창단을 지휘하고 있었다. 노래가 최고조에 달하자 그녀는 말 그대로 바 위로 올라섰다. 이제 보니 다리가 아직 상당히 쓸 만했다. 다리와 광대뼈는 늘 그런 식이었다. 조지아는 좌중을 쥐락펴락했다.

놀랍게도 조지아는 쓰러지지 않았고 엄청난 박수갈채 속에 부축을 받으며 내려왔다. 엘리가 조지아를 데리고 나오는 동안 낯선 사람들이 조지아의 등을 두드리며 대단했다고 말했다.

"다른 분들도 들었더라면 좋았을 텐데." 엘리가 말했다. 하지만 조지아는 팬들에게 웃어주느라 바빠 대꾸할 겨를이 없었다.

그들은 다 같이 핫도그를 먹은 뒤 차에 올라탔고 엘리가 캐럴 예배가 열리는 곳을 찾아냈다. 도널드는 목사에게 그들이 요양원에서 왔다고 밝히며 교구의 젊은이들이 찾아와 요양원을 말끔하게 단장하는 걸 도와주면 좋겠다고 했다. 그리고 이내 날이 잡혔다.

우드론스로 돌아왔을 때 크리스마스트리가 막 도착했고 다시 눈이 내리기 시작했다. 그들은 어린애처럼 웃으며 눈싸움을 했다. 이제는 식당에서 각기 다른 테이블에 앉았던 적이 없는 사람들처럼 자연스럽게 한 테이블에 앉았다.

그들은 저녁식사를 마치고 트리를 꾸몄다. 도널드는 술을 끊은 지 구 년 됐다고 말했다. 그들은 대단하다고 중얼거렸지만 그는 슬픈 눈빛을 지었다.

"더 일찍 끊었어야 했는데." 그가 말했다. "나는 바보였어, 얼마나 많은 걸 잃고 있는지 몰랐던 바보."

"뭘 잃으셨는데요?" 엘리가 물었다.

"아내, 직장, 자존감."

"부인께서 돌아가셨어요?" 엘리는 어디서 그렇게 물어볼 용기가 났는지 알 수 없었다.

"응, 응, 죽었지."

조지아가 손을 내밀어 그의 손 위에 얹었다. "부인은 당신이랑 같이 살아서 행복했다고 생각했을 거예요." 그녀가 말했다. 조지아가? 그녀가 이런 다정한 말을?

"그리고 당신은 분명 아주 재밌는 인생의 동반자였을 테고요." 헤더가 말했다.

"판사였다는 것과 기타 등등을 감안하면 말이에요." 헤이즐이 맞장구를 쳤다. 이 자매의 의견이 일치하다니?

이상한 날이었다.

그들은 저녁 늦게까지 대화를 나누었다. 조지아는 직업 면에서 기대했던 만큼 성공하지 못했다고 했다. 돌아보면 완벽했던 두 남편을 괜히 희생시킨 게 아닌가 싶을 때가 많았다고.

"괜히라니요. 두 사람은 그렇게 생각하지 않을 겁니다!" 도널드가 늠름하게 나섰다.

헤더와 헤이즐은 어머니와 아버지 얘기를 꺼냈지만 평소처럼 우상화하지 않았다.

"두 분은 좀 구시대적이었어요." 헤더가 말했다.

"그리고 무슨 문제건 당신들이 옳다고 생각했고." 헤이즐이 맞장구쳤다.

"그리고 헤이즐은 남자친구가 있었어요." 헤더가 말했다.

"하지만 아빠가 걸맞지 않은 상대라고 했죠." 헤이즐이 슬픈 목소리로 말했다.

"그래서 헤이즐더러 아이를 포기하라고 했어요." 헤더가 설명했다.

다들 무슨 말인지 알아차리고 슬퍼했다.

"하지만 언젠가 연락이 닿을지 몰라요." 헤이즐이 희망어린 목소리로 말하자 다들 다시 기운을 냈다.

그들은 다음날을 어떻게 보낼지 계획을 세웠다. 멋지게 차려입고 저녁을 먹을 작정이었다. 엘리는 크리스마스에 댄을 만나면 입으려고 했던 옷들을 살폈다. 하루종일 그의 생각을 하지 않았다니, 이렇게 놀라울 수가!

나중에 엘리는 조지아에게 자기 전에 마시는 술로 브랜디 알렉산더를 만들어주며 댄을 정리할 수 있을 것 같다고 말했다.

"진짜로 그랬으면 좋겠어. 차를 빵빵거리며 다니는 남자를 만나기엔 자기가 너무 아깝거든." 조지아가 말했다. "엘리, 내일은 터번을 두르지 않고 머리 손질을 맡길 수 있을까?"

"제가 자르고 손질해드릴게요." 엘리가 제안했다. 그녀는 도널드의 와이셔츠를 다리고 두 자매가 스카프 고르는 것을 거들었다. 그들이 모두 한자리에 모이자 흥분이 고조되었다.

야회복을 제대로 갖춰 입은 도널드는 눈이 부셨고 헤더와 헤이즐은 보석 상자에 있던 액세서리를 모조리 꺼내 몸에 걸쳤다. 고전적인 검은색 원피스를 입은 조지아는 은발을 반짝이며 계단을 내려왔다.

저녁을 먹는 중간에 케이트가 전화를 했다. 조지아가 전화를 받았다.

"엘리 바꿔달라고? 그래, 통화가 어려울 정도로 취하지는 않았을 거야. 푸딩에 계속 브랜디를 부어 먹기는 했지만. 누가 엘리 좀 불러줄래요? 케이트 전화예요. 아, 그나저나 케이트, 어머니는 좀 어때? 그래? 다행이네. 다행이야. 어머니를 여기로 모셔 오면 우리 다 같이 만날 수 있겠다. 여기로 모시고 올 거지?"

엘리가 전화를 받았다. 그들에게는 엘리가 하는 말만 들렸기 때문에 케이트가 뭐라고 하는지는 미루어 짐작하는 수밖에 없었다.

"아니, 절대 아니야. 우리 모두 전혀 취하지 않았어. 응, 그렇다니까. 어머니 모시고 올 거지? 아, 그리고 언니, 여기 이분들이 친구들한테 우드론스가 좋으니까 와서 지내라고 전부 편지를 보냈어. 아, 그리고 한 가지 더. 금요일에 보이스카우트가 떼로 와서 울타리를 칠하고 창가 화단을 만들 거야. 트리 치우기 전에 올 거지?

크리스마스트리 말이야, 언니. 엄청 예뻐. 우리 모두 아무 일 없이 잘 지내고 있으니까 아픈 데 없느냐고 계속 묻지 마. 나는 정말 아무 문제 없어. 아니, 그 사람한테서는 연락 없었는데 그건 중요한 문제가 아니야. 나랑 여기 있는 사람 모두가 걱정하고 있다고 어머니한테 전해줘. 안녕, 언니……"

바로 그때 대로에서 경적소리가 들렸다. 크리스마스에 댄이 엘리를 만나러 온 것이었다. 엘리는 현관으로 나갔다. 다들 식당 문 앞으로 가서 귀를 기울였다.

그는 차에서 내리지도 않았다. "자기 데리고 드라이브 가려고 왔어." 그가 외쳤다. "코트 입고 지금 바로 나올래?"

"해피 크리스마스, 댄." 엘리가 말했다.

"아니, 무슨 대답이 그래? 좋다는 거야, 싫다는 거야?" 그는 습관처럼 고개를 한쪽으로 기울였다. 예전에는 그걸 보면 그녀의 몸이 달아올랐다.

"잘 가라는 말을 노인의 방식으로 표현한 거야, 댄." 엘리는 외치고 문을 닫았다.

식당에 있던 사람들은 한데 부둥켜안았다가 엘리가 돌아오기 전에 얼른 테이블로 돌아가 앉았다. 나중에 도널드가 그들에게 피아노 연주를 들려주었다. 전에 엘리가 보았을 때처럼 눈을 감았는데, 얼굴이 깎은 듯이 준수했다. 조지아는 노래를 불렀고 보드빌 극장에 얽힌 일화를 주로 엉뚱한 해프닝 위주로 들려주었다. 헤더는 아들한테 연락이 오면 헤이즐이 떠날까봐 자신에게 우편물을 달라고 했던 거라고 말했고, 헤이즐은 놀라며 백만 년이 지나도 헤더를 떠나는 일은 절대 없을 거라고 했다.

엘리는 자신이 조만간 여기를 떠나 제대로 된 삶을 찾을 거라는 사실을 알았다. 하지만 보이스카우트를 감독하고 어머니와 언니를 맞이하는 등 그전까지 해야 할 일이 많았다. 그리고 살다보면 뭐가 됐든 적게 설명할수록 좋은 경우가 더 많았다.

크리스마스 타이밍

Christmas Timing

올해 크리스마스가 그들에게는 함께하지만 함께 보내지는 않는 다섯번째 크리스마스가 될 것이었다. 하지만 기본 전제는 같았다. 크리스는 합법적인 부부만 뭔가를 축하할 수 있다는 듯이 으스대며 기념일에 대해 얘기하고 또 얘기하는 기혼 커플을 질색했다. 자신과 노엘이 오 년 전 겨울부터 내내 만나왔다는 걸 친구들이 모른다는 사실이 믿기지 않았다. 그들 사이에 공통점이 얼마나 많은지 발견하고 또 발견했던 신비로운 겨울이었다. 그들은 둘 다 크리스마스에 태어났고 그 시즌을 기념하는 뜻에서 한 명은 크리스, 한 명은 노엘이라고 불리게 되었다. 둘 다 올림픽경기라면 지겨워 죽으려 했고 10종 경기, 투창 혹은 원반던지기라는 단어를 두 번 다시 듣고 싶어하지 않았다. 같은 영화를 좋아했고 막 서른 살이 됐을 때 나이트클럽을 드나들기에는 조금 나이가 많은 듯한 기분을 느꼈다.

처음으로 데이트를 하던 날, 그들은 스티비 원더의 〈I Just Called to Say I Love You〉를 들었다. 크리스는 죽을 때까지 그 순간을 잊지 못할 것이었다. 그리고 노엘이 호텔 로비, 기차역 등에서 전화박스를 볼 때마다 그녀에게 전화해 사랑한다고 말했던 것도. 집에서는 아내가 멀찌감치 있을 때마다 전화해 그렇게 말해주었던 것도.

그때는 아이들이 한참 어렸다. 노엘의 아이들 말이다. 물론 공정하게 말하자면 그의 아내가 낳은 아이들이었지만. 둘 다 한참 어려서 일곱 살과 여덟 살이었다. 그 정도면 어린 나이였다. 그런데 이상하게 세월이 지나도 그 아이들은 어리게 느껴졌다. 다른 건 모두 달라졌는데 그것만은 왜 그대로인지 크리스는 이해할 수 없었다. 노엘의 아이들은 지금도 아빠가 퇴근하길 기다리고, 전화 통화를 해야 하며, 선물을 바라고, 노엘과 크리스가 어쩌다 간신히 같이 여행을 가는 데 성공할 때마다 매일같이 엽서를 보내달라고 요구하는 껌딱지들이었다. 그들은 사진으로 봐도 점점 어려지는 듯했다. 아니면 어리게 옷을 입고 아기처럼 구는 것일 수도 있었다. 그들은 이제 열두 살과 열세 살이었다. 그런데도 왜 계속 사진을 찍을 때 보호해달라는 듯 아빠에게 들러붙거나 기대는 걸까? 아니면 악마처럼 교활한 아내가 완벽한 가족사진이 아니라 보여주기 위한 사진을 찍으려고 항상 그런 식으로 구도를 잡는 걸까?

크리스와 노엘은 서로 아주 조심했다. 노엘은 친척이나 이웃과 벌이는 파티 같은, 가족과 함께 보내는 크리스마스와 관련해 크리스의 심기를 건드릴 만한 이야기는 절대 하지 않았다. 크리스도 마찬가지로 부모님이 크리스마스마다 독신이라는 어마어마한 장점을 가진 아버지 회사의 부하 직원을 초대한다는 얘기를 하지 않았다. 언니들이 크리스에게 생체시계가 째깍째깍 움직이고 있다면서 여성 해방도 좋지만 정말 2세 계획을 영원히 미루고 싶은 거냐고 협박조로 나온다는 얘기도 하지 않았다.

사실 크리스가 보기에 두 사람은 그녀가 아는 대부분의 부부보다 서로에게 더 깍듯했고 기분이 상하지 않게 배려했다. 그녀는 종종 잡지에 실리는 테스트를 해보았다. '우리는 성격이 잘 맞을까?' 크리스는 솔직하게 답변하기만 하면 그들이 테스트를 하는 족족 높은 점수를 기록할 거라고 생각했다. 그들은 항상 주중에 서로에게 무슨 일이 있었는지 귀기울여 들었고 흥미로워했다. 집안에서 절대 지저분하거나 후줄근한 차림새로 늘어져 있지 않았다. 대화를 나누는 대신 텔레비전을 켜는 건 두 사람 모두 상상조차 하지 않았다. 사랑을 나눌 때도 이기적이라기보다 다정했고 서로에게 맞추려 했다. 그들은 거짓으로 가장할 필요가 없었다. 그들은 성격이 잘 맞았다.

가끔 크리스는 '우리는 로맨틱한 커플일까?' 테스트를 하기도 했다. 그러면 결과는 '그렇다'였다. 그들은 로맨틱한 커플이었다!

노엘은 꽃 한 송이를 사다주었고 크리스가 입은 옷을 기억하고 칭찬했다. 그녀는 저녁을 항상 식탁에 차렸다. 크리스의 아파트에서 무릎에 쟁반을 올려놓고 저녁을 먹는 일은 없었다.

'그는 남성 우월주의자일까?' 테스트에서도 마찬가지였다. 아니었다, 노엘은 남성 우월주의자가 아니었다. 크리스는 그가 그녀의 지적인 능력을 존경하고, 그녀의 직업을 높이 평가하며, 자기 일과 관련해 그녀에게 조언을 청하고, 모든 면에서 그녀를 동등하게 대한다고 가슴에 손을 얹고 장담할 수 있었다. 그는 절대 그녀를 얼굴만 반반한 애인으로 취급하지 않았다.

크리스는 어떤 테스트든 피하지 않았다. 심지어 '우리 사랑은 영원할까?'도 마찬가지였다. 그녀는 이 테스트에 가차없이 응했고 영원하겠다는 결론을 내렸다. 다른 연인들의 사랑은 무너지고 식더라도 그들의 사랑은 의기양양하게 유지될 것이었다. 그들은 필요한 모든 조건을 갖추었다. 그들은 명석했고 한계를 알았고 그럼에도 가장 먼 경계선까지 모험을 마다하지 않았다. 내년에는 정식으로 함께하자는 크리스마스의 단골 약속은 또 어떤가. 그건 그들의 애정 전선에서 약한 연결 고리가 아니었다. 반드시 필요한 선언이었다.

노엘도 이런 심리 테스트를 좋아했다. 크리스가 경영 잡지에서 보지 못한 걸 그가 찾아내는 때도 있었다. '당신은 스트레스를 주는 연애를 하고 있을까?' 노엘과 크리스는 자신만만하게 웃으며 자신들의 연애는 전혀 그런 종류가 아니라고 의견 일치를 보았다. 노엘이 '당신은 바람을 피우고 있을까?'라는 진지한 테스트를 발견한 적도 있었다. 그들은 아주 꼼꼼하게 그 테스트에 응답한 결과 마음의 상처를 입은 사람이 아무도 없으니 그는 바람을 피우는 게 아니라는 결론을 내렸다. 게다가 때가 되면 모든 걸 공개할 것이었다.

그래서 그들은 크리스마스를 앞두고 독자들의 재미와 주의 환기를 위해 신문에 실리는 크리스마스 테스트를 대할 때 아무 두려움이 없었다. 그리고 비록 멀리 떨어져 있지만 크리스마스에 불행하지 않을 것이었다. 노엘은 크리스가 언니와 형부, 조카, 오래전부터 집안끼리 알고 지낸 친구들에게 둘러싸인 채 부모님 집에 앉아 있는 사진을 가지고 있었다. 그는 그녀가 벽난로 앞에 앉아 이 재미있는 테스트를 집어들고 조용히 질문에 답하는 모습을, 노엘 역시 그의 집 벽난로 옆에서 똑같은 테스트에 토씨 하나 틀리지 않은 답을 하고 있으리라는 걸 알고 혼자 미소를 짓는 그녀의 모습을 상상할 수 있었다. 크리스도 노엘 생각을 했다. 노엘은 두 아이, 나이를 거꾸로 먹는 듯해서 올해에는 양말 속에 딸랑이와 헝겊 장난감이 선물로 들어 있었을지 모르는 그 아이들과 즐거운 시간을 보냈을 것이다. 그러고는 신문 좀 읽게 숨 돌릴 틈을 달라고 한 끝에 휴식시간을 얻었을 것이다. 크리스는 다른 커플 같으면 불안해서 가슴 졸였을 질문을 보고 고개를 끄덕이며 미소를 짓는 노엘의 모습을 그릴 수 있었다. 성격이 잘 맞고 로맨틱하며 명석하고 남성 우월주의자가 아니며 바람둥이가 아닌가? 그들은 모든 항목에서 합격 판정을 받을 것이었다. 크리스마스이기도 하지만 칠십 년 인생의 딱 절반에 다다르기도 한 날의 상쾌하고 추운 오후, 그들은 거의 비슷한 시각에 앉아서 크리스마스 테스트를 했다.

올해에는 형식이 달랐다. '네, 아니요, 아마도'라고 적힌 네모 칸에 체크하는 방식이 아니었다. 맨 마지막에 점수를 합산하라고 되어 있지도 않았다. "점수가 75점 이상이면 어처구니없을 만큼 행복한 것"이라거나 "점수가 20점 이하면 이 관계가 정말로 맞는 관계인지 고민해보라"고 하지 않았다.

올해에는 전혀 새로웠다. 체크하거나 X표를 하는 대신 단어와 문장으로 적어야 했다. 마지막에 점수를 합산하지도 않고 사랑하는 사람이 읽을 수 있게 신문을 그냥 집안에 두라고 했다. 사랑하는 사람이 바뀌길 바란다면 그러라고 했다. 크리스와 노엘은, 크리스마스와 함께 이제 서른다섯 살이 된 두 사람은 테스트에 답하기 위해 머나먼 거리를 사이에 두고 안락의자에 몸을 묻었다. 제목은 '짜증나는 소소한 부분들'이었고 수없이 다양한 주제 아래에 사랑하는 사람의 어떤 면이 나를 움찔하게 만드는지 적어야 했다. 솔직해야 한다고 헤드라인이 호통을 치는 듯했다. 솔직하게 답변하지 않으면 의미가 없다고.

크리스의 집에서 아이들은 트리 옆에서 새로운 게임기를 가지고 놀았고, 언니들은 새해에 태어날 아기들에 대해 이야기했고, 부모님은 흐뭇한 얼굴로 의자에서 졸았다. 독신이라는 어마어마한 장점을 가진 아버지 회사의 부하 직원은 크리스마스 전구를 고치고 건전지 없이 선물 포장된 모든 기기에 건전지를 넣었다.

"서로한테 눈이 먼 커플이나 그런 테스트에 응답할 거예요." 그는 싹싹하게 말했다.

크리스는 동정하는 눈빛으로 그를 쳐다보았다. 부모님 귀에 들어갈 수 있기에 그에게 그녀의 행복한 연애는 비밀로 해야 했다.

"아, 맞아요. 우리 같은 싱글이나 감히 할 수 있죠. 환상 속에서 살고 있으니까."

그는 크리스를 보며 미소를 지었다. 올해따라 그가 달라 보였다. 그에게도 비밀이 있을지 모를 일이었다. 그녀는 더할 나위 없이 만족스러운 표정을 그에게 들키지 않고 테스트에 답하려고 신문을 좀더 가까이 당겼다.

노엘의 집에서 아이들은 친구들과 놀러 나갔다. 집에서는 할일이 없다고, 선물도 개봉했으니 언덕으로 올라가 남들처럼 연을 날리면 안 되느냐고 했다. 노엘의 아내는 자신의 부모님에게 앞으로 어떤 사업을 시작할 생각인지 신나게 설명했다. 그럼요, 당연히 출장을 좀 가겠죠. 하지만 애들도 많이 컸고 인격 형성기에 자기 삶을 스스로 건사할 기회를 주는 게 독립심을 키우는 최고의 방법이에요.

노엘은 신문을 펼쳤고 '짜증나는 소소한 부분들'을 보고 미소를 지었다. 그는 시작하기 전부터 크건 작건 크리스와의 삶에 짜증나는 부분은 없다는 걸 알았다.

그런데 그와 그의 아내에 대한 테스트라면? 아, 그렇다면 얘기가 전혀 달랐다! 첫번째 질문을 보라.

"사랑하는 사람이 누누이 반복하는 말 중에 당신을 미치게 만드는 게 있습니까?" 크리스에게는 없었다. 그녀가 하는 말은 뭐든 신선하고 새로웠다. 하지만 그의 아내는 "까놓고 얘기해서"라는 말을 하루에 한 번씩만 했어도 벌써 사백 번은 했을 것이다. 그리고 아내의 또다른 말버릇으로 "백 퍼센트 솔직히 얘기해서"도 있었다. 맙소사, 아내가 그 말을 할 때마다 얼마나 소리를 지르고 싶었던지. 아내는 버스를 얼마나 기다렸고 누군가와 얼마 동안 통화했는지 같은 사소하기 짝이 없는 이야기를 할 때조차 자신이 솔직하다고 강조해야 할 필요성을 느꼈다. "아니, 백 퍼센트 솔직히 얘기해서 걔가 전화한 시각은 두시 반이 아니라 세시였는데, 어쨌든 까놓고 얘기해서 걔는 날마다 전화를 하거든." 그 항목에 관한 한 크리스에게는 흠잡을 만한 구석이 없었다. 반면에 그의 아내에게는 그가 질색하는 또다른 말버릇이 있었다. "알아?"였다. 세상에 둘도 없이 시시한 얘기를 해놓고 그 말을 질문처럼 덧붙였다. "내가 오늘 옆집에 새로 이사 온 사람을 만났거든. 알아?" 대체 왜 "알아?"라고 묻는 걸까? 노엘은 부글부글 끓어오르는 분노로부터 자신을 어렵사리 분리했다. 이 테스트의 주체는 그와 크리스였고 지금까지 그녀는 아주 높은 점수로 통과했다. 이제 두번째 질문. "사랑하는 사람이 입는 옷 중에 쓰레기통에 버리고 싶은 옷이 있습니까?" 당연히 있었다. 그 흉측한 밍크 목도리와 거기에 따라다니는 대사. "나도 모피를 입겠답시고 동물을 죽이는 건 찬성하지 않지만 밍크는 달라. 밍크는 해로운 동물이야, 게다가 밍크는 자유가 뭔지도 모르잖아." 하지만 잠깐, 그건 크리스가 아니라 아내였다. 크리스는 모피를 입지 않을 테고 입더라도 구구절절 변명을 늘어놓지 않을 것이었다. 크리스는 사랑스럽고 부드러운 색상, 예를 들면 그녀의 눈처럼 회색이 도는 파란색이나 가끔은 라일락색 옷을 입었고, 그가 전혀 예상하지 못했을 때 진홍색 원피스나 노란색 스웨터를 입고 등장했다. 아니다, 그쪽에는 쓰레기통에 버릴 게 없었다. 노엘은 자신의 연애운을 생각하며 기쁨의 한숨을 쉬었다. 엉뚱한 소리를 한마디도 하지 않고 그가 좋아하지 않는 옷도 입지 않는 여자라니.

다른 집에서는 크리스가 제목에서 요구한 대로 솔직하게 답변하는 중이었다. 누누이 반복하는 말? 흠, 그는 밖에서 외식할 때 혹은 그녀의 아파트에서 저녁을 먹을 때조차 늘 "뒷간에 다녀오겠다"고 했다. 하지만 그건 듣기 싫은 말은 아니었다. 조금 진부한 표현이라면 모를까. 아, 그리고 또 그는 진토닉을 마시겠느냐고 물을 때마다 기발한 농담이라도 된다는 듯이 "아이스 앤드 슬라이스?*"라고 물었다. 하지만 장난이었고 보이지 않는 따옴표가 양옆에 붙어 있었다. 아니, 그건 적지 않을 생각이었다. 적으면 트집을 잡는 게 될 것 아닌가. 벽난로 저편에 아버지의 부하 직원이 있었다. 크리스는 그가 자신을 쳐다보고 있다고 생각했지만 건전지를 새로 넣느라 정신이 없는 걸 보면 그녀의 착각이었다. 아이도 없는 사람이 어찌 그리 현명한 생각을 했는지 건전지를 한정 없이 들고 온 모양이었다. 크리스는 테스트를 계속 읽었다. 노엘의 옷 중에 '화끈한 남자'라고 적힌 속옷 말고 버리고 싶은 옷이 또 있나? 예전에는 재밌게 느껴졌던 빨간색과 하얀색 줄무늬 나이트캡과 고르바초프 열풍이 불 때 산 모피 모자, 여름에 샌들에 신는 양말, 그 자체로는 전혀 나무랄 데 없지만 그걸 끼고 운전대를 잡으면 왠지 모르게 잘난 체하는 것처럼 보이는 운전용 장갑. 하지만 이런 건 짜증나는 부분이라고 볼 수 없었다. 막 줄줄이 읊을 만한 그런 게 아니었다.

질문은 모두 스무 개였다. 노엘은 스무 개의 문항에서 아내에게는 적어도 다섯 개의 단점을 발견하고 여자친구에게는 아무 단점도 발견하지 못했다. 하지만 크리스는 스무 개의 질문에 응답하는 동안 노엘에게서 스무 개의 단점을 발견했다. 스무번째 질문에 이르자 눈물이 고이기 시작했다. 그녀는 불쾌한 식사 습관을 세 개 찾았고, 회사에서 비리를 저지른 낌새를 두 번 느꼈고, 개인적으로 사소하게 비열한 짓을 저지른 낌새는 무려 여섯 번 느꼈다. 그녀는 이 가운데 어느 것도 적지 않았다. 그럴 필요가 없었다. 이건 그의 습관을 바로잡기 위한 테스트가 아니었다. 멀었던 눈을 뜨는 계기

---

* 진토닉에 얼음과 레몬 슬라이스를 넣겠냐는 뜻으로, 토막 살인이 일어나는 공포 영화를 뜻하는 'dice and slice'를 변형한 말장난.

였다. 크리스의 눈에서 콩깍지가 벗겨진 순간 노엘의 매력은 바닥으로 곤두박질쳤다. 크리스는 노엘이 곧 전화해 스티비 원더의 노래를 불러줄 것임을 알았다. 하지만 크리스는 그에게, 당신이 절대 가정을 버리고 나를 선택할 리 없다는 걸 알겠다고, 게다가 난 당신이 그래주길 바라지도 않는다고 당장 말하지는 않을 것이었다. 그러면 그에게도 마음의 짐을 더는 기회가 될 것이었다. 그는 기본적으로 나쁜 남자는 아니었다. 그저 기본적으로 짜증나는 남자일 뿐이었다.

다른 집에서는 노엘이 아내의 불쾌한 식사 습관을 일곱 개 찾았고, 회사에서 저지른 비리는 어찌나 많은지 창업하면 범죄계의 거물이 되는 건 아닐까 걱정이 될 정도였다. 노엘은 지금이야말로 아내에게 헤어지고 싶다고 말할 때라는 걸 알았다. 그는 오늘, 바로 오늘 얘기할 것이었다. 그래야 좀더 공정할 테고 아내도 그를 신경 쓸 필요 없이 그녀의 계획대로 일을 추진할 수 있을 것이었다. 그는 부부 사이가 얼마나 멀어졌는지 이제야 깨달았다. 아이들이 그를 거의 필요로 하지 않는다는 것도. 이 얼마나 엄청난 깨달음인가.

노엘은 아내에게 서슴없이 고백하고 크리스에게 전화할 것이었다. 그리고 이번에는 뒷간에 다녀오겠다고 말하고 침실로 올라가서 전화할 필요도 없었다. 길모퉁이 공중전화를 찾아갈 필요도 없었다. 그는 솔직해질 것이었다.

노엘은 크리스가 뭐라고 할지 알고 싶어 견딜 수가 없었다. 어쩌면 그녀는 당장 부모님 집을 박차고 나와 도시에 있는 그녀의 아파트로 갈 수도 있었다. 그녀가 부모님 집에 있을 필요가 뭐가 있겠는가. 노엘은 토닉 한 병과 레몬을 들고 크리스를 찾아갈 테고, 그녀는 진을 마실 테고, 실없는 말장난이기는 했지만 그는 그녀가 얼음과 레몬을 넣은 진토닉을 얼마나 좋아하는지 알았다.

노엘은 크리스를 당장 만나고 싶었다. 하지만 그는 나중에 그녀를 만나서, 그가 전화해 이제 자신은 자유의 몸이라고 알리기 전까지 몇 시간 동안 뭘 했느냐고 물을 작정이었다.

크리스는 집안끼리 알고 지내던 친구이자 마침 독신이고 마침 아주 성격이 좋은 아버지의 부하 직원과 아이스하키 게임을 했다.

전화벨이 울리는 소리를 들은 사람은 그들 둘뿐이었고 그는 받을 필요가 없다는 그녀의 생각에 동의했다. 아주 짜증나는 사람이나 크리스마스에 전화하는 법이었다.

크리스마스
선물

Christmas Present

크리스마스가 다가오고 있었다. 온 사방이 불을 밝혔다. 가게에 산타가 보이기 시작했고 모든 정육점 쇼윈도마다 '칠면조를 미리 준비하세요'라는 협박성 안내판이 등장했다. 엄마는 그들 몫의 칠면조를 이미 주문했다. 조는 몇 번씩 확인했다.

"조, 한 번만 더 물어보면 크리스마스에 내가 오븐 속으로 들어가 내 몸에 육즙을 끼얹을 거야. 당연히 주문해놨지. 어떤 칠면조를 주문했든 트집을 잡힐 테지만."

엄마의 말이 맞는다고 조도 체념하고 인정하는 수밖에 없었다. 크리스마스이브에는 할머니와 할아버지가 놀러오는데 두 분이 도착하는 순간 그날 하루가 점점 망해가기 시작했다. 할머니와 할아버지는 부부가 아니었다. 심지어 서로 좋아하지도 않았다. 할머니는 조의 외할머니였고, 엄마가 아빠와 결혼하지 않았다면 지금보다 더 멋진 집에서 더 고급스럽게 살았을 거라고 생각했다. 할아버지는 조의 친할아버지였고, 사사건건 성질을 부리면서 사람들의 가치관이 달라져 세상이 전과 같지 않다고 툴툴거렸다.

심지어 일 년 내내 싸우는 일이 없는 조의 엄마 아빠도 이때가 되면 말다툼을 벌였다. 해마다 올해는 괜찮을 거라고 생각했지만 이삼일 전이 되면 분위기가 이상해지기 시작했다. 조는 열 살밖에 안 됐지만 전조를 느낄 수 있었다. 부모님은 나이가 그렇게 많으면서 왜 지평선을 덮은 먹구름을 알아차리지 못하는 걸까?

"점점 즐겁고 크리스마스다운 분위기가 풍기는 것 같아요, 엄마." 사흘쯤 전에 조는 이렇게 말했다.

"너희 아빠가 또 그 노래를 부르기 시작한 걸 보면 그렇다는 걸 알 수 있지." 엄마는 입을 굳게 다물었다. 아빠가 예전에 라디오에서 들은 노래를 말하는 거였다.

라디오에서 〈화이트 크리스마스〉가
한 번만 더 들리면 소리를 지르겠어.
나는 지금까지 사는 동안
그 노래가 등장할 때마다
눈밭으로 나가 구역질을 했거든······

조는 그것도 재미있다고 생각했다. 엄마는 아니었다. 엄마는 빙 크로스비*를 좋아했고 외할머니와 외할아버지도 빙 크로스비를 좋아했기 때문에 중요한 모든 게 놀림과 조롱의 대상으로 전락했다고

---

* 〈화이트 크리스마스〉를 부른 미국의 유명 가수이자 배우.

여겼다.

아빠는 우스운 말이 적힌 종이 냅킨을 샀다.

"'살아 있는 시체들의 저녁'에 이 냅킨이 우리 식탁에 활기를 불어넣을 거야." 아빠가 말했다.

엄마의 말에 따르면 할머니는 리넨 냅킨 없이 크리스마스 식사를 하는 건 바닥에 앉아서 신문지에 담긴 감자튀김을 먹는 것과 다름없다고 생각했다.

"우리가 연애하던 시절, 당신이 나를 사랑했던 시절에 자주 하던 짓이지." 아빠가 말했다.

"나는 지금도 당신을 사랑해, 이 바보 같은 인간아." 엄마는 이렇게 말했지만 진심이 담긴 말투는 아니었다. 자동 응답기 같았다.

조는 친구 토머스에게 그 집도 비슷하냐고 물었다. 아니었다. 토머스의 집에는 수십 명이 모인다고 했다. 항상 선물이 부족했고 늘 서로의 나이에 맞지 않는 선물을 했다. 심지어 성별에 맞지 않을 때도 있었다. 토머스는 크리놀린 레이디* 모양의 잠옷 주머니를 받은 적도 있었다. 개집에 깔아주었더니 개가 머리를 뜯어먹고 탈이 났다.

"하지만 싸우셔? 너희 엄마랑 아빠 말이야."

토머스는 기억을 더듬었다. "서로 소리를 질러." 그가 말했다. "하지만 평소보다 더 심하지는 않아." 별로 도움이 되지 않았다.

조는 할아버지와 할머니가 오지 않았으면 했다. 두 분이 모든 사

---

* 크리놀린은 19세기 유럽에서 여성이 치마를 풍성하게 하기 위해 안에 입던 틀로, 그런 풍성한 치마를 입은 여성의 모습을 본뜬 자수나 인형 등을 크리놀린 레이디라고 부른다.

태의 원흉이었다. 그들끼리라면 근사한 시간을 보낼 수 있을 것이었다. 할아버지와 할머니가 오지 않으면 그들이 원하는 텔레비전 프로그램을 볼 수 있을 테고, 조가 토머스의 집에 놀러가거나 토머스가 조의 집에 놀러올 수도 있을지 몰랐다. 그리고 엄마와 아빠는 항상 좋은 일만 기억하는 사람들답게 웃으면서 "이거 기억나?" "저거 기억나?" 할 것이었다.

할아버지는 인정이 있던 시절을 기억했다. 그리고 할머니는 몇 년 전 시절이 달랐을 때 그들의 집을 장식했던 스타일과 고급스러움을 기억했다. 그리고 두 기억 다 모두에게 음울한 그림자를 드리웠다.

"크리스마스 때 제일 바라는 게 뭐예요? 선물도 말고 백만 파운드도 말고 그냥 이런 일이 일어났으면 좋겠다, 하는 거요." 조는 엄마에게 물었다.

"너희 아빠가 '화이트 크리스마스'를 야유하는 그 노래 좀 그만 불렀으면 좋겠다." 엄마가 말했다.

"아빠는 제일 바라는 게 뭐예요?"

"너희 엄마가 디캔터 가지고 요란 떠는 거, 고작 다섯 명의 이름표를 식탁에 올려놓는 거, 주전자를 소스보트라고 부르는 거 좀 그만했으면 좋겠다." 아빠가 말했다. 조의 두려움이 사실로 밝혀졌다. 크리스마스 교전이 시작됐다.

할아버지와 할머니가 오면 가장 나쁜 게 뭘까? 투덜거리는 것. 헐뜯는 것. 두 분의 심기를 건드리는 광경과 소리. 조가 두 분의 입에 테이프를 붙일 수도 없는 노릇이었다. 두 분의 눈과 귀에 거슬리는 게 어찌나 많은지 안타까울 지경이었다. 보는 건 대개 할머니

담당이었다.

"플라스틱 화분 봤다." 할머니는 이런 식으로 말했다. "유감이
구나, 정말 유감이야!" 그러고는 땅이 꺼져라 한숨을 쉬었다. 그러
면 엄마가 아빠와 결혼한 이래 플라스틱 화분을 쓸 정도로 기울어
버린 집안의 가세를 생각하느라 다들 우울해졌다.

할아버지는 요즘 노래를 견딜 수가 없다고 했다. 예전 같은 선율
은 전혀 찾아볼 수 없고 재능이라고는 없는 인간들이 소리를 지르
고 기를 쓰는 게 전부라면서. 할아버지가 목소리가 좋으면 옛날 노
래를 불렀을 것이다. 하지만 할아버지는 목소리가 좋지 않았다. 할
아버지가 노래를 부를 만한 목소리가 아니었으니 책임은 음반 회
사에 있었다. 그리고 짖고 깽깽대는 그들 가족의 미친개와 얼간이
처럼 낄낄대는 개그 쇼의 관객들로 말할 것 같으면……

할아버지는 들리는 모든 걸 못마땅하게 여기면서 왜 보청기를
끼는지 모를 일이었다. 할머니도 보이는 모든 걸 못마땅하게 여기
면서 알이 두꺼운 돋보기안경을 썼다.

조에게 좋은 수가 떠올랐다.

두 분은 크리스마스이브에 도착했다.

두말할 것도 없이 언제나처럼 모든 게 트집거리였다. 할머니는
그들이 문명과 거리가 먼 유배지에 살고 있기라도 한 듯 여기까지
오는 길에 대해 이러쿵저러쿵했다.

할아버지는 맥주 캔을 들고 소리지르고 노래 부르고 볼륨을 높
여 음악을 듣는 술주정뱅이로 득시글거리는 열차를 타고 왔다고
했다.

조는 아직 계획을 실천에 옮길 수가 없었다. 그래서 평소처럼 크

리스마스이브 저녁을 버텼다. 도로에 차가 다닌다는 사실을 심각한 퇴보라 여기는 할아버지와 집이 너무 작아 서로 발에 걸려 넘어지지 않는 게 신기할 지경이라는 할머니에게 적응했다.

크리스마스 오전에는 다 같이 교회에 갔다. 아, 심지어 교회마저 다른 수많은 것처럼 모조리 옛 시절보다 더 끔찍하게 바뀌었다.

그런 다음 그들은 집으로 돌아와 아침을 먹었다. 조의 엄마와 아빠는 해마다 그렇듯 서로에게 날카로워지기 시작했다. 아빠는 들릴락 말락 하게 〈화이트 크리스마스〉를 흥얼거렸다.

"그 노래를 부르면 고기 저미는 칼을 이걸 만든 회사가 의도하지 않은 용도로 사용할 거야." 엄마가 이를 악물고 말했다. 그녀는 리넨 냅킨을 쳐다보고 있었다.

"그걸 접어서 유리잔에 넣어 그걸 꺼내야 술을 마실 수 있게 해놓으면 냅킨을 누군가의 목구멍에 쑤셔넣을 거야." 아빠가 조용히 말했다.

조는 매의 눈으로 할아버지와 할머니를 관찰했다. 기회가 왔을 때 행동으로 옮길 수 있게 준비를 하고 있어야 했다.

선물을 개봉하는 순간에 기회가 찾아왔다.

할머니는 무슨 경卿인가 뭔가 하는 귀족 친구로부터 흉측한 손수건 주머니를 선물받았는데, 이 황당한 선물을 보낸 친구의 넉넉한 마음씨에 엄청난 감동을 받았다. 그 주머니를 쓰다듬다 그토록 우아하고 귀족적인 선물을 받았다는 사실에 감정이 북받친 나머지 눈물을 훔치느라 안경을 벗었다.

조가 잽싸게 달려들었다.

할머니가 테이블에 놓아둔 안경을 쳐서 할머니의 뒤로 떨어뜨렸다. 그런 다음 할머니가 잠깐 몸을 숙여 개의 우스꽝스러운 몸짓을 보도록 유도했다. 할머니는 잘 보이지도 않는 눈으로 관심도 흥미도 없이 쳐다보다 뒤로 무겁게 기대앉으면서 안경을 산산조각냈다.

엄청난 소란이 벌어졌고 쓰레받기와 빗자루가 출동했다. 할머니는 가족들에게 위로를 받았다. 안경을 새로 사면 될 일이지만 물론 그건 명절이 지난 다음의 얘기였다. 안경점이 다시 문을 열어야 살 수 있었다. 다들 엄청나게 안타까워하고 당혹스러워했다. 어쩌다 이런 일이 벌어졌을까?

"나는 원래 엄청 조심하는 성격인데." 할머니가 말했다.

조는 안타까운 마음을 표현했다. 예의바르게.

부엌에서 아빠가 말하는 소리가 들렸다. "어머니가 올해만큼은 본차이나인지 확인하려고 접시를 뒤집어 보실 수 없겠네."

조의 엄마가 말했다. "그래도 귀는 멀쩡하시니까 당신이 화이트 크리스마스 어쩌고 하는 노래를 부르면 들릴 거야."

하지만 예전과 다르게 으르렁거리는 말투가 아니었다.

조는 할아버지를 관찰했다. 할아버지는 가끔 보청기를 빼서 이리저리 살필 때가 있었다. 왜 지금 그러시지 않는 걸까?

래브라도와 비슷하게 생긴 커다랗고 사랑스러운 개 스위치는 대개 벽난로 앞에 행복하게 대자로 누워 있는 것을 좋아했지만, 크리스마스 때만 되면 늘 어디론가 사라지기 때문에 조가 다시 응접실로 끌고 와야 했다. 스위치는 몇 년 전, 입스위치가 아스널과 축구 시합을 벌이고 입스위치가 이겼으면 좋겠다고 아빠가 입버릇처럼 말하던 그 시절의 어느 날에 태어났다.

할아버지는 크리스마스 선물로 알람 시계를 받았다. 시계가 째

깍거리는 소리가 제대로 들리지 않자 할아버지는 종종 그러듯 테스트 차원에서 보청기를 뺐다.

"물어와, 스위치." 조가 말하자 스위치는 조그만 플라스틱 조각을 낚아챘다. 녀석은 새로운 장난감에 신이 나서 열심히 질겅질겅 씹어 형체를 알아볼 수 없게 짓이겨놓았다.

조는 빼앗는 척하며 보청기의 전선을 모조리 뜯어놓았다. 할아버지는 경악했다. 할아버지는 손자가 개에게 잘한다고 외치는 소리를 듣지 못했다. 아무도 그 소리를 듣지 못했다. 들었다 한들 누구도 그 얘기를 꺼내지 않았다.

크리스마스 식사가 식탁에 차려졌다. 늘 그렇듯 조가 보기에는 훌륭했다. 접시가 끊임없이 등장했다. 할머니는 접시를 들어 아래에 뭐라고 적혔는지 읽어보지 않았다.

"냄새가 아주 좋구나." 할머니는 대신 이렇게 말했다. 조의 엄마는 하마터면 칠면조를 떨어뜨릴 뻔했다. 다른 해에는 크리스마스가 제대로 된 크리스마스였고 새고기는 은쟁반에 담겨 나왔던 시절에 대한 구슬픈 회상이 이어졌었다. 지금은 칠면조가 어디에 담겼는지 보이지 않았기 때문에 추억 여행이 시작되지 않았다.

아빠가 칠면조를 잘랐다. "다리 드릴까요, 아버지?" 아빠는 건너와서 칠면조 다리를 할아버지 앞에 놓고 승인을 기다리듯 할아버지를 쳐다보았다.

"아주 맛있어 보이는구나." 할아버지가 말했다.

다른 방에서 치프턴스*의 힘찬 음악소리가 들렸다. 할머니까지

---

* 1962년 결성된 아일랜드의 포크 밴드.

다들 발로 바닥을 두드렸다. 세대를 초월하는 훌륭한 선택이었다. 할아버지는 노랫소리를 전혀 듣지 못했다. 스위치가 음악에 맞춰 울부짖는 소리도 듣지 못했다.

크리스마스 저녁에는 텔레비전에서 재밌는 영화가 방영됐다. 아빠는 그 영화를 보지 못할 거라고 했었다. 할아버지가 영화에 담긴 가치관이 영 잘못됐다고…… 남자는 남자답게 조국을 위해 싸워야 하는데 그렇지 않고, 그들이 쓰는 말은 군인이 들어도 얼굴이 벌게질 수준이라고 할 것이기 때문이었다.

그러면 할머니는 다른 때라면 나름 옳은 말이겠지만 다들 맛있는 식사를 하고 난 크리스마스 당일은 예외라고 할 것이었다.

하지만 올해에는? 어쩌면……? 조는 기대어린 눈빛으로 부모님을 쳐다보았다.

"도전해보자." 아빠가 쾌활하고 열띤 목소리로 말했다.

"하늘이 무너지기야 하겠니?" 조의 엄마가 말했다.

그들이 영화를 보는 동안 할아버지는 영상을 재미있어하며 아무것도 이해하지 못하는 채로 잠깐 같이 보았다. 그러다 평화롭게 곯아떨어졌다.

의자에 앉은 할머니의 눈에는 흐릿한 화면밖에 보이지 않았다. 하지만 음악이 마음에 들었고 줄거리도 알 것 같았다. 잠시 후 할머니도 잠이 들었다.

크리스마스 다음날이 되면 엄마와 아빠는 항상 사람들을 초대해 차를 한잔 마셨다. 동네 사람들은 찾아와서 머리가 깨질 것 같다고, 이것이 연말연시에 겪는 마지막 고난이라고 얘기하곤 했다. 그러면 할머니는 콧방귀를 뀌며 그런 부류의 사람들도 걸맞은 곳에서는 세상의 소금처럼 귀한 존재라고, 다만 그들에게 걸맞은 곳은 바로 뒷문 앞이라고 빈정거렸다.

할아버지는 이 사람들은 돈과 술과 말과 축구 얘기만 할 뿐 국민성과 정체성을 논했던 옛날 사람들과 다르게 가치관이 없다고 했다.

올해 손님들이 도착했을 때 할머니와 할아버지는 인자한 표정으로 앉아 있었다. 다들 인사하며 악수를 나누었다.

조는 아빠가 엄마와 함께 오븐에서 민스파이를 좀더 꺼내려고 부엌으로 들어갈 때 엄마를 살짝 끌어안는 것을 보았다. 할머니는 종이 접시와 수수한 종이 냅킨을 보지 못했다. 할아버지는 모인 사람들이 아빠의 지휘 아래 "〈화이트 크리스마스〉가 들리면 소리를 지르겠어"라고 노래하는 소리를 듣지 못했다.

"크리스마스 때마다 이럴 수는 없겠지?" 할아버지와 할머니가 떠나는 다음날이 됐을 때 아빠가 말했다.

"그렇죠." 조가 말했다. 조는 또다시 아무도 모르게 이런 짓을 저지를 수는 없다는 걸 확실히 알고 있었다.

"적어도 두 분 다 그럴 일은 없을 거야." 엄마가 말했다. 설마 엄마가 눈치챈 건 아니겠지? 엄마의 두 눈이 반짝거렸다.

당연히 조가 또다시 두 분 모두를 꼼짝 못하게 만들 수는 없을 것이었다. 하지만 아무것도 보지 못하고 아무것도 듣지 못하는 두 분의 모습은 가슴 아픈 기억이었다. 그걸 떠올리기만 해도 두 분이 전처럼 고약하게 느껴지지 않았다.

두 분은 조의 크리스마스를 두 번 다시 위협하지 못할 것이었다.

화이트 카트

The White Trolley

가게를 운영하느라 길고 힘든 한 해였다. 아침 일찍 일어나고 밤 늦게 잠든 날이 너무 많았다. 새로운 제품을 소개하는 일에 따르는 불안도 많았다. 하지만 파텔 부부는 제대로 해냈다. 지금은 크리스마스이브였고 그들은 야베드 삼촌의 바람 이상을 이뤘다는 걸 알 수 있었다. 도시의 사무실 건물들 한복판에서 그들의 가게가 제대로 굴러가고 있었다. 직장인이 점심에 먹는 일반적인 샌드위치와 패스트푸드 외에 더 많은 상품을 대담하게 들여놓은 가게였다. 심지어 소형 전자기기, 특이한 문구류, 작은 가죽 제품과 잡동사니를 갖춘 선물 코너까지 꾸몄다.

다른 가게 주인들은 고개를 저으며 그들더러 미쳤다고 했다. 하지만 파텔 부부는 신혼이었고 온갖 아이디어가 폭발했고 그들을 주의깊게 살피며 조심스럽게 응원하는 야베드 삼촌이 있었다. 이 젊은 부부는 도시의 직장인이 어떤 서비스를 원하는지 직감했고,

마침내 지금 크리스마스 명절을 앞두고 문을 닫을 준비를 하며 그들의 성공적인 사업체를 뿌듯하게 바라보았다. 조심스럽게 포장한 상품이 가득 담긴 하얀색 카트가 일렬로 서서 주인이 찾아오길 기다리고 있었다.

손님들이 사무실에서 빠져나올 수 있는 점심시간이나 근무 도중에 사놓은 물건이었다. 카트마다 종이 위에 사인펜으로 큼지막하게 이름이 적혀 있었다. 손님들은 영수증을 보여준 다음 카트를 밀고 밖으로 나갔다. 어서 오세요, 안녕히 가세요, 하는 인사말이 합창처럼 울려퍼졌고 파텔 부부가 지켜보는 가운데 백 가지의 서로 다른 크리스마스가 카트에 실려 가게를 빠져나갔다. 야베드 삼촌은 단골손님 중에 처음 보는 얼굴이 많다며 부부에게 축하 인사를 건넸다.

미스터 파텔이 한 단골손님과 얘기를 나누고 있을 때 야베드 삼촌이 S. 화이트라고 적힌 카트를 긴 머리가 눈을 덮은 불안해 보이는 젊은 여자에게 넘겼다. 미시즈 파텔이 추운 밖에서 버스 정류장 쪽을 가리키며 길을 알려주고 있을 때 야베드 삼촌이 S. 화이트라고 적힌 또다른 카트를 슬픈 눈빛의 등이 구부정한 남자에게 넘겼다. 그런 다음 그가 장난기어린 눈빛으로 지켜보는 가운데 젊은 부부는 가게문을 닫고 일 년여 만에 처음으로 제대로 된 휴식을 누렸다.

세라 화이트는 카트를 밀고 켄이 진득하게 기다리는 밴으로 갔다. 어느 회사든 켄처럼 술을 마시지 않고 사생활이라는 게 없어 보이는, 적어도 사생활에 대해 아무 얘기도 하지 않는 직원이 있기 마련이었다. 하지만 언제든 도울 준비가 되어 있는 그런 직원 말이다. 사무실에서 열리는 크리스마스이브 파티가 끝나면 켄이 직원들을 집까지 태워다주는 게 관행으로 자리잡았다. 그는 쇼핑백을 전부 차곡차곡 밴의 뒤편에 싣고 카트를 반납 장소에 다시 가져다놓았다. 세 명의 다른 승객은 그가 한 명씩 집에 내려줄 때까지 계속 신나게 노래를 불렀고 내리기 싫어하는 눈치를 보였다.

세라만 멀쩡한 정신으로 그의 옆 조수석에 말없이 앉아 있었다.

"가게를 통째로 털었나보네요." 켄이 그녀에게 말했다.

"올해는 힘든 크리스마스가 될 거라 아이들을 위해 너무 전형적이지 않은, 색다른 크리스마스를 준비하고 싶었거든요." 세라는 이렇게 얘기하고, 비를 맞으며 집으로 향하는 사람들을 차창 밖으로 내다보았다.

세라의 남편은 봄에 집을 나갔다. 전혀 뜻밖의 사건이었다. 그녀는 사무실에서 그에 대해 거의 아무 말도 하지 않았지만 일부 여직원이 켄에게 전한 얘기에 따르면 세라는 많이 울었고 여전히 돌아오겠다는 남편의 전화를 기다리는 중이었다.

"내일 아이들한테 타이 커리를 만들어줄 거예요. 그러면 좋아할 테고 예전 기억을 떠올리게 하는 음식도 아니니까요, 그렇지 않겠어요?"

"그러게요." 켄은 알지도 못하면서 이렇게 대답했다.

그는 쇼핑백을 들고 세라를 집 앞까지 바래다주었다. 작년에는 키가 크고 마른 데이비드라는 남자가 빨간 스웨터 차림으로 문을 열고 쇼핑백을 받았고 차 한잔하고 가라며 켄을 안으로 불렀다. 이번에는 두 아이가 문을 열었다.

"엄청 늦으셨네요." 여자아이가 못마땅한 투로 말했다.

"아마 파티에서 바보 같은 게임이랑 뭐 그런 거 하느라 그랬겠죠?" 남자아이가 말했다.

"켄 기억하지?" 세라의 목소리는 명랑했다. 너무 명랑했다.

"네." 여자아이가 말했다.

"안녕하세요." 남자아이가 말했다.

켄은 재빨리 "안녕" 하고 말했다. 아니, 들어가지는 않겠다고 했다. 그는 다들 행복한 크리스마스 보내라고 인사했다.

"자, 그럼." 세라가 말했다.

"그럼?" 끔찍했던 하루의 끝에 다다른 열세 살의 애덤이 말했다. 그의 친구들은 전부 선물과 친척과 트리와 파티와 더불어 제대로 된 크리스마스를 보내는 듯했다. 애덤은 엄마가 가끔 쓰는 그 어색한 억양으로 오늘이라고 특별할 건 없다고 한 번만 더 얘기하면 무슨 짓을 저지를지 알 수 없었다. "생각해보면 모든 크리스마스가 그렇잖아. 그냥 많은 날 중 하루지."

"그럼?" 절대 사라지지 않는 무지근한 아픔을 느끼며 아빠를 그리워하는 열두 살 케이티가 말했다. 상황은 절대 다시 괜찮아지지 않을 것이었다. 그들과 만나면 아빠는 그저 한숨을 쉬며 앓는 소리를 냈고 엄마 얘기가 나오면 눈을 하늘 위로 치켜떴다. 엄마는 아빠 얘기가 나올 때마다 부들부들 떨고 몸서리를 치며 그 여자와 그 여자가 야기한 온갖 골치 아픈 문제를 들먹였다. 애덤과 케이티는 절대 아빠 얘기를 꺼내지 않았다. 그러는 편이 더 쉬웠다.

하지만 크리스마스 때는 뭐든 쉬울 수가 없었다. 그들은 엄마가 억지로 눈웃음을 띠며 가짜 미소를 지으려다 실패하는 걸 지켜보았다.

"그럼," 세라가 다시 말했다. "여기 뭐가 들었는지 볼까?" 그녀는 스티븐 화이트가 크리스마스를 앞두고 산 물품을 아주 천천히 식탁 위에 꺼내놓기 시작했다. 그의 신용카드 영수증이 봉투 하나에 들어 있었다. 그는 잘라서 봉지에 넣은 흰 식빵과 완두콩 통조림과 냉동 칠면조 가슴살 두 덩이를 좋아하는 남자였다. 고양이 사료 열 캔, 아주아주 흉측한 소형 땀띠분 네 통, 포장에 '메리 율타이드'*라고 적힌 비누를 산 남자였다. 세라는 여전히 못 믿겠다는 듯이 계속해서 봉투를 비웠다. 그녀가 세상에서 가장 싫어하는 모든 것이 눈앞에 펼쳐졌다. 칠면조 안에 넣는 시판 소 믹스라니! 냉동 칠면조 가슴살에 동결 건조한 시판 소 믹스를 넣을 생각이었을까? 캔에 든 인스턴트 커스터드도 있었고 그녀가 들어본 적 없는 간편식도 있었다. 봉지째 데우거나 동봉된 소스에 넣고 끓여먹는 것이었다. 그녀는 경악을 금치 못하고 눈을 휘둥그레 떴다.

세라의 얼굴이 일그러지기 시작했고 아이들은 아빠가 떠난 이래 처음으로 엄마가 울먹이는 것을 보았다. 애덤과 케이티는 놀란 얼굴로 서로를 쳐다보았다.

엄마는 아빠가 집을 나가 떡진 머리에 늘어진 긴 카디건을 입고 다니는 미시즈 헌터와 같이 살기 시작했을 때도 절대 울지 않았다. 그런데 슈퍼에서 사온 물품 앞에서 무너지려 하고 있었다. 세라는 눈물을 참았다. 다른 날도 아니고 오늘밤에 감정에 휩쓸릴 수는 없었다. 하지만 크리스마스이브 저녁 여덟시였다. 스티븐 화이트라는 이 도시의 다른 지역에 사는 얼빠진 인간이 세라가 케이티 몫으

---

* '즐거운 크리스마스 시즌 보내세요'라는 뜻.

로 산 예쁘고 부드러운 가죽 핸드백과 애덤 몫으로 엄선한 열 개의 CD와 초소형 CD 플레이어를 들고 갔다. 케이티의 초록색 눈과 잘 어울리는 백 퍼센트 실크 스카프와 애덤이 전부터 갖고 싶어했던 카메라도 마찬가지였다.

흰 식빵과 냉동 칠면조 가슴살을 먹는 이 남자가 세라의 레몬그라스와 검은 올리브와 싱싱한 라임과 고수까지 모두 들고 갔다. 싱싱한 새우, 유명 브랜드의 샐러드 재료, 고급 치즈도 들고 갔다. 지금 문을 연 가게가 있을지 모르겠지만 있다 한들 세라는 다른 걸 또 다시 장만할 여력이 되지 않았다. 파텔 부부의 가게에 월급의 절반을 썼는데, 행복한 결혼생활을 하며 사업에서도 승승장구중인 그 부부가 그녀의 모든 것을 망쳐놓았다. 무능한 그들 때문에 세라는 이 남자의 구역질나는 음식으로 크리스마스 식사를 차려야 했다. 아니면 쫄쫄 굶거나.

세라가 이런 식으로 낙담해야 하다니 부당한 일이었다. 그녀는 아주 열심히 일했고 이번 크리스마스를 아이들과 보내기 위해 아주 치열하게 싸웠다. 아이들을 데이비드와, 평생 세수를 하거나 머리를 빗은 적이 없는 듯한 그 흉측한 마저리 헌터 곁으로 보내고 싶지 않았다.

데이비드는 아이들을 잠깐만이라도 보지 못하면 크리스마스 기분이 나지 않을 거라고 했다. 그는 자신이 아이들을 데리러 와도 되고, 한 시간만 만나도 되고, 택시를 보내도 된다며 온갖 방법을 제시했다. 그러지 않으면 자기가 외로울 거라면서.

"그런 생각은 아이들 곁을 떠날 때 했어야지." 세라는 딱딱하게 말했다.

"부탁이야, 세라." 그는 사실상 애원했다.

"어떻게 당신이 외로울 수가 있어?" 세라는 말했다. "사랑스러운 마저리 헌터가 옆에서 챙겨줄 텐데." 그러자 그는 전화를 끊었다. 절망적으로.

세라는 두 아이가 그녀를 빤히 쳐다보고 있는 걸 보았다. 걱정하는 눈빛이었다.

"슈퍼에서 사온 물건 우리가 정리할까요?" 케이티가 물었다.

"제가 냉장고 열게요." 애덤이 자청했다.

"이건 제대로 된 물건이 아니야." 세라는 어깨를 들썩이며 흐느꼈다. "이건 평범한 사람이 산 물건이 아니라 어떤 미친 남자가 고른 물건이야." 이 말과 함께 세라 화이트는 고양이 사료 캔과 인스턴트 휘핑무스 사이에 고개를 묻고, 평생을 통틀어 최악으로 기록될 한 해 동안 아이들에게 한 번도 보인 적 없는 눈물을 쏟았다.

그들은 완전히 할말을 잃었다. 그들은 기나긴 한 달 그리고 또 한 달이 지나는 동안 아빠가 떠난 현실을 받아들이느라 불안정하고 긴장된 나날을 보냈다. 케이티는 대화를 시도했고 엄마의 침대에 앉아 어떻게 된 일인지 얘기해달라고 애원했다. 하지만 아무 대답도 듣지 못했다. 엄마가 내는 소리 같지 않은, 그 이상하고 부자연스러운 웃음소리만 들을 수 있었다. 애덤은 자기가 형편없는 성적표를 받아와서 그런 거냐고 물었다. 그게 이 일과 상관이 있었을까? 하지만 엄마는 또 그 웃음을 터뜨렸다. 아빠가 형편없는 성적표 때문에 집을 나갔을지 모른다는 바보 같은 생각을 하다니.

그들은 엄마가 왜 한 번도 울지 않았는지 알지 못했다. 엄마도 자기만의 절박한 의문들로 괴로워하는데 해답을 아는 사람은 떠나버렸다는 사실을 아이들은 알지 못했다.

케이티와 애덤은 전혀 이상할 것 없어 보이는 물건들이 놓인 식탁 위로 고개를 숙이고 흐느끼는 이 여인을 감히 건드릴 수가 없었다. 하지만 이내 케이티가 조심스럽게 엄마의 어깨를 건드렸다. 애덤은 어머니가 눈물을 닦을 수 있게 키친타월을 잔뜩 들고 왔다. 세라는 조금씩 허리를 펴고 아이들을 쳐다보았다. 그러고는 요란하게 코를 풀고 아이들을 한 명씩 끌어안았다.

"이게 마지막 결정타였던 거야." 세라는 설명했다.

아이들은 이해하지 못했다.

"너희를 위해 특별한 크리스마스를 준비하고 싶었거든." 그녀는 가만히 얘기했다.

그들은 서로 바짝 다가앉아 대화를 나누었다. 세라는 자신이 아이들을 얼마나 사랑하는지, 이번 크리스마스를 그들과 보내기 위해 얼마나 열심히 싸웠는지 이야기했다. 그런데 이제 요리할 식재료가 끔찍한 것밖에 없었고 근사한 선물은 전부 이 미친 남자의 손으로 넘어갔다.

"저는 이것도 괜찮아요." 케이티가 말했다. "엄마가 만들 필요 없어요. 우리가 할게요." 케이티는 엄마가 아니라고 하길 기다렸다. 하지만 세라는 식탁에 놓인 생경한 식품을 흘끗 쳐다보고는 깊은 한숨을 쉬었다. 애덤은 숨을 참고 엄마의 시선을 따라갔다. 그래도 이제는 엄마가 울음을 그쳤다.

"이거 만들기 간단해요." 애덤이 호기롭게 말했다. "그리고 크리스마스가 지나면 이 미친 남자를 찾아가 우리 선물을 찾아올게요."

엄마는 애덤의 뺨을 살짝 건드렸다. 이 사소한 제스처에 애덤은 놀랐고 행복해졌다. 그와 그의 동생은 몇 달 만에 처음으로 엄마가 혼자 감당해야 하는 난감한 짐이 된 듯한 기분을 떨칠 수 있었다.

세라는 S. 화이트가 산 요란한 물건을 만지작거리는 아들과 딸을 조심스럽게 바라보았다. 애덤과 케이티는 캔과 상자를 덤벙덤벙 주거니 받거니 하며 점점 열띤 표정으로 자기들이 지어낸 복잡한 크리스마스 메뉴를 외쳤다. 제법 그럴듯한 메뉴라고 세라도 인정할 수밖에 없었다. 세라는 자기들끼리 말도 안 되게 뿌듯해하는 아이들을 바라보며 축복을 느꼈다. 그들은 선물을 받을 자격이 있었고 그녀는 아이들이 크리스마스 때 진짜로 원하는 게 뭔지 예전부터 알고 있었다.

"아빠한테 전화할래?" 세라가 다정하게 물었다. 아이들은 엄마를 쳐다보며 어깨를 살짝 내렸고 시선을 피했다. "내일 너희가 준비하는 점심에 아빠 초대해도 돼." 세라는 나지막이 덧붙였다.

"아빠도 먹을 거랑 선물을 들고 온다고 하면요." 케이티가 지나치게 반기는 목소리로 말했다.

"말도 안 되는 소리! 아빠는 그 여자를 데리고 올 거야!" 애덤은 좌절감을 애써 감추려 했지만 요즘 들어 그들의 일상은 너무 복잡했다.

"데리고 와도 되는데." 케이티가 머뭇거리며 말했다.

케이티와 애덤은 몰래 눈빛을 주고받았다. 언감생심 꿈도 꿀 수 없는 일이었다.

세라는 대놓고 미심쩍어하며 S. 화이트가 산 물건을 살폈다. "너희 정말 이걸로 뭘 만들 수 있겠니?"

두 아이는 열띤 표정으로 그녀를 보며 얼굴을 환히 빛냈다.

"간단해요." 애덤이 자신만만하게 말했다. 케이티는 동의하는 뜻에서 고개를 끄덕였다.

세라는 한숨을 쉬었다. 아이들 말이 맞는다는 생각이 들었다. '간단한' 일이었다. 그녀는 수화기 앞으로 다가갔다. "아빠랑······ 그리고······ 마저리한테 경고해야겠다." 그녀는 이렇게 말하고 장난기어린 두 아이의 얼굴을 보며 미소를 지었다. "점심을 아주 가볍고 간단하게 차릴 거라고."

스티븐의 파티

The Feast of Stephen

스티븐 화이트는 회사 근처에서 근사한 가게를 운영하는 파텔 부부를 예전부터 좋아했다. 그들은 그렇게 열심히 일하면서도 항상 짬을 내서 인사를 몇 마디 건넸다.

미시즈 파텔은 입원한 동료에게 뭘 들고 가면 좋을지 조언해준 적도 있었다. 스티븐 화이트는 초콜릿을 사려고 했지만 사리를 입고 바쁘게 종종거리던 아담한 미시즈 파텔은 카드와 봉투 한 묶음에 우표 한 세트를 곁들이면 완벽할 거라고 했다.

실제로 반응이 아주 좋았다. 입원한 여자 직원은 그렇게 세심한 선물을 받고 놀라워했다.

스티븐은 바보처럼 미니 마켓의 주인 여자가 추천한 거라고 말해버렸다. 덕분에 선물에 대한 감흥이 줄었을지도 모르지만 스티븐은 워낙 정정당당한 성격이었기에 남의 아이디어를 제 것인 양 가로채고 싶지 않았다. 그는 늘 그런 식이었다. 그의 아버지의 표현에 따르면 밀어붙이는 힘이 부족했다. 하지만 한없이 밀어붙이다 결국에는 사기죄로 고소당한 아버지의 눈에는 누구든 밀어붙이는 힘이 부족했다.

누이들은 그를 가리켜 줏대가 없다고 했고, 그를 사랑했다고 생각했던 아내 웬디는 스티븐이 자기 자신은 물론 어느 누구에게도 자극이 되어주지 못할 사람이라며 그의 곁을 떠났다.

스티븐은 자신이 누군가에게 자극이 되어주어야 한다는 걸 몰랐다. 그건 그의 계획에 없었다. 그는 출근해서 열심히 일하고 돈을 벌고 다른 사람들 뒤에 줄을 서서 차례를 기다리면 된다고 생각했다. 뭐든 꼬치꼬치 따지고 물러서지 않으면서도 체통을 잃지 말아야 하는 새로운 체제가 도래했다는 걸 몰랐다.

크리스마스 직전에 그가 이런 상황에 놓인 것도 당연히 그 때문이었다.

정리해고.

상사는 당혹스러워했다.

"이런 얘기를 수월하게 전할 방법은 없을 거야, 스티븐. 그리고 일 년 중에 어떤 날도 이런 얘기를 꺼내기에 적당하지는 않을 테고." 그녀는 이렇게 말문을 열었다.

스티븐은 멍하니 그녀를 바라보았다.

"하지만 자네도 예상했겠지." 그녀는 하던 얘기를 계속했다.

스티븐은 예상하지 못했다. 크리스마스이브에는 더더욱.

파텔 부부는 그에게 영수증을 건네고, 나중에 가지러 올 수 있도록 종이에 S. 화이트라고 큼지막하게 써서 카트에 붙였다.

그들은 아주 능력 있는 부부였으니 성공을 거둘 만한 자격이 있었다. 물론 그때만 해도 스티븐은 자신에게 일자리와 미래가 있다고 생각했다.

오후에 그 소식을 듣고 다시 가게로 찾아갔을 때는 아니었다. 이번에 그는 기계처럼 움직였다. 처음으로 혼자 보내는 크리스마스였고, 그는 장 본 물건을 챙겨들고 현실을 받아들여야 했다. 웬디가 떠난 뒤로 지난 이 년 동안은 형의 집에 갔었다.

하지만 그 집 식구들은 머리를 빠르게 돌려야 하는 게임을 많이 했다. 분위기가 편안하지도 여유롭지도 않았다.

올해에 스티븐은 혼자 크리스마스 저녁을 차리기로 마음먹고 냉동 칠면조 가슴살을 두 개 샀다. 한 개는 너무 서글퍼 보이기 때문이었다. 그리고 누가 합류할지도 모를 일이었다.

회사 동료 조지가 지나가다 들를지도 모르겠다고 했다. 확실하게 약속을 정한 건 아니고 그냥 그럴 수도 있다는 거였다. 스티븐은 준비를 해놓고 싶었다. 캔에 든 커스터드나 상자에 든 민스파이처럼 간편하고 맛있는 음식을 사다놓을 생각이었다. 그리고 물만부으면 되는 인스턴트 수프와 소도.

같은 아파트에 사는 여자 주민들에게 줄 작은 선물도. 그들은 땀띠분과 거기에 어울리는 비누를 좋아할 것이었다.

스티븐은 서글퍼하며 카트 위로 몸을 숙이고 차까지 밀고 갔다.

그는 '메리 크리스마스'라고 적힌 쇼핑백을 차례로 꺼내 트렁크에 차곡차곡 쌓았다. 너무 많이 샀다는 걸 그도 알았다. 오늘 저녁이든 내일이든 조지가 들르는 일은 없을 것이다. 방금 회사에서 잘린 동료의 집을 지나가다 들르는 사람은 없었다. 할 얘기가 없지 않겠는가.

스티븐은 암울한 얼굴로 계속 쇼핑백을 실었다. 하지만 제대로 들여다보지는 않았다. 들여다보았더라면 엉뚱한 카트를 끌고 왔다는 걸 알았을 것이다. 그는 규칙적인 습관과 변함없는 의식의 사나이였다.

평소 같으면 냉동식품을 한쪽으로 몰고 무릎담요로 덮어 단열 효과를 높였을 것이다.

하지만 오늘 저녁에는 따로 구분하지 않았다. 그는 눈물을 흘리며 비가 내리는 밤길로 나섰다. 실패의 눈물을 흘리며 세라 화이트의 카트에 담겨 있던 물품을 싣고, 그와 웬디가 항상 신혼집이라고 불렀던 집을 팔고 이사해 지금껏 살고 있는 작은 아파트로 차를 몰았다.

사무실에서는 파티가 한창일 터였다. 다른 크리스마스이브에는 스티븐도 항상 조용히 파티를 즐겼다. 뒤로 물러나 전체를 조망하고 있으면, 조금 유치할지 몰라도 분위기가 훈훈하게 느껴졌다.

하지만 올해는 다들 금방 일자리를 찾을 수 있을 거라며 그를 위로할 것이었다. 그의 등뒤에서 그에 대해 추측하고 그가 얼마나 심란해할지 궁금해하도록 내버려두는 편이 나았다.

그는 크리스마스 이후에 돌아가 짐을 정리할 생각이었다. 회사 측에서는 내년 초에 아무때나 자리를 비우면 된다고 했다.

스티븐이 첫번째 봉투를 열어보니 껍질을 벗기지 않은 새우가 들어 있었다. 다른 사람의 카트에 넣었어야 하는 물건을 헷갈리다니 파텔 부부가 생각만큼 유능하지는 않은 모양이었다. 그래도 저지르기 쉬운 실수이기는 했다. 그는 흥미로워하며 새우를 쳐다보았다. 새우는 너무 선사시대적이었다…… 정말로 거의 공룡이나 다름없었다. 대체 어떤 사람이 그런 걸 요리해서 먹는지 스티븐은 궁금해졌다. 다음 봉투에는 가죽 핸드백과 초록색 스카프가 들어 있었다. 병에 담긴 올리브와 껍질이 딱딱하고 허브 냄새가 나는 이상한 빵도 있었다. 스티븐 화이트는 꼬박 오 분이 지난 다음에야 그중에 그가 신중하게 고른 물건은 하나도 없다는 것을, 아예 엉뚱한 카트를 끌고 왔다는 것을 알아차렸다.

하지만 이미 한참 전에 문을 닫은 가게에서 확인했을 때 카트에는 그의 이름이 적혀 있었다. 그의 신용카드 영수증이 어느 봉투에 들어 있을 것이었다. 그는 봉투를 뒤지다 엄청나게 비싸 보이는 초소형 CD 플레이어 뒤에서 영수증을 찾았다. 하지만 세라 화이트의 영수증이었다. 그렇게 서명이 되어 있었다.

계산한 액수와 카트의 내용물로 보건대 이국적인 식당과 더불어 어쩌면 선물가게를 운영하는 정신 나간 여자인 게 분명했다. 이 도시의 다른 동네에서 자신과 가족을 위해 장만했을, 전적으로 부적절한 이 물품들을 찾으며 그녀는 무슨 생각을 하고 있을까?

그나저나 무슨 수로 그녀를 찾는다? 신용카드 회사에서는 그녀의 주소지를 알려주지 않을 것이었다. 파텔 부부는 가게문을 잠그고 퇴근했을 것이다.

문득 스티븐은 엄청나게 피곤하고 슬퍼졌다. 그는 뜻밖의 물건들로 뒤덮인 식탁에 앉았다. 커다란 눈물방울이 코코넛밀크 위로 떨어졌다. 전화번호부에서도 세라 화이트를 찾지 못할 것이었다. 남편의 성을 쓸 수도 있으니 들여다볼 필요조차 없었다.

이 멍청하고 멍청한 여자가 엉뚱한 카트를 끌고 가는 바람에 그의 크리스마스가 엉망이 되어버렸다. 하지만 눈물이 떨어진 건 그래서가 아니었다. 식료품은 상관없었다. 스티븐 화이트가 크리스마스이브에 부엌에 앉아 흐느끼는 이유는 마흔여덟 살의 나이에 실업자가 됐고 아내는 떠난 지 삼 년이 지났고 그에게는 삶의 목적이 되어줄 사람도 일도 없었기 때문이다.

문을 요란하게 두드리는 소리가 들렸다.

스티븐은 눈물을 훔치고 문을 열러 갔다. 직장 동료 조지가 와인을 한 병 들고 왔는데, 이미 상당히 취한 것 같았다.

"지나가다 들렀어." 전혀 다른 동네에 사는 조지는 방금 전 회사에서 잘린 동료와의 의리를 지키느라 빙 돌아왔으면서도 이렇게 말했다.

조지는 식료품을 보고 놀라워했다. 그는 재료를 일일이 살폈다.

"놀라워. 믿기지가 않네! 타이 커리를 만들려는 거야?" 조지가 감탄하는 목소리로 말했다.

"내가?" 스티븐은 어리둥절했다.

"스티븐, 자네가 존경스럽다고 해야겠어. 몇몇은 자네가 괜찮을지 걱정했거든, 오늘 오후에 조금 우울해 보여서…… 자네가 파티를 준비하고 있었다고 알려줘야겠네."

"파티?"

조지는 껄껄 웃으며 들고 온 와인의 코르크 마개를 땄다.

"설마 이 많은 걸 혼자 먹으려던 건 아니겠지! 몇시에 시작해?"

"모르겠는데." 스티븐이 말했다.

회사에서 잘린 뒤 어떤 여자가 사놓은 근사한 물건들로 뒤덮인 식탁 앞에 앉아 직상 농료 조지와 진한 와인을 마시다니 점점 더 비현실적인 느낌이 들었다.

"손님들한테 몇시라고 얘기했는데?" 조지는 알고 싶어했다.

"얘기 안 했어." 스티븐이 말했다.

조지는 개의치 않았다. 그가 자기 잔을 채웠다.

"그럼 아무때나 와도 되겠군." 그는 의욕 넘치고 기민한 태도로 말했다. "자, 스티븐, 서두르는 게 좋겠어. 버섯이랑 양파부터 볶아야지."

"뭐하러?" 스티븐은 애원조로 물었다.

"그게 베이스니까. 그런 다음 닭고기를 볶고 그린 커리 페이스트랑 코코넛밀크를 넣어서 젓고……"

"그건 안 돼……" 스티븐은 겁에 질려 쉰 목소리로 말했다.

"뭐, 물론 그린 커리에는 새우를 넣고 싶다면 그래도 돼. 레드 커리에 닭고기를 넣으면 되니까."

"하지만 먹을 사람이 없어! 아무도 초대하지 않았다고!"

"그럼 서둘러서 그것부터 해야겠다. 돌아다니면서 손님을 초대해야지."

스티븐이 경악한 눈빛으로 바라보는 가운데 직장 동료 조지는 사무실 파티의 분위기에서 헤어나오지 못했는지 레드와인 잔을 들고 복도를 건너 미시즈 존슨의 집 현관문을 요란하게 두드렸다. 입주자협의회의 대들보인 미시즈 존슨은 온 아파트를 통틀어 가장 까다로운 여자였다.

스티븐이 땀띠분과 거기에 어울리는 비누를 산 것도 그녀의 환심을 사서 시도 때도 없이 노려보는 시선을 피하기 위해서였다.

그런데 누군지 모를 세라 화이트라는 끔찍한 여자 때문에 미시즈 존슨에게 선물할 땀띠분은 사라지고 술에 취해 그 집 현관문을 두드리는 직장 동료, 아니 전 직장 동료만 남았다. 스티븐은 살짝 현기증이 나 눈을 감았다. 눈을 떠보니 놀랍게도 미시즈 존슨이 조지와 지극히 평범해 보이는 대화를 나누고 있었다. 그녀는 심지어 어떤 술을 들고 가야 하느냐고 물었다.

"어떤 것이든 좋습니다." 조지가 말했다. "재미를 더하기 위한 거니까요."

조지는 금방 다시 오겠다고, 미시즈 존슨에게서 다른 주민들 이름을 입수했다고, 한 시간쯤 뒤에 다들 모일 거라고 했다. 그때까지 모든 준비를 마쳐야 했다.

스티븐은 양이 확 줄어든 와인병과 난장판인 식탁 옆에 앉았다. 이럴 수는 없었다. 꿈일 것이다. 그가 잠이 들어 꿈을 꾸는 거였다. 하지만 잠시 후 아래층 복도에서 쩌렁쩌렁 울리는 조지의 목소리와 땅바닥만 보고 걸을 뿐 고개를 들어 말을 거는 법이 없는 16호실의 조용한 커플이 신이 나서 비명을 지르는 소리가 들렸다. 조지는 이들을 스티븐의 집으로 초대해 세라 화이트가 산 황당한 식재료를 모조리 탕진할 생각이었다.

전화벨이 울렸다.

그는 통화할 기운도 없었지만 수화기를 집어들었다. 여자였다.

"스티븐?" 여자가 물었다.

"그런데요." 그는 암울한 목소리로 말했다.

"스티븐 화이트 맞아요?" 여자는 의심스러워하는 목소리였다.

"아, 혹시 세라예요?" 그는 따뜻한 목소리로 물었다. "전화해줘서 정말 고마워요."

이제 이 소름 끼치는 여자가 찾아와 자기 물건을 가져가고 그가 원하는 것, 그러니까 그가 산 물건을 돌려줄 수 있었다.

"아닌데." 여자는 실망한 목소리였다. "아니, 나 웬디야. 세라가 누구야?"

"웬디!" 스티븐은 이보다 더 놀랄 수가 없었다.

"응, 뭐, 훈훈한 시즌이고 하니까 잘 지내는지 연락해봐야겠다고 생각했어."

"마침 오늘 회사에서 잘렸는데."

"당신에게는 최고로 잘된 일이네." 웬디가 말했다. "당신은 늘 거기 있기 아까운 사람이었는데 절대 나오려고 하지 않았잖아. 이제 좋아하는 일을 할 수 있겠다."

"응, 뭐……" 웬디는 항상 아주 긍정적이었다. 그녀에게 힘든 도전 과제란 없었다.

"그래서 우울해하며 혼자 힘없이 집안을 어정거리고 있었어?" 웬디가 물었다.

스티븐은 잠깐 고민했다. 그에게 전화할 정도라면 웬디도 딱히 할일이 없는 것이리라.

"아니, 사실 잠시 후에 파티를 열 거야." 그가 말했다.

"파티라고?" 웬디는 자기 귀를 의심했다.

"응, 닭고기랑 새우를 넣은 타이 커리를 만들 거야." 그는 의기양양하게 말했다.

"아, 잘됐네." 놀라워하며 마지못한 듯 말하는 그녀의 목소리가 약간 외롭게 느껴졌다.

"당신도 와. 다시 만나고 싶어, 웬디." 스티븐 화이트는 전처에게 말했다.

"그럼 한 시간쯤 후에 갈게. 재밌겠다." 그녀가 말했다.

조지가 돌아와 근사한 참석자 명단이 완성됐다며 얼른 준비를 시작해야겠다고, 하지만 벌써 술을 다섯 병이나 모았으니 흥을 돋우는 차원에서 한 병 따자고 말했다.

우아한
크리스마스
The Civilised Christmas

우아한 이혼이었다고 사람들은 말했다. 그게 무슨 뜻이었을까? 바로 젠이 떠났다 돌아오길 대여섯 번 반복했던 미모의 전처 티나에 대해 안 좋은 소리를 한마디도 한 적이 없다는 뜻이었다. 그 이혼이 우아했던 이유는, 젠이 토요일마다 스티비를 목도리로 꽁꽁 싸매고 버스를 한 번 갈아타가며 군소리 없이 티나의 집까지 데려다주었기 때문이었다. 티나가 종종 실내복 차림으로 언제나 화사한 미모를 뽐내며 문을 열어주었을 때 젠은 거짓 미소를 지었다. 티나가 들어오라고 하면 젠은 항상 고맙지만 장을 봐야 한다며 거절했다. 그러면 티나는 토요일에 장을 보는 게 너무 낯설고 희한한 일이라도 되는 듯 놀라워하며 '장'이라는 단어를 여러 번 반복했다. 만나는 시간이 끝나면 티나는 스티비를 택시에 태워 보냈고 젠은 아이를 내린 뒤 요금을 지불했다. 티나에게는 테라스하우스가 있었고 예쁜 꽃이 그려진 세 피스짜리 소파 세트가 있었고 복도에는 금테를 두른 대형 거울이 있었지만 자기 아들이 타고 가는 택시 비를 낼 돈은 없었다.

사람들이 그 이혼을 가리켜 우아하다고 했던 건 티나가 양육권 소송을 벌이지 않았기 때문이었다. 그녀는 직업상 출장이 잦았다. 카지노 딜러라 지방에서 열리는 대규모 행사에 종종 불려가곤 했다. 근무시간이 일정하지 않으니 여덟 살짜리 남자아이를 키우려는 시도를 하지 않는 것이 아이를 위하는 길이었다. 게다가 아빠가 아이를 간절히 원하니 우아하게 해결하자고 티나는 말했다. 마틴은 싸울 필요가 없다는 데 기뻐했고 티나에 대해 거의 좋게 생각하기 시작했다. 스티비는 예쁜 엄마와 명랑하고 수다스러운 엄마의 친구들을 만나러 가는 걸 정말 좋아했다. 엄마와 아빠가 싸우고 울던 때보다 훨씬 나았다. 전에 엄마 아빠가 이렇게 하는 편이 낫다고 했는데 정말 그랬다. 엄마가 컴퓨터를 사주어서 스티비는 엄마집에 가면 대개 그 앞에서 시간을 보냈다. 다들 샌드위치를 먹고 와인을 마셨고 방에 들어와 그를 보며 경탄을 금치 못했다. 엄마는 아이의 몫으로 샌드위치와 커다란 사과주스 한 병을 통째로 갖다 주었고, 아이의 머리칼을 헝클어뜨리며 잘생겼을 뿐 아니라 아주 똑똑하다고, 자기가 늙어서 미모도 친구도 사라지면 돌봐달라고 했다.

스티비는 엄마의 친구들이 장하다는 듯 그의 등을 토닥이면 어른이 된 기분이 들며 짜릿했다. 엄마는 심지어 스티비가 혼자 택시를 타고 갈 수 있을 만큼 컸다는 사실까지 알아차렸다. 엄마가 계단을 가볍게 달려내려와 휘파람을 불면, 정말로 고막을 찢는 듯한 휘파람을 불면, 지나가던 행인이 늘 그러듯 엄마를 보며 미소를 지었다.

학교에서 누가 스티비에게 부모님이 이혼한 게 속상하냐고 물으면 그는 아니라고, 솔직히 괜찮다고 대답했다. 둘 다 볼 수 있고 둘이 서로 싸우지도 않고 어느 집에 가든 환영을 받는다고 했다. 그리고 마틴의 경우에는 퇴근하고 집으로 가는 길에 술집에서 맥주를 한잔 마실 때면, 유리잔을 닦으며 인생 사연을 들어주는 다정한 엄마 같은 여자가 그에게 별문제 없느냐고, 아이가 새엄마하고 잘 지내냐고 물었다. "아, 젠은 엄마가 아니에요." 마틴은 행복한 목소리로 말했다. "누구도 친엄마를 대신할 순 없겠죠. 아이도 알고 우리 모두 알아요." 여자는 펌프에 달린 반짝이는 놋쇠를 닦으며 모두가 마틴과 그의 아내처럼 우아하게 처신한다면 행복한 세상이 될 거라고 말했다.

올해는 그들이 같이 보내는 첫번째 크리스마스가 될 터였다. 젠, 마틴 그리고 스티비. 젠은 완벽한 크리스마스를 위해 소소한 부분까지 일일이 계획했다. 그녀는 토요일 오전마다 슈퍼마켓에서 다섯 시간씩 근무했는데, 일 년 중 이 시기에는 특히 일이 고됐다. 그녀는 문이 계속 열리고 12월의 바람이 어깨를 물어뜯는 춥고 바람 부는 곳에서 계산원으로 일했는데, 위에서 재킷 입는 걸 좋아하지 않아 나일론 외투 아래에 조끼 세 겹과 작은 점퍼를 껴입었다. 그래서 보기 좋고 실용적인 모직 원피스를 입고 학교에서 비서로 일하는 때보다 훨씬 뚱뚱해 보였다. 학교는 중앙난방이 가동됐고 문을 열어놓고 다니는 사람이 없었다. 젠은 모두가 성대한 크리스마스를 보낼 수 있게 슈퍼마켓에서 번 돈을 모았다. 크래커와 식탁 장식을 샀고, 파이에 넣을 민스미트를 샀고, 평소 같으면 살 엄두도 내지 않았을 통에 든 비스킷을 샀고, 밤 퓌레 통조림과 설탕에 절인 과일 한 상자를 마련했다.

젠은 요리를 잘하지 못했지만 크리스마스 식사 계획을 워낙 여러 번 반복해서 점검했기에 이제는 자다가도 준비할 수 있을 것 같았다. 그녀는 심지어 브레드소스를 몇시부터 만들어야 하는지도 알았다. 마틴과 스티비가 처음으로 맞이하는 진정한 크리스마스가 될 거라고 스스로에게 되뇌었다. 어여쁜 티나는 가정식을 만드는 데 별로 소질이 없었고, 연말연시에는 와인바나 식당이나 클럽에서 서로의 건강을 위해 건배하며 술을 마시는 걸 좋아했다.

젠은 티나를 생각하면 종종 그렇듯 불안감이 파도처럼 밀려오는 것을 느꼈다. 티나가 갑자기 등장해 다정하게 굴며 그들의 첫번째 크리스마스를 망치는 일이 없길 바랐다. 티나가 다정하게 굴면 구역질이 났다. 마틴은 그녀가 얼마나 자주, 얼마나 공개적으로 그에게 굴욕감을 안겼는지 잊어버린 듯했다. 그가 피곤한 몸을 이끌고 퇴근해 집에 왔을 때 다른 남자들이 와인을 홀짝이며 맛있고 보기도 좋은 샌드위치를 먹고 있었다는 것을. 스티비가 유아용 놀이울타리를 벗어나 기저귀를 떼고 아장아장 걸어다니던 시기에 티나가 외국으로 어떨 때는 몇 주씩 사라진 적이 많았다는 것을, 그녀의 카지노 근무가 오전까지 이어지면 그녀가 퇴근할 때까지 마틴은 출근도 하지 못했다는 것을 거의 기억하지 못했다.

티나는 스티비 혼자 집에 있을 수 있다고 생각했다. 마틴은 아니었다.

하지만 요즘은 티나가 하도 매력적으로 서글서글하게 굴다보니 그는 끔찍했던 과거를 더이상 기억하지 못하는 듯했다. 티나는 너무하다 싶을 정도로 예뻤다. 긴 다리, 긴 금발 그리고 뭘 입어도 근사한 스타일. 그녀는 소녀 같은 분위기를 풍겼고 스티비의 엄마가 되기에는 여러모로 너무 어리고 무책임했다. 반면에 젠은 스스로도 서글프게 인정하다시피 아줌마 같았고 스티비 위로 아이가 여럿 있어 보였다. 인생은 불공평한 것이, 젠은 스물아홉 살로 다리가 긴 티나와 동갑이었다. 내년이면 둘 다 서른이 되겠지만 한쪽은 절대 그렇게 보이지 않을 것이었다. 십 년 뒤에 마흔이 될 때도 마찬가지이리라.

젠은 크리스마스카드를 리본 끈에 핀으로 꽂고 벽을 따라 끈을 드리웠다.

"예뻐요." 스티비가 마음에 든다는 듯 말했다. "우리는 이런 식으로 장식한 적이 없었는데."

"그럼 어떤 식으로 했는데?"

"장식을 한 적이 없었던 것 같아요. 작년에는 아빠랑 나랑 호텔에 있었어요, 그러니까 아줌마가 오기 전에. 그리고 그전에는 엄마가 시간이 별로 없었던 것 같고요."

아이는 아쉬워하지도 비난하지도 않았다. 그냥 있는 그대로 이야기할 뿐이었다.

젠은 속으로 씩씩거렸다. 엄마는 시간이 없었다니! 제대로 일을 하는 것도 아니고 카지노에서 노닥거리는 게 전부면서 남편과 어린 아들을 위해 크리스마스 장식을 할 시간조차 없었다니! 하지만 평범한 젠은, 아홉시부터 네시까지 학교에서 근무하는 따분한 젠은 시간이 있었다. 아들과 엄마가 최대한 편하게 만날 수 있게 버스를 한 번 갈아타가며 스티비를 데려다주는 성실한 젠. 게다가 가정의 평화를 위해 택시 요금마저 계산하는 젠은. 하지만 어떤 일이 됐건 젠이 시간이 없어서 하지 못한다고 얘기하는 사람은 아무도 없었다. 후처에게는 자비도 배려도 없었다.

마틴은 장식을 해놓은 집을 마음에 들어했다. 돌아다니며 사진 위에 달린 호랑가시나무와 담쟁이덩굴 가지, 창가에 놓인 양초, 장식으로 채워주길 기다리는 트리를 만지작거렸다.

"예쁘다." 그가 말했다. "진짜 집이 아니라 텔레비전에 나오는 그런 집 같아."

엄청난 칭찬으로 한 얘기였다. 젠은 눈이 묘하게 따끔거렸다. 그녀는 빌어먹을 티나가 잘나가는 친구들과 함께 바보 같은 수다를 떠느라 크리스마스를 준비할 시간이 없었던 그때에 비하면 지금이 훨씬 현실적이라고 생각했다.

아무튼 적어도 티나는 작년처럼 올해 역시 유람선에서 카드를 나누어주고 숫자를 외치고 승객 앞에서 멋진 자태를 뽐내기 위해 멀리 떠날 것이었다. 이혼이 최종적으로 마무리되기 직전이었던 작년에도 그랬다. 젠은 어머니의 집에 갔고, 이혼한 남자와 결혼해 그의 아이를 키우는 건 쉽지 않은 일이라고 크리스마스 전후로 오일 내내 어머니에게 경고를 들었다. 마틴은 호텔에서 외로운 크리스마스를 보냈지만 스티비는 호텔에서 주최한 단체 게임을 재미있어했다고 말했다. 그들은 아이에게 한꺼번에 너무 많은 걸 알려주지 말자고, 아빠와 단둘이 보내는 크리스마스를 통해 세상이 변하더라도 달라지지 않는 게 있다는 걸 보여주는 게 좋겠다고 판단했다. 그 딱한 아이는 이제 겨우 일곱 살이었다. 그래도 대체로 아주 잘 적응하고 있었다. 젠을 못된 새엄마로 여기지 않았고 금발의 엄마가 보고 싶다며 울지도 않았다. 젠은 그저 그들이 자신은 평범한 여자로, 티나는 특별하고 일반적인 규칙이 적용되지 않는 여자로 간주하지 않기만을 바랄 따름이었다.

젠이 불을 지펴놓았기에 세 사람은 다 같이 난롯가에 앉아 대화를 나누었다. 이번만큼은 아무도 텔레비전에서 뭘 하느냐고 묻지 않았고, 마틴은 작업실에 나가봐야겠다고 하지 않았고, 스티비는 자기 방으로 가고 싶다고 하지 않았다. 젠은 티나에 대해, 그들 가족이 함께 보내는 크리스마스에 대해 그렇게 불안해했던 이유가 뭐였는지 의아해졌다. 불길한 예감 따위를 믿다니 어린애 같았다. 그녀는 학교에서 매일 아침 하루 일과를 시작하기 전에 별자리 운세를 읽는 다른 비서를 보고 웃었다. 무슨 일인가 벌어질 것 같은 예감과 묘한 기분이 든다고 하면 다른 사람들도 젠을 보고 웃을 것이었다.

"티나가 오늘 회사로 전화했어." 바로 그때 마틴이 말했다.

마틴은 누가 회사로 연락하는 걸 질색했다. 바쁜 은행의 창구에서 근무했기 때문에 자기 자리에서 다른 데로 불려가는 걸 싫어했다. 엄청난 비상사태가 아닌 이상 젠이 수화기를 들어 그에게 연락하는 일은 없을 것이었다. 그건 티나도 마찬가지일 테니 분명 비상사태가 일어난 것이었다.

"유람선 출항이 취소돼서 외국에 나가지 않는대. 위약금도 없이 막판에 통보한 모양이야. 회사가 너무했지." 마틴은 그런 교활한 행위에 고개를 저었다.

"그럼 엄마가 크리스마스 때 집에 있는 거예요?" 스티비는 좋아했다. "아침이나 다른 때 엄마 만나러 가도 돼요?"

젠은 그날 저녁 들어 두번째로 눈이 따끔거렸다. 빌어먹을. 영원히 빌어먹을 티나. 왜 그녀는 평범하게 살지 못하는 걸까? 왜 평범한 여자처럼 남자를 만나서 동거하고 결혼하지 못하는 걸까? 왜 그렇게 유람선과 카지노와 클럽을 전전하며 불나방처럼 사는 걸까? 그리고 그 많은 선박 회사 중에 왜 하필 이 회사의 출항이 취소된 걸까? 이유가 있을 것이었다. 이제 그들은 티나가 자기 아들을 두어 시간 동안 만날 수 있게 근사한 크리스마스 계획을 어그러뜨려야 했다. 그녀는 아들한테 관심도 없는데. 그렇지 않다면 왜 양육권을 포기했겠는가? 정말이지 불공평했다. 마틴은 반신반의하며 고개를 저었다.

"그게 문제야." 마틴이 젠과 아들을 번갈아 쳐다보며 말했다. "외국에 나가는 줄 알고 거기 맞춰 계획을 세웠기 때문에 크리스마스를 같이 보낼 사람이 아무도 없다는 거. 집에 혼자 있지는 못할 것 같대. 크리스마스를 혼자 보내기 싫다고."

"크리스마스를 혼자 보내는 사람이 얼마나 많은데." 젠은 생각하고 말고 할 겨를도 없이 불쑥 내뱉었다.

"응, 그렇지. 하지만 스티비의 엄마잖아. 그리고 당신도 티나를 알잖아. 수많은 사람한테 둘러싸여 있는 걸 좋아하는데 다들 티나가 외국에 있다고 생각할 테니."

젠은 자리에서 일어나 전혀 건드릴 필요가 없는 커튼을 매만지는 척했다. 그들은 그녀를 신경도 쓰지 않는 눈치였다.

"엄마 혼자 지내고 싶지 않으면 어떻게 한대요? 다른 데 가겠대요?" 스티비가 궁금해했다.

"그럴 거야, 여기저기 연락해보는 중이라고 했으니까." 마틴이 말했다. 당연히 티나는 여기저기 연락해보는 중이겠지만 다정한 전남편보다 먼저 연락하기 좋은 사람이 어디 있겠는가. 그의 죄책감을 자극해, 남이 차려놓은 근사한 음식과 아들이 있는 곳으로 와서 함께 크리스마스를 보내자는 말을 그에게서 끄집어낼 작정이었겠지. 그렇다, 티나는 믿음직하고 한결같은 마틴에게 제일 먼저 연락했을 것이다. 그녀는 자기가 아무리 도망쳐도 그가 와서 데려갈 거라는 걸 알았다. 그가 젠을 만나고 평범하게 살 수도 있다는 사실을 알아차리기 전까지는.

마틴은 젠을 만난 다음에야 티나라는 인물과 그녀의 수법을 간파했다. 하지만 아직 완벽하게 간파하지는 못한 것 같다는 생각이 들자 젠은 암울해졌다. 그 단어가 그들을 감싼 허공을 맴돌았다. 초대. 젠이 그 얘기를 꺼내야 했지만 그녀는 그럴 생각이 없었다. 절대, 절대 그럴 생각이 없었다. 그녀는 흐르는 긴장감을 모르는 척했다.

"그러면 크리스마스에 엄마 못 보는 거예요?" 스티비가 물었다.

젠은 명랑하게 말했다. "유람선 타고 떠났으면 어차피 못 보는 거였잖아. 그리고 너는 엄마한테 크리스마스 선물을 드렸고 엄마의 선물은 트리 아래에 있고."

"하지만 아무데도 갈 데가 없다면……?" 스티비가 말했다.

"오, 스티비, 너희 엄마는 갈 데 많아. 아빠가 좀전에 그랬잖아, 주변에 친구가 아주 많다고."

"내 말은, 티나가 친구 여럿이랑 같이 있는 걸 좋아한다는 거였지. 그거랑 이거는 다르잖아."

젠은 그 순간 자신이 하고 싶은 일이 무엇인지 알았다. 그녀는 외투를 입고 비바람 속으로 나서고 싶었다. 맨 처음 보이는 택시를 잡아타고 티나의 집으로 달려가고 싶었다. 그런 다음 티나의 목덜미를 잡고 그녀의 몸속에 생명의 불씨가 거의 남지 않을 때까지 흔들고 싶었다. 그러고는 씩씩하게 다시 택시를 타고 집으로 돌아와 특별 간식으로 핫초콜릿 마실 사람 있느냐고 물으리라.

하지만 젠은 그러지 않을 것이었다. 그건 우아한 행동이 아니었다. 미친 여자의 행위로 간주될 것이었다. 영국에서는 말이다. 좀 더 다혈질인 지중해 나라에서는 전적으로 이해가 되는 행동이겠지만 여긴 라틴계 연인과 격한 질투심의 나라가 아니라 우아함의 나라였다. 때문에 젠은 남편과 의붓아들이 아니라 망령 난 노인과 갓난아이를 대하듯 얼굴에 희미한 미소를 머금었다.

"지금 그런 데 신경쓸 필요는 없지 않을까? 너희 엄마는 자기 문제를 알아서 잘 처리하실 거야, 스티비. 핫초콜릿 마실 사람?"

원하는 사람이 아무도 없었기에 젠은 차분하게 자리에서 일어나 자기 몫의 핫 초콜릿을 만들었다. 쟁반에 세 잔을 들고 가면 그들도 마실 거라는 걸 알았지만 그럴 이유가 뭐가 있을까? 그녀가 그둘에게 유모 노릇을 해야 하는 이유가 뭐란 말인가? 그들은 계속 다른 그림을 그리는 벽난로의 불길을 멍하니 들여다보며 아리따운 티나와 그녀의 꼬여버린 크리스마스를 걱정하고 있지 않은가.

스티비가 자러 들어갔을 때 젠은 슈퍼마켓 얘기를 꺼냈다. 그쪽에서는 그녀가 토요일과 일요일 그리고 크리스마스 이틀 전날에도 근무해주길 바랐다. 그래야 할까? 보수는 두둑할 테고 만약 거절한다면 1월 중반쯤에는 후회하게 될 것이었다. 하지만 또 어떻게 생각하면 돈 좀 벌겠답시고 너무 무리하는 것일 수도 있었다. 집에서 좀 쉬는 게 더 나을까? 그녀는 마틴의 생각이 궁금했다.

"당신 좋을 대로 해." 그는 말했다. 여전히 딴 데 정신이 팔린 표정이었다. 순간 모든 게 너무 버거워졌다. 순간 우아한 여자의 가면이 땅바닥으로 떨어졌다.

"나 좋을 대로 하라고?" 젠은 믿기지 않는다는 듯 되물었다. "당신 미쳤어, 마틴? 나 좋을 대로? 당신처럼 근사한 남자가 아직 누워 있는 포근하고 따뜻한 침대에서 일어나 옷을 갈아입고 억지로 출근해 성질 더러운 손님을 상대하고, 계산대에서 뭘 슬쩍하는 사람은 없는지 감시하고, 커다란 반지를 끼고 먹을거리를 사는 데 한 번에 몇백 파운드씩 쓰는 여자들을 보는 걸 좋아하는 사람이 세상에 어디 있겠어? 그러고 싶다는 사람이 있을 거라 생각한다면 당신은 제정신이 아닌 거야."

마틴은 놀라서 말문이 막힌 채 젠을 쳐다보았다. 젠은 지금까지 그에게 이런 식으로 얘기한 적이 한 번도 없었다. 그녀의 두 눈은 이글거렸고 얼굴은 분노로 일그러졌다.

"그럼 당신은 왜…… 나는 당신이 돈을 벌고 싶어하는 줄 알고…… 지금까지 아무 말도 하지 않길래……" 그는 낯선 사람으로 돌변해버린 의자 저편의 여자에게 적응하지 못하고 말을 더듬었다.

"나는 당신이랑 스티비랑 내가 사는 이 집을 근사한 곳으로 만들기 위해 돈을 좀더 벌고 싶었을 뿐이야, 그뿐이야. 그리고 나는 티나의 주택 융자금을 갚느라 매달 당신 월급에서 얼마가 빠져나가는지 절대 떠올리지 않으려 했어. 심지어 토요일 오후에 우리집보다 더 넓고 근사한 티나의 집을 보았을 때도, 티나가 당신이랑 내 월급을 합친 것보다 세 배 더 많이 벌 때도 있는데 그 집의 유지비를 당신이 감당한다는 사실에 의문을 가진 적도 없고. 나도 알아, 티나의 수입이 불안정하다는 거 나도 안다고. 몇 주 동안 땡전 한푼 벌지 못할 때도 있지. 나도 알아, 하지만 그 여자는 정말 운도 좋지. 우리가 다른 사람들처럼 그녀도 고정적인 일자리를 찾아야 한다고 얘기를 꺼낸 적이 한 번도 없으니 말이야." 젠은 잠깐 숨을 골랐고 마틴이 그녀의 손을 잡으려고 팔을 뻗자 손을 멀찌감치 치웠다. "아니, 내 얘기 아직 안 끝났어. 어쩌면 진작 얘기했어야 했는지도 몰라. 상관없는 척, 씩씩한 척 가면을 썼던 내 잘못일지도 몰라. 하지만 당신에게 필요한 게 그거라고 생각했어. 전처의 성질과 짜증을 겪을 대로 겪었을 테니 이제는 평화롭고 차분한 분위기가 필요할 거라고."

"하지만 나한테 필요한 건 당신이야. 내가 원하는 건 당신이라고." 마틴은 가만히 얘기했다.

젠은 동의하는 뜻에서 고개를 끄덕이며 하던 얘기를 계속했다. "그래서 나는 그러려고 했어, 차분해지려고, 뭐든 태연하게 받아들이려고, 아마 나는 앞으로도 계속 그럴 거야. 그런데 당신이 무슨 논의의 여지라도 있는 듯이 내 마음대로 하라니까, 아니 뭐라고 했더라? '좋을 대로' 하라고? 당연히 나도 집에서 느지막이 일어나 조금 빈둥거리다 꽃에 물도 주고 남들처럼 그냥 즐거운 시간을 보내고 싶지. 어떤 사람들처럼 말이야."

"나는 당신이 집에 있으면 심심하니까 밖에 나가서 사람들과 어울리고, 만나고, 용돈 삼아 돈을 버는 줄 알았지." 마틴은 아무것도 숨길 줄 모르는 큰 얼굴에 어리둥절한 표정을 지으며 젠을 쳐다보왔다. 티나가 이 다정하고 단순한 남자를 쥐락펴락했던 것도 무리는 아니었다.

젠은 부엌 찬장을 열고 고급 식료품과 크리스마스 크래커, 식탁 장식 용품을 그에게 보여주었다. 환하게 반짝이는 장식품과 크리스마스트리에 달린 전구를 손으로 가리켰다. 그의 의자 옆에 서 있는 새 플로어 스탠드와 깔끔한 새 레일에 달린 커튼과 장작이 담긴 놋쇠 상자를 말없이 건드렸다. "이랬는데 나 혼자 그 돈을 흥청망청 썼다고 볼 수는 없겠지. 우리집을 위해 이런 걸 장만했는데 말이야. 당신이 그렇듯 나도 내 월급을 나 혼자 쓰겠다고 모아두지 않아. 우리 모두를 위해 근사한 집을 가꾸는 데 쓰지. 그리고 미안한데 마틴, 나는 티나가 와서 우리가 함께 보내는 첫 크리스마스를 망치는 게 싫어. 정말 싫어. 그래서 내가 이렇게 심란해하는 거야. 나는 그냥 당신이랑 나랑 스티비랑 보낼 시간만 좀 있으면 돼. 서로 대화를 나눌 시간만. 그게 너무 많은 걸 바라는 거야?"

"티나? 티나가 여기서 크리스마스를 보낸다고? 그건 고민하고 말고 할 문제가 아니잖아!"

"무슨 소리, 당신 눈빛을 보면 알 수 있어. 씩씩한 젠이, 착하고 침착한 젠이 우리 우아하게 대처해보자고, 상다리가 휘어지도록 차린 식탁에 스티비의 엄마를 초대하자고 얘기해주길 바란다는 걸. 하지만 나는 그러지 않을 테니까 더이상 왈가왈부하지 마."

"설마 내가 티나를 초대하길 바란다고 생각한 거야? 티나가 지금까지 나와 스티비의 크리스마스를 망친 게 몇 번인데, 상처를 주고 거짓말을 하고 속인 게 몇 번인데. 내가 왜 티나를 다시 이 집으로 부르고 싶겠어? 잊지 마, 나는 그녀와 이혼하고 당신이랑 결혼했어. 내가 사랑하는 사람은 당신이라고."

"그렇지, 하지만 티나의 크리스마스는 어쩔 건데?"

"아, 티나는 다른 갈 데를 찾을 테니까 걱정하지 마."

"나는 걱정하지 않아. 좀전에 걱정하는 말투로 그 얘길 꺼낸 건 당신이었지. 스티비 옆에서 티나 때문에 심란해하는 것 같았다고."

"심란해했던 거 맞아, 지금도 조금 그렇고. 스티비 앞에서 하지 못한 말이 있었거든."

"뭔데?" 젠은 불안해졌다.

"아, 티나가 워낙 사람을 심란하게 만들잖아. 이번 크리스마스 사건도 그렇고. 새해에 외국으로 나갈 생각이래. 티나 말로는 정규직 비슷한 걸로. 집 얘기도 했어, 그녀가 사는 집 말이야. 이제 더는 원조 받을 필요 없대. 세를 놓을 거라면서 나한테 보답하는 차원에서 뭘 보내겠대."

"내 눈으로 확인하면 믿을게."

"응, 뭐, 나도 마찬가지야. 하지만 중요한 건 이제는 더이상 매달 수표를 보낼 필요가 없다는 거야."

"티나가 외국으로 간다니까 심란해진 거야?"

"스티비 때문에. 엄마를 보고 싶어하지 않을까 싶었거든. 그런데 오늘 이 예쁜 집으로 퇴근하고 보니까 잠깐 보고 싶어하다 말 것 같더라고. 여기에 이렇게 근사한 집이 있으니까. 당신이 우리 둘에게 진정한 보금자리를 선물했어."

하지만 젠은 완전히 항복하지는 않을 작정이었다. 드디어 이렇게 속을 다 내보였는데, 바로 다시 온순한 젠의 가면을 쓸 생각은 없었다.

"그럼 당신은 티나가 보고 싶지 않을 테고 스티비도 금방 잊어버릴 거라고 생각하면서 심란해한 이유가 뭐야? 왜 그렇게 우울한 표정이었어?"

"내가 아주 재미없는 남편일지 모르겠다는 생각이 들어서. 티나가 나한테서 도망치고, 당신은 주말마다 일하러 도망치는 게 내가 재미없기 때문이라고 생각했어." 마틴이 어찌나 슬퍼 보이던지 젠은 그의 앞에 무릎을 꿇고 앉았다.

"나도 내가 재미없는 사람이라는 생각이 들어서 티나처럼 호랑이 같은 여자가 되고 싶었어. 하지만 당신을 재미없다고 생각한 적은 단 일 분도, 단 일 초도 없어. 진짜야."

그는 벽난로 불빛 앞에서 그녀에게 입을 맞추었다.

"남자는 사실 아주 한심해," 그가 말했다. "뻔한 건 얘기할 생각을 하지 않거든. 당신은 예쁘고 매혹적이고, 처음 만난 순간부터 당신이 나한테 과분한 존재가 아닐까 걱정스러웠어. 나는 애까지 딸린 따분한 은행 직원이니까. 당신이 우리 둘을 책임지겠다고 했을 때 믿을 수가 없었어. 나는 티나 생각은 안 해. 그녀가 내게 스티비를 넘겼다는, 정말로 그렇게 되었다는 사실에 안도의 한숨을 쉴 때를 제외하고는. 당신이랑 비교할 생각은 꿈에도 한 적 없고. 한 번도."

"알아." 마틴이 어찌나 불안해 보이던지 이제는 젠이 그를 달랬다. 하지만 그는 끙끙대며 적당한 표현을 찾았다. 머리와 심장 속에 들어 있지만 지금까지 한 번도 말로 표현하지 못했던 찬사를 꺼내놓기로 작심한 듯했다.

"오래전에," 마틴이 말했다. "주로 흑백영화가 나오던 시절에

컬러영화가 개봉하면 '빛나는 총천연색' 어쩌고 했잖아. 당신이 그런 사람이야. 나한테는 빛나는 총천연색이야."

마틴은 젠의 칙칙한 갈색 머리칼과 핏기 없는 빰을 쓰다듬었고, 회색 카디건과 회색과 라일락색이 섞인 치마를 입은 그녀를 두 팔로 감싸안았다. 그는 립스틱이 거의 다 지워진 그녀의 입술에 입을 맞추었고, 화장기 없는 그녀의 눈꺼풀을 감긴 다음 양쪽에 차례대로 입을 맞추었다.

"빛나는 총천연색." 그는 그 말을 반복했다.

함께 모여서

Pulling Together

페니는 오스트레일리아에 사는 친구 매기에게 매주 항공우편을 보냈다. 매주 교무실의 일상과 미스 홀이 잔소리 심한 여교사의 전형으로 변했다는 이야기, 그리고 이제는 30퍼센트의 아이들이 아니라 모든 아이들이 비행청소년이 되었다는 이야기를 썼다. 자기 딸이 세계를 정복할 거라는 어처구니없는 희망과 믿음으로 똘똘 뭉친 몇몇 학부모에 대해서도 썼다. 늘 여왕의 통치를 받아온 것 같고 여자 수상도 존재했던 섬나라에 사는 것은 힘든 일이라고, 이곳의 여학생들은 자신이 뭘 하든 성공할 수 있다는 발상에 젖어 있다고 페니는 편지에 적었다. 그건 여자는 뭘 하든 성공할 수 없다는 구시대적 발상과 거의 똑같은 수준으로 바람직하지 못한 생각이라고.

그녀는 시간이 어쩌나 쏜살같이 지나는지, 벌써 이 학교에서 다섯번째 크리스마스를 맞는다니 믿기지 않는다는 얘기도 썼다. 그녀가 처음 이 학교에 부임했을 때 누가 그럴 줄 알았겠느냐고. 스물일곱 살의 페니가 한 직장에 정착할 줄, 그 직장이 고향에서 멀리 떨어진 어느 도시의 여학교가 될 줄 누가 알았겠느냐고. 오래 살 생각이 없었기에 전혀 꾸미지 않은 작고 허름한 아파트에서 계속 살게 될 줄 누가 알았겠느냐고. 페니는 매기에게 썼다. 애교심을 살짝 드러내 체육교사를 기쁘게 하기 위해 추운 가을 저녁에 주머니 깊숙이 손을 넣고 서서 하키팀을 응원하는 것에 대해, 결속의 상징인 학교 연극을 거드는 것에 대해, 심지어 음표 하나 모르는 그녀가 이번에도 다섯번째로 캐럴 공연을 준비해야 하는 것에 대해.

페니가 왜 이러고 있는지 매기에게 설명할 필요는 없었다. 매기도 알았다. 그리고 매기는 좋은 친구였기 때문에 절대 그걸 언급하지 않았다. 매기는 항공우편으로 보낸 편지에 자신이 덤불숲에서 아이들을 가르치는 것에 대해, 실수로 캥거루를 죽여서 다들 노발대발할 줄 알았는데 도리어 축하해준 것에 대해, 양털 깎는 시기에는 학교가 텅 빈 듯 느껴지는 것에 대해, 사실혼 관계인 피트라는 남자에 대해 썼을 뿐 그 이유에 대해서는 단 한 번도 언급하지 않았다. 사실혼 관계는 정식으로 동거하는 사이를 말하는데, 오스트레일리아 시민권을 받으려면 중요한 부분이었다.

매기는 페니에게 모든 게 그렇게 지긋지긋하다면서 떠나지 않는 이유가 뭐냐고 절대 묻지 않았다. 매기는 잭에 대해 알았다. 그에 대해 아무 질문도 하지 말아야 한다는 걸 이해할 만큼 잘 알았다. 로맨스가 싹트던 시기에 페니는 거침없이 잭에 대해 썼다. 그가 어떤 식으로 갑작스럽고도 분명하게 페니의 삶에 등장했는지 썼다. 잭은 자신이 페니를 사랑한다는 걸, 페니를 필요로 한다는 걸 안다고 했다. 잭이 모든 면에서 확신이 넘쳤기에 페니는 의심을 한다는 것이 바보짓처럼 느껴졌다. 첫째로 그가 유부남이라는 것에 대해, 그가 집에서 나오지 않는 것에 대해, 그가 철저하게 비밀을 유지하고 싶어하는 것에 대해 의심을 한다는 것이 말이다.

잭은 페니의 모든 재미있는 면을 사랑한다고 했다. 재미있고 활기 넘치고 자유분방한 면을. 그녀는 자기중심적인 대사만 반복하는 예측 가능한 여자들과 전혀 달랐다. 페니는 이 대사라는 것이 그에게 언제 시간이 나는지 궁금해하는 것과 연관이 있는 듯한 느낌을 받았다. 그래서 초창기에 그녀는 그쪽 길로 절대 가지 않았다. 그에게 그녀도 자유롭고 싶다고, 매여 있다는 생각만 해도 견딜 수가 없다고, 이제 와서 성격을 바꿀 수도 없다고, 인생의 사반세기 지점을 지난 마당에 느닷없이 남자에게 안정감을 원한다고 말할 일은 없다고 장담했다. 그녀는 저메인 그리어의 책 『여성 거세당하다』를 펼쳐 들고 안정이라는 건 없다고 역설한 장을 다시 읽었다. 그 말을 믿기로 작정하고 저메인 그리어의 생각이 바뀌었을지 모른다고 시사하는 글은 읽기를 거부했다.

잭의 입장이 그런데다 그들 부부가, 물론 전부 의미 없는 자리이긴 하지만 수많은 행사에 참석해 카메라를 보고 공허한 거짓 미소를 지어야 했기 때문에, 페니는 어느 누구에게도 그들의 관계에 대해 얘기할 수 없었다. 그가 저녁에 시간이 날 때마다 그녀의 작은 아파트를 찾아온다는 것도, 그렇기 때문에 그녀는 만일의 경우에 대비해 집을 지켜야 한다는 것도 말할 수 없었고, 그가 시간을 낼 수 있는 날이 별로 없다는 사실에 대해 불평할 수도 없었다. 초반에 매기한테는 이야기를 살짝 흘렸지만, 안정적인 사실혼 관계를 유지하던 매기는 워낙 속이 깊었기에 캐묻지 않았다. 그저 누군가를 사랑하면 그뿐이라고 말하고는 그만이었다. 누군가를 사랑하면 상대를 온전히 받아들여야 했다. 상대를 분해하고 재조립할 수는 없었다. 매기는 자신도 피트에게서 얼음처럼 차가운 맥주를 끊임없이 마시고 싶어하는 습성을 제거하고 그를 다시 조립하고 싶지만 그럴 수는 없는 노릇이라고 했다. 힘이 되는 얘기라 페니는 상황이 암울해질 때마다 그 말을 되새겼지만 그럴 때가 점점 더 많아졌다.

잭을 사랑한 이래 세 번의 크리스마스가 지나갔고 이제 네번째 크리스마스가 다가오고 있었다. 그날은 늘 일 년을 통틀어 가장 슬픈 날이었다. 페니는 텔레비전 앞에 앉아 왁자지껄한 방송을 보고, 멀리 사는 어머니와 새아버지에게 전화해 잘 지낸다고 안심시키고 선물에 대한 감사 인사를 했다. 잭이 준 향수병을 만지작거리며 그가 얼마간이라도 짬을 낼 수 있길 줄곧 기다렸다. 작년에 그는 고작 십오 분 있다 갔다. 회사에서 가져올 게 있는 척했다고 했다. 아이들이 따라오겠다고 고집을 부리는 바람에 공원에서 놀고 있으라고 해놓고 왔다고. 그래서 오래 있다 갈 수 없다고 했다.

페니는 잭이 간 뒤에 두 시간 동안 울었다. 그리고 그날 늦게 검은색 레인코트를 입고 그의 집 앞을 걸어갔다. 집안은 전구와 크리스마스트리와 벽에 걸린 카드로 가득했고 전등에 겨우살이가 얹혀 있었다. 그건 누굴 위한 걸까?* 아이들은 아직 어렸다. 하지만 그에게 물어볼 수는 없었다. 그걸 보았다는 건 그에게 비밀로 해야 했다.

---

* 크리스마스 때 현관이나 집안에 달아놓은 겨우살이 아래 서 있으면 키스를 받는다는 속설이 있다.

너무나 외로웠기에 올해는 멀리 떠나기로 마음먹었었다. 햇살 좋고 가능하다면 크리스마스가 없는 곳으로. 페니가 생각한 곳은 모로코 아니면 튀니지였다. 이슬람국가이면서 따뜻한 곳. 하지만 잭이 경악했다. 서운해했고 심지어 살짝 충격을 받았다.

"내 생각은 안 하는 모양이군. 당신이 그렇게 도망쳐버리면 나 혼자 이 가면놀이를 무슨 수로 감당하라고." 그가 말했다. "누구나 그럴 수 있지…… 도망칠 수 있지. 하지만 나는 당신이 나를 사랑한다고, 내 옆에 있을 거라고 생각했는데. 내가 크리스마스에 당신을 보러 오지 않은 적이 있어? 대답해봐."

페니는 자신이 이기적이었음을 깨달았다. 하지만 시끌벅적한 이 계절에 학생들은 과잉 흥분 상태였고, 가게마다 몇 주 전부터 크리스마스 노래를 틀었고, 행복한 가정을 묘사한 그림이 하도 많아 눈이 피곤할 지경이었다. 페니는 자신이 좀더 단호했더라면 얼마나 좋았을까, 차분하고 흔들림 없는 어조로 잭에게 팔 일 동안 어디 다녀온다고 거의 사 년 동안 그녀를 사로잡았고 앞으로도 오랫동안 그녀라는 존재의 중심을 차지할 사랑이 끝나는 건 아니라고 얘기했더라면 얼마나 좋았을까 생각했다. 강하게 나갔어야 했는데, 그냥 한번 해보는 말이나 상처받았다는 것을 보여주기 위한 말처럼 들리지 않게…… 내 일은 내가 알아서 한다는 맥락으로 대꾸할 방법을 찾아야 했는데. 하지만 이미 엎질러진 물이었다. 잭은 크리스마스이브 저녁에 자신이 새로 발견한 아주 소박한 곳, 그나 그의 아내를 아는 사람은 아무도 가지 않을 만한 곳으로 페니를 데려가겠다고 했다. 그의 얘기를 종합해보건대 카페인 것 같다는 생각이 들면서 페니는 침울해졌다. 소시지와 콩, 우유를 넣은 차를 마시는 그녀의 모습이 그려졌다.

그래도 최악은 아닌 게…… 페니는 잠깐 멈추고 어째서 그래도 최악은 아닌 건지 곰곰이 생각해보았다. 그녀는 쉰다섯 살쯤 됐고 몇 년째 똑같은 낡은 점퍼와 치마에 후줄근한 서류가방을 들고 다니며 칙칙한 얼굴과 칙칙한 머리칼과 칙칙한 옷차림으로 한쪽 구석에 처박혀 신문을 읽는 미스 홀을 쳐다보았다. 그렇다, 값이 어마어마할 게 분명한 큰 집에 살면서 애지중지하는 신문과 함께 혼자 있는 것 말고는 아무데도 관심이 없는 미스 홀보다는 훨씬 나았다. 페니는 미스 홀이 신문에서 무슨 기사를 읽는 건지, 읽기는 하는 건지 궁금할 때가 많았다. 그녀는 시사에도 정치에도 가십에도 관심이 없어 보였다. 십자말풀이를 푸는 것도 본 적이 없었다.

교무실 문을 두드리는 소리가 들렸다. 래시 클라크였다. 래시는 덩치가 크고 뚱해 보이며 얼굴을 최대한 머리칼로 덮고 다녀 페니가 매우 마뜩잖게 여기는 학생 가운데 한 명이었다. 용케도 어깨를 움직이지 않는 듯 보이면서 으쓱해 반감과 권태를 표현하는 재주가 있었다. 래시는 눈과 입을 덮은 머리칼의 장막을 치우지도 않은 채 세시 삼십분까지 교무실로 오라는 얘기를 들었다고 웅얼거렸다.

"이번에는 무슨 일로?" 페니가 물었다. 래시는 리포트를 제출하지 않거나 부모님이 결석계를 제출하지 않거나 숙제를 하지 않아 교무실을 자주 들락거렸다.

"몰라요," 래시가 말했다. "학교 연극 때문인 거 같은데. 아니면 다른 이유 때문일 수도 있고요."

페니는 래시를 한 대 쥐어박고 싶어서 손이 근질거렸다. 기억해두었다 매기한테 다음번에 편지를 보낼 때, 여학교에서 아이들을 가르치고 여자밖에 없는 교무실에서 근무하는 건 절대 자연스러운 일이 아니라고 적어야겠다. 그러면 머지않아 미쳐버릴 거라고 말이다. 지금 페니의 경우가 그랬다.

그녀는 아이를 치고 싶은 충동을 달랬다.

"너 몇 살이니, 래시?" 페니는 지나치게 명랑한 목소리로 물었다.

래시는 그 질문이 유도신문이라도 된다는 듯 의심스러운 눈빛을 지으며 갈기 같은 머리칼 사이로 페니를 쳐다보았다.

"그게 무슨 말씀이세요?" 래시가 물었다.

"왜 그래, 어려운 질문도 아니잖아."

"열다섯 살요." 래시는 무뚝뚝하게 실토했다.

"그래, 그 정도면 교무실로 불려올 때 빌어먹을 연극 때문인지 아니면 다른 일 때문인지 알 수 있는 나이 아닐까? 뭣 때문인지 얘기해, 우리를 여기서 밤새도록 벌세우지 말고."

래시는 진심으로 놀란 표정을 지으며 페니를 쳐다보았다. 선생님이 아무래도 이성을 잃은 듯했다.

"빌어먹을 연극 때문이에요." 래시는 선생님이 먼저 썼으니 그런 단어를 썼다는 이유로 지적당할 리 없다는 걸 알고는 기세등등하게 대답했다.

"무슨 짓을 저질렀길래? 연습하러 가지 않았니?"

"네."

"이런 바보! 바보 같은 자기 얼굴 너머는 보지 못하는 이런 멍청한 아이를 봤나. 연습하러 가서 해치워버렸어야지. 이제 교실에 붙잡혀 삼십 분 동안 아무 이유 없이 반성문을 쓰게 생겼잖아. 내일이면 연극팀이 또 너를 찾아서 아마도 목동이나 천사나 뭐 그런 걸

맡으라고 할 텐데. 남들처럼 그냥 가만히 서서 장단을 맞추지 못하는 이유가 도대체 뭐니? 남들도 그게 더 쉬운 길이니까 그냥 그러고 있는 거잖아."

페니는 지금까지 래시의 눈을 본 적이 없었다. 그 눈이 재미있어하는 동시에 겁에 질린 듯 초롱초롱했다.

"그러게요." 아이는 마지못한 듯 대답했다.

"내 말 믿어도 좋아. 자, 이제 가자. 오늘은 내가 반항아들을, 제도에 반항하는 화끈한 아가씨들을 책임지는 날이니까."

"네?" 래시는 어리둥절한 표정으로 물었다.

"아니야. 나도 너만큼 말을 잘 안 듣거든. 교실에서 만나자."

페니는 책을 챙기려고 교무실로 다시 들어갔다가 미스 홀을 보았다. 나이 많은 그녀는 창밖으로 젖은 나뭇가지를 내다보고 있었다.

"좀전에 발끈해서 죄송해요." 페니가 말했다.

"못 들었어요. 무슨 일이에요?"

"아, 제가 래시 클라크한테 소리를 질렀어요." 페니는 설명했다.

"그 아이의 부모님은 개를 키우고 싶어했으면서 왜 애를 낳았는지 모르겠다니까."* 미스 홀이 뜻밖의 소리를 했다.

"어쩌면 그 아이가 스스로 붙인 이름인지도 모르죠."

"아니, 원래 이름이에요. 적어도 구 년 전부터는. 그 아이가 초등학생이었을 때 우스꽝스러운 이름이라고 생각했던 기억이 나거든요."

---

* 래시는 1940년에 출간된 인기 소설 『돌아온 래시』에 등장하는 주인공 개의 이름. 후에 TV 시리즈와 영화로도 만들어졌다.

페니는 놀랐다. 미스 홀은 아이들에 대해 기억을 잘하기로 유명한 사람이 아니었다.

"어머나, 하지만 뭐라고 불리든 어쨌거나 골치 아픈 아이예요." 페니가 말했다. 평소에는 명랑하던 목소리가 지금은 낮게 가라앉았다.

"크리스마스잖아요." 미스 홀이 말했다. "이때가 되면 모두 기분이 가라앉기 마련이죠. 할 수만 있다면 내가 크리스마스를 전면 폐지하고 싶어요."

페니도 정확히 그런 기분을 느꼈지만 맞장구를 칠 수는 없을 것 같았다.

"왜 그러세요, 미스 홀. 아이들한테는 즐거운 날이잖아요." 페니가 말했다.

"래시 같은 아이들한테는 즐거운 날이 아니죠." 미스 홀이 말했다. "봄, 여름, 가을, 겨울, 그 어떤 계절도 그애의 비위를 맞출 수는 없을 거예요."

"크리스마스가 특히 힘들죠. 기대치가 높아서 절대 거기에 부응할 수가 없으니까요."

"꼭 스크루지처럼 말씀하시네요." 페니는 말투에서 비난의 기미를 지우느라 미소를 지으며 말했다.

"아니, 사실이에요. 크리스마스 다음날에 크리스마스이브만큼 행복한 사람이 어디 있겠어요? 애가 됐건 어른이 됐건."

"그럼 너무 우울하잖아요."

"젊고 명랑한 당신 생각은 어때요? 당신은 여기 부임한 이래 긍정적인 측면이 전혀 없을 때조차 항상 긍정적인 측면을 찾아냈잖아요. 하지만 내 말이 맞지 않아요? 지난 다음에 되돌아보면 크리스마스를 기다릴 때가 더 행복하죠."

페니는 괴팍한 미스 홀과 이런 대화를 나눠본 적이 없었다. 역시 크리스마스가 되면 사람들이 가장 바람직한 모습은 아니더라도 적어도 새로운 모습을 드러내게 되는 모양이었다.

"우습게 들릴지 몰라도 제 경우에는 크리스마스 다음날이 더 좋아요. 이미 크리스마스가 지났으니 혼자 집에서 크리스마스가 지나길 바라며 전전긍긍할 필요가 없으니까요. 하지만 무슨 말씀인지 알겠어요."

미스 홀의 시선이 페니의 눈에 머물렀다. 미스 홀은 거기서 눈물을 본 것 같았다.

페니는 지난 몇 년 동안 워낙 씩씩하게 지냈기에 연민이나 동정의 기미가 느껴지기만 해도 발끈했다. "아니, 아니, 저를 불쌍하게 여기실 것 없어요." 그녀는 얼른 말했다.

"나는 당신을 불쌍하게 여길 겨를이 없어요, 페니. 내가 너무 불쌍해서 남을 동정할 여유가 없거든요."

나이 많은 미스 홀이 어찌나 딱해 보이던지 페니는 문 위에 손을 얹고 방과후에 남은 학생들을 지도하러 나가려던 찰나에 걸음을 멈췄다.

"혹시 제가 도울 수 있는 방법이라도……?" 페니는 머뭇거렸다. 미스 홀은 항상 날카롭고 신랄했다. 비참하다고 실토한 지금도 누가 따뜻하게 다가가려 하면 분명 등을 돌릴 것이었다.

하지만 미스 홀은 자신만만하던 평소와 다르게 무슨 말인가를 하려는 기미를 보였다. 비밀을 털어놓으려는 기미를.

"아니…… 고마워요…… 물어봐줘서 고마워요. 하지만 사실 무슨 조치를 취할 수 있는 일은 아니에요."

"아무 조치도 취할 수 없는 일은 없죠." 페니는 어린애 대하듯 명랑함을 가장하며 말했다.

"그럼 당신 크리스마스를 어떻게 해보지 그래요? 가만히 앉아서 끝나길 기다리지 말고 행복한 날로 만들어봐요." 나이 많은 교사는 심술궂은 말투가 아니라 걱정하는 말투로 말했다. 어떻게 들어도 기분 나쁘라고 한 말은 아니었다.

"제 경우에는 바꾸고 싶지 않은 것이 있다는 게 문제인 것 같아요. 이런 선택에 따르는 조건들은 감수해야겠죠."

"그래요, 맞는 말이에요. 그게 선택에 의해 고칠 수 있는 일이라면 아무 조치도 취할 수 없는 일은 없다는 당신 말에 동의해요." 미스 홀은 그 안에 담긴 논리를 파악해 기쁜 사람처럼 고개를 끄덕였다.

"선생님의 경우는 어떤데요?" 페니는 위험한 구역으로 들어서기라도 하는 듯 아주 대담해진 느낌이었다.

"단순한 선택의 문제가 아니라 오래전에 했어야 하는 일, 아니면 오래전에 하지 말았어야 하는 일과 관련된 문제예요. 하지만 잠깐 내 문제는 접어두죠. 그 뚱하고 딱한 래시라는 아이는 아마 선택의 여지가 별로 없을 거예요."

"좀더 서글서글한 태도를 보일 수는 있잖아요." 페니가 투덜거렸다.

"그렇죠, 하지만 그런다고 그 아이의 크리스마스가 달라지지는 않을 거예요. 서글서글해지건 그렇지 않건 똑같을 거예요."

"그걸 어떻게 아세요?" 미스 홀은 남들 앞에서 아이들에 대해 한마디도 한 적이 없었다. 마치 아이들에게 학교 담장 너머의 인생은 존재하지 않는 것처럼 굴었다.

"아, 늘 그렇듯 들리는 소문을 통해서요. 그 아이의 부모님이 이혼 절차를 밟고 있어요. 어머니는 이미 새 남자친구의 아이를 가졌고 아버지는 이미 여자친구와 함께 다른 아파트로 이사를 갔죠. 그들이 연말연시에 가장 가까이하고 싶지 않은 사람이 있다면, 우울한 얼굴로 주변을 얼쩡거리는 래시라는 아이일 거예요."

"그럼 래시는 어떻게 한대요?"

"그 아이가 뭘 어쩔 수 있겠어요? 여기저기서 최대한 주의를 끌며 부모님을 괴롭히고 죄책감을 유발하는 것 말고는. 일종의 관행인 것 같아요. 아무리 매력을 발산해도 원하는 걸 손에 넣을 수는 없을 테니까. 예전처럼 안전하고 든든한 가정을 되찾을 수는 없잖아요."

미스 홀의 목소리에는 동정과 이해가 가득 담겨 있었다. 페니는 과감하게 개인적인 이야기를 다시 꺼냈다.

"저는 말씀드린 것처럼 크리스마스를 혼자 보내요. 제가 선생님을 만나러 찾아가거나…… 뭐 그럴 방법이 있다면……" 잭이 삼십 분 정도 시간을 낼 수 있을 때를 대비해야 하기 때문에 미스 홀을 아파트로 초대할 수는 없었다. 그 집에 나이 많은 여교사가 있으면 그는 분노로 할말을 잃을 것이었다. 하지만 저녁이 돼서 잭이 그녀는 가족의 품이라고 생각하지만 그는 아이들이 이해할 수 있을 만큼 자랄 때까지 유지해야만 하는 공허한 가면놀이라고 생각하는 곳으로 돌아갔을 때, 이 여자의 거대한 테라스하우스로 찾아가겠다고 제안할 수는 있었다.

"아니에요, 아니에요, 물어봐줘서 고마워요."

"그 말씀은 이미 하셨잖아요. 왜요? 제가 가면 안 되는 이유라도 있나요?" 페니의 말은 이제 성질을 부리는 것처럼 들렸다.

"왜냐하면 내가 집에 없을 테니까요. 그 집은 이제 내 집이 아니거든요. 팔아야 했어요."

"말도 안 돼. 그럼 지금은 어디 사세요?"

"호스텔에요."

"선생님, 지금 농담하시는 거죠?"

"농담이면 아주 재미없는 농담이겠죠."

"하지만 왜요? 저는 선생님이 오래전부터 그 집에 사셨다고 들었는데, 아버지와 할아버지도 거기서 사셨다고. 그런데 왜 파셨어요?"

"빚을 갚으려고요. 나는 도박꾼이에요, 도박중독자. 이제는 끊었다고 말하고 싶지만 알코올중독처럼 항상 현재 진행형이에요."

"언제까지고 호스텔에서 살 수는 없잖아요."

"어쩌면 그럴 필요 없을지 몰라요. 완전히 정리되면 작은 집을 장만할 만한 돈이 생길 거예요."

"하지만 얼마나 끔찍할까요. 저는 전혀 몰랐어요."

"맞아요, 아무도 몰라요, 우리 모임 회원 말고는…… 그러니까 중독자 지원 모임요. 그리고 당연히 나한테 돈을 빌려준 사람들도 알죠, 너무 잘 알아서 문제지. 이 단계에서 학교측이 알게 되면 일이 심각해질 거예요. 교장선생님이 연말연시답게 자비와 이해를 베풀 것 같지는 않으니 그녀는 끝까지 몰랐으면 좋겠어요."

"그럼요, 그럼요, 당연하죠." 페니는 숨을 토했다.

"집이랑 그림이랑 근사한 가구를 다 처분한 이유는 너무 커서라고, 너무 관리하기 힘들어서라고 둘러댈 거예요."

"경마였나요 카드였나요, 선생님?"

미스 홀은 미소를 지었다. "그걸 왜 물어요?"

"너무 믿기지 않아서요. 그리고 선생님을 대신해서 흥분하기보다 뭐랄까, 차분하게 현실적인 대화를 나누고 싶어서요."

미스 홀은 이 말이 마음에 들었다. 그녀는 쓴웃음을 지었다.

"더 믿기지 않겠지만 슈맹드페르*였어요."

"클럽에서요?"

"네, 기차로 한 시간 거리에 있는 호화 클럽이에요. 아무도 내 이름을 모르는 곳. 자, 내 얘기는 이게 다예요."

페니는 이제 나가야 한다는 걸 깨달았다. 지금 당장. 작별인사는 없었다. 연민이 담긴 위로도 없었다. 그녀는 그냥 등뒤로 문을 닫았다.

교실에 가보니 래시가 뚱한 얼굴로 자기 책상에 앉아 있었다. 혼자였다.

"그만하고 집에 가라." 페니가 말했다.

"안 돼요, 끝내야 해요. 선생님도 그랬잖아요, 해야 할 일을 빼먹는 건 바보 같은 짓이라고, 같은 일을 두 번 반복하게 된다고."

"맞아. 난 그냥 네가 집에 가고 싶을까봐."

"가봐야 소용없어요. 아무도 없거든요." 래시가 말했다.

"나랑 똑같네." 페니는 씩 웃으며 말했다.

---

* 바카라 카드 게임의 일종.

"네, 하지만 선생님은 선택한 거잖아요. 선생님은 나이도 많고요."

"아니, 내가 선택한 거 아니야. 나이가 많지도 않고."

"죄송해요." 래시는 희미하게 미소를 지었다.

"그럼 그거 얼른 끝내. 나는 열심히 생각 좀 할 테니까."

페니는 방과후에 벌을 주는 용도로 쓰이는 넓은 교실에 앉았다. 그녀 앞에서 래시 클라크는 끙끙대며 '우리 이웃에 생긴 변화'를 주제로 한 쪽 반짜리 에세이를 썼다. 일단 완성되면 아무도 읽지 않을 리포트였다. 오로지 처벌이 목적이었다.

페니는 어머니와 새아버지에 대해 생각했고, 이제는 그들을 찾아가 크리스마스를 같이 보내고 싶은 마음이 있어도 늦었다는 사실에 대해, 실은 그러고 싶은 마음도 없다는 것에 대해 생각했다. 페니가 이제 와서 갑자기 찾아간다면 두 분은 놀랄 테고, 아버지가 살아 계시던 시절, 그녀가 어린아이였고 눈앞에 아무 문제도 없던 시절 그 집에 얽힌 추억이 봇물 터지듯 밀려들 것이었다.

수영장과 야자수와 태양 아래 펼쳐진 뷔페만 있을 뿐 크리스마스는 없는 나라로 여행을 떠나기에도 이미 늦었다.

하지만 결심만 한다면 크리스마스를 구원하기에 아직 늦지 않았을지도 몰랐다. 잭으로 인해 닫혔던 마음의 창문을 열기로 결심만 한다면. 페니는 맹목적인 사랑에 눈이 멀어 그 창문을 닫았지만, 그건 진정한 사랑이 아니라 치정이었고 그를 잃는 것에 대한 두려움이었다.

페니는 천천히, 분명하게, 감정을 배제한 채 자신의 계획을 다각도에서 검토했다. 모두에게 좋은 방향이지만 당연히 문제가 생길 테고 문제를 회피하는 건 어리석은 태도였다.

동정하는 기미를 풍기면 안 됐다. 갈 곳 없는 사람들의 집합소처럼 보이지도 말아야 했다. 페니는 이 계획을 실행에 옮기더라도 무뚝뚝하고 냉담한 미스 홀과 뚱하고 울뚝불뚝한 래시 사이에서 평화를 도모하려고 애쓰는 데에는 단 일 초도 할애하지 않을 작정이었다. 그녀는 숨을 크게 들이마시고 그녀 앞의 책상에 앉아 있는 아이를 바라보았다. 그녀의 상상일까 아니면 아이가 정말 귀 뒤로 머리를 넘긴 걸까? 아이의 얼굴은 똘똘해 보이는 정도는 아닐지 몰라도 아주 반응이 없지는 않았다.

"래시." 페니가 말했다.

"생각 다 하셨어요?" 래시가 물었다.

"응. 내가 너한테 제안을 하나 하려고 해. 네 대답에 따라 많은 게 달라지니까 내 얘기가 끝날 때까지 귀기울여 들어주기 바란다."

"알았어요." 래시는 선뜻 대답했다.

아이는 귀기울여 들었고 정적이 흘렀다.

"집이 넓고 멋진가요?" 아이가 물었다.

"아니, 별로 멋지지는 않아. 오래 살 줄 몰랐기 때문에 별로 꾸미지 않았거든. 하지만 방은 있어. 미스 홀은 소파베드가 있는 빈방을 쓰면 되고 너는 침낭을 가지고 와서 응접실에서 자고 볼륨을 낮추고 텔레비전을 봐도 돼. 나는 내 방을 쓰면 되고."

"크리스마스까지 열흘 남았네요." 래시가 아무 감정 없이 말했다.

"응. 그게 왜?" 페니는 매사에 무심한 이 아이의 태도에 기뻐해야 할지 짜증을 내야 할지 알 수 없었다. 두 선생님과 크리스마스를 보내자는 초대가 분명 날마다 있는 일은 아닐 텐데.

"제 말은 그러니까 페인트칠도 좀 하고 트리도 만들고 요리도 연습해서 좀 그럴듯하게 꾸밀 수 있지 않을까 싶어서요. 저희 셋 다 그 방면에는 영 쓸모가 없겠지만."

"그렇지." 페니는 미소를 감출 수가 없었다.

"그분은 돈이 좀 있을까요?" 래시는 교무실 쪽으로 머리를 기울였다.

"아니, 아마 없을 거야. 하지만 내 돈이면 충분해. 사치를 부리지는 못하겠지만."

"엄마 아빠도 저한테 돈을 좀 줄지 모르니까 가져갈게요. 두 분은 제가 사라져주면 기뻐할 거예요."

"나랑 계속 같이 살 수는 없어, 래시. 크리스마스 동안만이야."

"좋아요. 우리한테 서로가 필요한 기간이 딱 그때니까요." 래시가 말했다.

"가서 홀 선생님한테 물어봐야겠다. 좋다고 하실 거야."

"좋다고 하지 않으면 미친 거죠." 래시가 점잖을 빼며 말했다.

미스 홀은 무표정한 얼굴로 얘기를 들었다. 페니는 이 세상이 원래 이렇게 모든 걸 대수롭지 않게 받아들이는 사람들로 우글거리는지 궁금해지기 시작했다.

"그러게요," 마침내 미스 홀이 말했다. "그러면 아주 좋겠네요. 그 아이한테 내 곤란한 처지를 얘기했다니 잘했어요. 나도 그 아이가 어떤 처지인지 얘기했으니까. 그러니까 우리 둘은 괜찮아요. 딱 한 가지 문제가 있다면 당신이죠."

"제가 문제라니 그게 무슨 말씀이세요?" 페니는 화가 나서 말문이 막힐 지경이었다. 두 명의 사회 부적응자에게 크리스마스 동안 지낼 수 있는 거처를 제공하려고 했더니, 갑자기 그녀가 문제 있는 사람으로 간주되었다.

"뭐, 남자겠죠, 그것도 유부남." 미스 홀은 전혀 비난하는 기색 없이 말했다. "크리스마스의 새로운 계획을 그와 의논할 시간이 없었을 테니 우리를 초대한 걸 나중에 후회할 수도 있고, 아니면 그가 분개할 수도 있고, 아니면 잘못된 선택처럼 느껴질 수도 있지 않겠어요?" 미스 홀은 모닝커피와 함께 먹을 비스킷이 좀더 있느냐고 묻는 사람처럼 부드러운 말투로 물었다.

"아니에요. 아니에요, 그럴 가능성은 없어요. 전혀요." 페니가 말했다.

"그리고 해마다 이런 일을 벌이면 안 돼요." 미스 홀은 걱정했다. "당신은 너무 따뜻한 성격이라, 사랑을 주고받기에 나무랄 데 없는 남자가 아니라 반푼이를 선택하기 십상이거든요."

다정하고 아주 따뜻하게 건넨 말이었지만 페니는 사무적으로 딱딱하게 대답해야 한다는 걸 알았다.

"그렇게 말씀해주시다니 감사해요." 페니는 미소를 지었다. "그리고 당연히 선생님 말씀이 맞아요. 이번 한 번, 올해 크리스마스만이에요. 그날이 지나면 우리 모두 치유받고, 해결해야 하는 일을 해결할 마음의 준비가 되겠죠."

페니는 매기에게는 쓸 말이 많을 테고 잭에게는 할말이 거의 없을 것이었다. 잭은 이게 그의 관심을 끌기 위한 의미 없는 제스처가 아니라는 것을 알 테니 말이다. 페니가 정말로 치유되었고 회복의 길에 제대로 접어들었다는 신호라는 걸 잭은 알 것이었다.

크리스마스
바라문디

The Christmas Baramundi

그녀는 크리스마스이브에 수산시장에서 그를 처음 만났다. 이른 새벽인데도 벌써부터 혼잡했다. 똑같은 망상어를 향해 뻗은 그들의 손이 서로 닿았다.

"저거 주세요." 그들은 동시에 외쳤다.

학교 선생인 재닛과 은행원인 리엄과 생선가게의 작은아들 하노, 이렇게 셋은 일제히 웃음을 터뜨렸다.

"제가 양보할게요." 리엄이 씩씩하게 말했다.

"아니에요, 아니에요, 먼저 오셨잖아요." 재닛은 반대했다.

하노가 말했다. "저 녀석한테는 형제자매가 많으니까 두 분 다 한 마리씩 사실 수 있어요."

"그 녀석한테 형제자매가 있다는 생각은 하고 싶지 않네요." 재닛이 말했다.

"그러게요, 우리가 참 위선적이죠?" 리엄이 잔주름을 잡으며 미소를 짓자 얼굴에서 빛이 났다.

"얼굴이 달린 건 절대 못 먹는다고 했던 사람이 누구였더라?" 재닛은 생각에 잠긴 표정으로 생선 토막들을 바라보았다. 생선마다 아주 확실하게 얼굴이 달려 있었고 표정까지 거의 알아볼 수 있을 것 같은 녀석도 있었다.

"원 참, 이러다 그쪽 덕분에 크리스마스에 빵이랑 치즈만 먹게 생겼네요." 리엄이 말했다.

재닛은 한숨을 쉬었다. "아뇨, 그게 제 문제예요. 안 좋은 점을 조목조목 지적해놓고 그냥 아무 일 없었다는 듯 똑같이 답습하는 거."

"나하고는 다르네요. 나는 현실 도피를 더 좋아하거든요. 얼굴도 형제도 자매도 없는 셈 치고 그냥 석쇠에 구워서 먹어요."

"푹 졸이든지 아니면 포일에 싸서 요리하세요. 이건 석쇠로 굽기에는 너무 커요." 재닛은 뭐든 액면 그대로 받아들이는 성격이었다.

"나랑 커피 한잔합시다." 리엄이 느닷없이 말했다.

하노는 그들에게 생선을 싸서 주었다. 재닛은 현금으로 계산했고 리엄은 금색 신용카드를 썼다. 그가 그녀의 팔꿈치를 잡았고 그들은 사람들이 커피를 마시고 맛있는 이탈리아 빵을 먹는 건너편의 작은 카페로 갔다. 하노는 잘 가라고 손을 흔들었다. 그도 따라가서 그들처럼 편안하게 웃으며 얘기를 나눌 수 있다면 좋았겠지만, 아버지와 삼촌과 두 형의 시선이 그에게 꽂혀 있었다. 오늘은 일 년을 통틀어 가장 바쁜 날 가운데 하루였다. 공상에 빠져 있기보다는 일을 하고 손님을 끌어들여야 했다.

크리스마스에 먹으려고 생선을 사가는 사람이 점점 많아졌다. 피어몬트 시장에 가는 것이 이제는 거의 전통으로 자리잡았다. 손님들은 시장 구경을 생선 사는 것만큼 좋아했다. 예컨대 저 커플을 보라. 남자는 돈이 많아서 하노가 오 년 동안 일을 해야 살 수 있는 재킷을 입었다. 시계는 금이었다. 심지어 서명을 하면서 영수증을 확인하지도 않았다. 남자는 여기까지 와서 생선을 살 필요가 없었을 것이다. 대신 사다줄 사람이 있었을 것이다. 어쩌면 그는 외로웠을지 모른다. 아니면 아내와 싸웠을 수도 있었다. 독신이거나 이혼남일 수도 있었다. 나이는 서른다섯 아니면 마흔쯤 되어 보였다.

재닛도 같이 커피를 마시러 가며 속으로 똑같은 질문을 했다.

하지만 에스프레소를 홀짝이고 따뜻한 포카치아를 먹는 시점에 이르자 그가 유부남이건 싱글이건, 집에서 그를 기다리는 사람이 스무 명이건 한 명도 없건 상관이 없어졌다. 리엄은 편하게 대화를 나누기에 아주 좋은 상대였다. 그들은 높은 스툴에 앉아 다른 지역에서 보낸 크리스마스이브에 대해 이야기를 나누었다. 리엄은 몇 년 동안 뉴욕에서 지낸 적이 있었는데 항상 날이 궂고 추웠다. 그는 막판에 선물을 준비하려고 회사에서 나와 같은 생각을 한 백만 명의 다른 사람들과 함께 줄을 선 기억이 있었다. 뉴욕에서는 휴가가 짧았다. 몇 주 동안 온 세상이 문을 닫는 여기 시드니와는 달랐다.

"그야 우리는 여름휴가 기간이니까요." 재닛은 살짝 방어적인 태도를 보였다. 그녀는 교사에게 주어지는 기나긴 학교 방학 얘기가 나오면 항상 변명을 했다. 친구들은 그녀의 인생 자체가 휴가라고 했다. 하지만 날카로운 아이들의 목소리와 요란하게 발산되는 아이들의 개성과 1교시 수업종이 울리는 순간부터 마지막 수업이 끝나는 종이 울릴 때까지 무대에 서 있어야 하는 심정을 모르고 하는 얘기였다. 재닛은 리엄에게 물론 교사가 아닌 다른 직업은 생각한 적이 없다고, 어느 해에는 프랑스어 실력을 늘려보겠다고 프랑스에서 크리스마스를 보냈는데 와인에 대한 관심만 늘었다고 말했다.

이어서 그들이 공통으로 좋아하는 와인에 대해 얘기하는 동안 주변에서는 사람들이 생선가게 주변을 어슬렁거렸고 물이 하수구로 콸콸 쏟아졌고 녹지 않은 얼음이 바닥으로 떨어졌다. 리엄과 재닛은 서로 알아가는 중이지만 관계가 시작되기도 전에 싹을 잘라버릴 수도 있는 결정적인 질문은 차마 하지 못하는 남녀답게 열띤 대화를 나누었다. 두 사람 모두 일가족을 먹이고도 남을 만한 생선을 사 왔다. 둘 다 반지는 끼지 않았지만 그건 아무 의미 없었다. 상대방이 집에 가려고 서두르는 기미가 없다는 걸 서로 느꼈지만 그것 역시 전혀 중요한 부분이 아닐 수 있었다. 빈 커피잔이 세번째 치워지자 그들은 더이상 연극을 계속할 수 없는 상태에 이르렀다.

"커피를 더 마시면 손이 떨릴 것 같아요." 리엄이 말했다.

"저도요." 재닛의 표정이 갑자기 어두워졌다.

"왜 그래요?" 그가 물었다.

"가끔 학생처럼 저도요 아니면 저요, 저요 하는 습관에서 벗어나고 싶을 때가 있거든요. 애들을 상대하는 직업의 유일한 단점이죠. 애들처럼 말을 하게 되는 거."

"아이가 있으세요?" 리엄이 느닷없이 직설적으로 물었다.

"마지막으로 세어보았을 때 이백열한 명쯤 됐어요." 재닛은 이렇게 말하고는 주책맞은 대답을 만회라도 하려는 듯 덧붙였다. "하지만 날마다 네시가 되면 헤어지는 아이들이에요."

"그렇군요." 리엄은 기뻐하는 눈치였다.

"당신은요?" 재닛은 가볍게 묻는 것처럼 들리길 바랐다.

"마지막으로 세어보았을 때 아흔 명쯤 됐는데 은행에서만 만나는 사이예요." 리엄이 말했다. 그리고 그녀는 그가 은행을 나설 때 그들과도 헤어진다는 걸 알았다.

"그렇군요." 재닛은 몹시 기뻤다. 그를 사이에 두고 어떤 여자와 싸울 일은 생길지 몰라도 아빠를 필요로 하는 사랑스러운 어린아이는 없었다.

그들은 거기서 꽤 긴 시간을 보냈다.

"또 만날래요?" 리엄이 간결하게 물었다.

"네, 좋지요." 재닛은 말했다. 장난스러운 대답으로 그녀의 간절한 마음과 엄청난 안도감을 숨겼다. 그가 전화번호를 물어볼까? 자기 번호를 알려줄까? 언제 만나자고 할까? 재닛은 숨이 막힐 것 같았다.

"언제가 좋겠어요?" 그가 물었다. 그녀에게 선택권이 넘어왔다.

"내년, 같은 시각, 같은 장소라고 하면 너무 멀 것 같고." 재닛은 고개를 한쪽으로 기울이고 그를 쳐다보며 기다렸다. 그녀는 이런 식으로 행동하는 여자들을 질색했지만 어쩔 수가 없었다. 그녀의 얼굴에 드러난 그를 다시 만나고 싶은 간절한 마음, 그를 좀더 알고 싶은 간절한 마음을 들키지 않으려면 이러는 수밖에 없었다.

"아, 나는 내년 이맘때면 당신과 아주 잘 아는 사이가 됐으면 좋겠는데요." 그가 나지막이 말했다. "아주 잘 아는 사이가요."

재닛은 전율을 느꼈다. 어머니의 표현에 따르면 누가 자기 무덤 위를 지나갈 때 느껴질 법한 전율이었다.

"좋아요," 그가 말했다. "좋아요." 그는 어느 식당 이름을 대며 삼 일 뒤 점심시간에 만나면 어떻겠느냐고 했다.

"문을 열까요?" 재닛이 물었다. 서로 만나지 못하는 사태는 피하고 싶었다.

"그럼요, 열 거예요."

그들은 할말이 남은 듯 서로를 바라보았다. 리엄은 판매중인 온갖 생선을 소개하는 팸플릿을 집어 한 장 뜯었다. 바라문디 물고기 사진이 있는 장이었다. 그는 빠르게 숫자를 몇 개 적었다.

"혹시 당신 생각이 바뀔 경우에 대비해서요." 그가 말했다.

재닛은 다른 바라문디를 한 장 찢어 그녀의 연락처를 적었다.

"당신 생각이 바뀔 경우에 대비해서요." 그녀가 말했다.

"그럴 리가요. 이번 연휴의 하이라이트인데요." 그는 묵례하는 시늉을 하며 말했다.

"그날이 기다려지네요." 재닛은 이렇게 말하고, 생선 노점상의 호스에서 나온 물로 생긴 웅덩이를 건너 그녀의 차까지 걸어갔다. 그녀가 한 번 돌아보니 그는 그 자리에 계속 서 있었다. 왜 서로 크리스마스 잘 보내라는 인사를 하지 않았는지 의아해졌다. 다들 방금 전에 처음 만난 사람에게까지 그런 인사를 건네고 있는데 말이다. 어쩌면 상대방이 크리스마스에 해결하거나 정리해야 하는 일이 있을 거라고 믿었기 때문일 수도 있었다.

재닛은 다른 세 명의 교사와 한집에 살았다. 침실 겸 응접실 역할을 하는 널찍하고 볕이 잘 드는 방을 각자 하나씩 썼다. 넓은 공용 주방과 두 개의 화장실이 있었다. 화단 네 개로 둘러싸인 조그만 마당도 있었다. 다들 이 비싼 집을 빌리다니 제정신이 아니라고 했다. 그들은 각자 셋집을 얻거나 대출을 끼고 집을 장만할 수도 있었지만, 지금으로서는 아무도 그럴 생각이 없었다. 이십대와 삼십대 여자들치고 아주 잘 지냈다. 그들은 서로 간섭하지 않았다. 일주일에 한 번씩 사람을 불러 청소를 맡겼고, 아무도 텔레비전을 시끄럽게 보지 않았고, 누가 애인을 방으로 초대하더라도 뒤에서 수군대지 않았을뿐더러 난처한 소리가 들려도 마찬가지였다. 그들은 늘 이와 같은 동거 형태를 '폐경 맨션'이라고 부르며 깔깔댔다. 하지만 진실과 거리가 멀기에 할 수 있는 농담이었다.

올해에는 아무도 크리스마스에 어디 가지 않고 마당에서 다 같이 식사를 하기로 했다. 이유는 각자 다양했다. 재닛에게는 새어머니가 생겼다. 때문에 명절을 기해 그 집에 들이닥치기 전에 새어머니에게 숨쉴 틈을 주고 싶었다. 매기의 애인은 유부남이라 크리스마스 당일에 만날 수 없었다. 케이트는 논문을 쓰는 중이었기 때문에 매일 여섯 시간씩 꼬박 삼 주 동안 폐경 맨션에서 논문에 매달릴 생각이었다. 실라는 아일랜드 출신이었다. 거기까지 비행기를 타고 다녀올 때도 있었지만 올해는 돈이 없었고, 비와 진눈깨비를 견딜 의욕이 없었기에 시드니에 남기로 했다. 네 사람 모두에게 행복하고 편안한 하루가 될 것이었다. 그들은 감상에 빠지지 않을 테고 어쩌면 살짝 얼근하게 취할 것이었다. 매기가 만나는 남자와 그 부질없음에 대해서는 아무 얘기도 하지 않을 것이었다. 〈Danny Boy〉를 불러 에메랄드섬*의 추억을 자극해 실라를 슬프게 만들지도 않을 것이었다. 케이트의 석사 논문을 응원할 것이었다. 그리고

---

* 아일랜드의 별칭. 〈Danny Boy〉는 아일랜드의 고전 포크송이다.

그들은 재닛이 얼마 전에 세상에서 가장 근사한 남자를 만났다는 사실을 몰랐기에 거기에 대해서는 아무 입장도 취하지 않을 것이었다.

크리스마스이브에 재닛은 마당으로 나가서 앉았다. 밤공기가 따뜻했고 꽃향기가 났다. 멀리서 바닷소리가 들렸다. 그녀는 미소를 지을 때 잔주름이 생기고 은행업을 한다고 했던 리엄이라는 남자가 지금 어디 있을지 궁금해졌다. 그는 자기가 은행에서 일한다고 하지는 않았다. 그 둘 사이에는 미묘한 차이가 있었다. 지금은 열시였다. 전화벨이 울렸다. 재닛은 분명 아일랜드에서 실라를 찾는 전화일 거라고 생각했지만 그래도 안으로 들어가 전화를 받았다.

"재닛?"

"리엄?" 그녀는 냉큼 말했다.

"크리스마스 잘 보내라고 인사하고 싶어서요. 오늘 우리가 그 인사를 깜빡했어요."

"그러게요. 크리스마스 잘 보내요." 그리고 재닛은 정말로 기다리는 게 싫었지만 더이상 아무 말도 하지 않고 참았다.

"바라문디 아직 가지고 있어요?" 리엄이 물었다.

"그럼요, 당연하죠." 다시 정적이 흘렀다.

"재밌는 시간 보내요." 그가 말했다.

"당신도요."

그들은 전화를 끊었다. 재닛은 다시 마당으로 나가 무릎을 끌어 안고 별이 반짝이는 하늘을 올려다보았다. 그녀는 자신이 말을 아낀 이유를 정확히 알았다. 이번 크리스마스 동안 꿈속을 헤맬 수 있기를 바랐기 때문이다. 재닛은 리엄과 그의 미소를, 그가 크리스마스이브 밤 열시에 그녀를 생각했다는 사실을 곱씹고 싶었다. 존재하는지는 모르겠지만 아무튼 그의 아내와 아이들이나, 오랫동안 동거한 이해심 많은 애인이나, 지저분하게 끝난 이혼에 대해서는 듣고 싶지 않았다. 그녀를 만나는 삼 일 뒤를 손꼽아 기다리는 남자로 그를 그리고 싶었다. 뭐든 얘기할 수 있고 모든 걸 이해했던 남자로 그리고 싶었다. 내년 이맘때면 서로에 대해 아주 잘 아는 사이가 돼 있길 바란다고 했던 남자로 그리고 싶었다.

재닛은 앉아서 혼자만의 비밀을 가슴속에 간직했다. 그녀는 육 년 동안 연애를 하지 않았다. 스물두 살때부터 지금까지. 몇 명 만나기는 했지만 진정한 사랑으로 간주할 만한 사람은 없었다. 그 기분이 얼마나 환상적인지 잊고 있었다. 얼마나 실없고 솜털 같으며 현실과 동떨어진 기분인지 잊고 있었다. 그녀는 종소리를 듣고 교회 예배시간이라는 걸 알아차렸다. 흥에 겨운 사람들이 길거리에서 잘 자라고 인사하는 소리가 들렸다. 크리스마스였다.

바람 한 점 없었는데도 재닛은 몸을 떨었다. 오늘 들어 두번째였다. 문득 열여덟번째 생일에 처음으로 정식 드레스를 입었을 때, 어머니가 지퍼 올리는 걸 도와주었던 일이 뜬금없이 생각났다.

"정말 행복해요." 재닛은 거울에 비친 자신의 모습을 보고 기뻐하며 말했다.

"지금보다 더 행복한 순간은 앞으로 없을 거야." 어머니는 말했다. 재닛은 크게 화를 냈다. 어머니 때문에 금빛으로 반짝이던 그 순간의 느낌이 날아가버렸다. 그리고 어머니의 짐작이 틀렸음에도 불구하고 그녀는 그걸 절대 잊지 않았다.

재닛은 열여덟번째 생일보다 행복했던 적이 있었다. 스물한 살에 마크라는 남자와 사랑에 빠졌고 십사 개월 동안 매일 낮 매일 밤을 행복하게 지냈다. 진정으로 행복했던 적이 없었고 항상 암울한 측면을 보았던 어머니의 말을 이제 와서 떠올린 이유가 뭐였을까? 너무 많이 웃으면 잠자기 전에 눈물 뺄 일이 생기고, 너무 날씨가 좋으면 나중에 머리가 아프고, 사람들이 착하고 따뜻하고 훈훈하게 굴면 조만간 숨겨진 결점이 드러나기 마련이라고 했던 어머니.

재닛의 어머니가 세상을 떠난 지 사 년이 되었다. 아버지는 재혼을 했다. 상대는 작고 동글동글하며 잘 웃는, 전혀 다른 타입의 여자였다. 재닛은 그들이 서로의 어디에서 매력을 느꼈는지 알 수 없었지만 그건 전혀 중요한 문제가 아니었다. 그랬을 것 같지는 않지만, 재닛과 리엄이 느낀 걸 그들도 느꼈을지 몰랐다. 어쨌거나 그녀의 아버지는 방청객으로 갔던 텔레비전 스튜디오에서 릴리언을 만났고 둘은 결혼했다. 재닛은 오늘 아침에 수산시장에서 리엄을 만났고 그는 그녀에게 내년 이맘때면 서로에 대해 아주 잘 아는 사이가 돼 있길 바란다고 했다. 방금 전에는 전화해 크리스마스 잘 보내라고 했다. 좋은 시절이 이제 막 시작되려는 참이었다.

크리스마스 당일에 나머지 세 명은 재닛을 보고 기분이 좋아지는 약을 먹은 게 분명하다고 했다. 하루종일 실없이 행복한 미소를 짓고 다녔기 때문이다. 재닛은 샐러드를 만들고 마당에 테이블을 놓고 감자를 굽고 와인을 냉장했다. 네 명 가운데 집안일을 가장 좋아한다고 볼 수 없는 그녀였지만, 이번에는 전부 자기가 하겠다고 나섰다. 망상어도 맛있게 요리했다. 리엄이 손으로 건드린 생선이었다. 그들의 웃음보를 터뜨린 생선, 그들을 하나로 연결한 생선이었다.

하루가 신기하리만치 길게 느껴졌다. 행복하지만 길었다. 일곱 시는 됐을 줄 알았는데 아직 다섯시였다. 어찌어찌 며칠이 지나갔다. 그리고 그날 아침이 찾아왔다. 점심때 만나기로 한 날의 아침이. 재닛은 거의 밤을 새우는 바람에 눈 밑에 그늘이 생겼다. 그녀는 이 만남에 너무 많은 희망을 걸었고 과도한 무게와 실재하는 것 이상의 의미를 부여했다. 그녀의 기대가 맞을 수도 있겠지만, 어쨌든 잠을 이룰 수가 없었다. 문을 연 미용실이 없었기에 머리를 감고 원하는 모양으로 손질하느라 몇 시간이 걸렸다. 원래는 복숭아색 셔츠에 회색 데님 스커트를 입을 생각이었지만 뮤지컬 〈오클라호마!〉 코러스처럼 보일 것 같았다. 재킷을 입기에는 너무 더웠고 비치 드레스를 입기에는 약속 장소가 너무 고급스러웠다. 수산시장에서 그를 만났을 때 재닛은 청바지를 입고 있었다. 자신에게 다른 옷도 있다는 걸 그에게 보여주고 싶었다.

리넨 스커트에 무늬 없는 흰색 티셔츠로 결정하고 나자 택시를 부를 시간이 다 됐다. 택시는 늦게 왔다. 재닛은 시뻘게진 얼굴로 안절부절못하며 식당에 도착했다.

"굴 주문했어요." 리엄은 제대로 주문했는지 몰라 불안해하는 눈빛으로 말했다.

원래 재닛은 여자를 위한답시고 자기 마음대로 주문하는 강압적인 스타일의 남자를 싫어했다. 하지만 리엄은 배려하고 마음을 표현하려는 뜻에서 그렇게 한 것이었다. 그녀는 얼굴이 거의 두 동강 날 지경으로 미소를 지었다.

"그보다 더 좋을 수는 없겠는데요?" 그녀는 말했다.

점심은 수산시장에서 커피를 마셨을 때와 비슷했지만 더 좋았다. 그들은 은행업이라는 세계에 대해 이야기를 나누었고 리엄은 이제 평범한 진짜 사람들을 만나기가 힘들어졌다고 했다. 대신 그는 기업을 대변하는 인물과 이런저런 위원회를 만나고 보고서를 읽고 거기에 따라 행동했다. 재닛은 학교에 대해 열변을 토하며, 아이들과 친해지고 그들이 정말로 하고 싶은 일과 성격과 장래 희망을 파악할 시간이 없다고 말했다. 대신 교과과정을 따르고 시험을 통과하고 훌륭한 학교 실적을 거두는 데 초점을 맞추어야 했다.

그들은 새우를 남겼다. 소스맛이 너무 진했다. 각자 접시에 담긴 새우를 이리저리 밀치고 있을 때 그가 뜻밖의 얘기를 꺼냈다. "나랑 오후에 함께 있어줄래요?"

"네, 좋죠. 어디서요?" 재닛이 물었다.

"적당한 장소가 있어요."

리엄이 다시 함박웃음을 지었다. 그가 유부남이거나 만나는 여자가 있거나 사생활이 아주 복잡한데 숨기는 것일 리 없었다. 그렇다면 적당한 장소가 있다는 식으로 얘기할 리 없었다.

"아, 그래요?" 재닛은 희망으로 가득한 열띤 표정으로 되물었다.

"네. 만에 하나, 만에 하나 당신이 좋다고 할 경우에 대비해 예약을 해두었거든요." 그가 말했다.

모텔이었다. 예약을 하는 그런 곳. 그녀에 대해 워낙 자신이 있었기에 예약을 해도 되겠다고 생각했던 것이다. 그녀는 마음이 무거워졌고 그런 마음이 표정에서 드러난 게 분명했다.

"무슨 문제 있어요?" 리엄이 물었다.

"아뇨, 전혀요." 재닛이 씩씩하게 미소를 짓자 그도 다시 미소를 지었다. 그는 정말이지 단순하고 솔직했다. 그는 그녀를 좋아했다.

점심을 먹자고 하고, 크리스마스이브에 전화하고, 굴을 주문하고, 오후에 같이 있을 곳을 예약할 정도로 좋아했다. 어쩌면 헌신을 요구하고, 그가 싱글이고 훌륭한 남편감이며 심지어 돈줄일 수도 있다는 확신을 요구하는 그녀가 이기적인 사람일지 몰랐다. 재닛은 해방된 여성이었다. 재닛도 원하면 남녀가 만나 동등하게 즐길 수 있다는 걸 알았다. 남자에게 보호나 부양을 요구하던 시절은 오래전에 끝났다.

"그럼 이 새우를 먹는 척하는 건 때려치울까요?" 리엄이 웃으며 물었다.

"나도 진작 포기했어요." 재닛이 동의했다.

그들은 모텔로 차를 몰았다. 재닛이 종종 그 앞을 지나가면서 무슨 수로 문을 닫지 않고 버티는지 열의 없이 궁금해했던 곳이었다. 이제 그녀는 알 수 있었다. 그곳은 시간제 대실이 가능한 모텔이었다. 안은 깨끗하고 실용적이었다. 리엄은 아이스박스에 와인을 담아 챙겨왔다. 그녀가 모텔에 가겠다고 할 줄 알았다는 또다른 증거였다. 그가 그녀의 잔에 와인을 따랐다. 그들의 대화에도 등장했던 포도원에서 생산되는 좋은 와인이었지만 오늘은 식초맛이 났다. 그는 부드럽고 정중하게 다가왔고, 끝난 뒤에는 전에도 종종 이런 적이 있고 앞으로도 여러 해 동안 그러기라도 할 것처럼 그녀의 어깨를 보호하듯 한 팔로 감싸안고 누웠다. 재닛은 잠깐 희망을 느꼈다. 어쩌면 이게 요즘 사람들의 방식일 수도 있었다. 행동 양식이 달라진 것일 수 있었다. 이제는 밀고 당기거나, 튕기거나, 지속적인 관심을 조건으로 몸을 허락하거나, 헌신을 대가로 성관계를 맺을 필요가 없는 것 아닐까.

"내가 작은 선물을 준비했어요. 별것 아니긴 하지만." 리엄이 말하고 침대 옆 테이블에 놓아둔 포장된 꾸러미로 손을 뻗었다. 재닛은 이보다 더 그를 사랑할 수 없었다. 그가 모텔에서 오후를 같이 보내자고 했을 때 노발대발하지 않은 게 다행이었다.

"뭔데요?"

재닛이 이번 크리스마스에 받은 다른 선물과 비교가 되지 않는 것이었다. 크리스마스트리에 매달거나 자석이 부착되어 있으면 냉장고 문에 붙일 만한, 주석으로 만든 조그만 물고기였다.

"바라문디예요." 리엄은 재닛이 좋아하는 줄 알고 기뻐하며 말했다. "그걸 보면 우리가 그 생선을 가리키고 그걸 두고 싸우다 친구가 됐다는 걸 떠올릴 수 있을 거예요." 그는 다시 팔로 재닛을 감싸안았다.

"덕분에 우리가 좋은 친구, 아주 좋은 친구가 됐잖아요." 리엄이 고마워하는 투로 말했다. 재닛은 손에 놓인 그 조그만 물고기를 뒤집었다.

"예쁘네요." 재닛이 말했다. 그녀도 자기 목소리가 밋밋하고 진심으로 좋아하는 것처럼 들리지 않는다는 걸 알았다.

"뭐, 그냥 재미있는 선물이죠." 그가 당황한 목소리로 말했다.

"아니에요, 예뻐요." 재닛은 백만 마일 떨어진 곳으로 도망치고 싶었다. 왜 차를 가지고 오지 않았을까? 그녀는 애써 기억을 더듬어보았다. 그가 쉽게 다가올 수 있는 여자가 되고 싶은 마음이 있었기 때문이다. 뭐, 그녀의 바람은 이루어졌다. 대단히 성공적으로. 이제 그녀는 그에게 집 근처나 택시 승차장까지 태워다달라고 해야 했다. 얼마나 굴욕적일까. 하지만 그녀는 굴욕적인 분위기로 흘러가도록 내버려두지 않을 참이었다. 한심한 소리를 자제하며 자존심을 보호한다면 가능한 일이었다.

"부인은 당신이 어디 있는 줄 알아요?" 재닛의 귀에 이렇게 묻는 자신의 목소리가 들렸다.

리엄은 그녀에게 한 대 맞은 듯한 표정을 지었지만 이내 정신을 차렸다.

"묻지 않았어요. 나도 얘기하지 않았고."

"아이들은요?"

재닛이 이런 걸 물어보며 좋았던 분위기를 망가뜨리는 이유가 무엇일까?

"수영장에 있어요. 내가 어디 있는지 몰라요. 내가 워낙 일이 많다보니 같이 있어줄 거라고 기대하지 않거든요."

그는 솔직하게 대답했다. 그녀에게 아무것도 되묻지 않았다.

그들은 너무나 행복했고 너무나 친밀했던 침대에서 일어났고 그녀는 그가 아주 오랫동안 샤워를 한다는 걸 알아차렸다. 스포츠클럽이나 헬스클럽에 다녀온 사람처럼. 그녀가 샤워를 하러 들어가자 그가 깨끗한 수건을 건넸고, 그녀는 한참 동안 수건을 얼굴에 대고 나올 것 같은 눈물을 막았다.

차를 타고 가는 동안에도 리엄은 여전히 어린애 같았고 즐거워했다. 하지만 워낙 똑똑한 사람이니 그들이 어떤 관계였든 이제는 그 관계가 끝났다는 걸 분명 알지 않을까? 그가 어디 사느냐고 물었을 때 재닛은 밸메인에 내려달라고 했다.

"안 돼요. 안 돼. 집 앞까지 고이 모셔다드려야죠." 리엄은 웃음을 터뜨렸다가 재닛의 표정을 보고 어리석은 말을 했음을 알아차렸다. 그는 그녀의 무릎을 토닥였다.

"장난처럼 대한 거 아니에요. 아까 정말 좋았어요." 그가 말했다.

"네, 그랬죠." 그녀는 노력했지만 말 속에 생기를 불어넣을 수 없었다.

리엄은 대문 앞까지 재닛을 데려다주었다. 뒷마당에서 매기가 햇살 아래 꾸벅꾸벅 졸며 이런 명절에는 가족 곁을 떠날 수 없는 유부남 애인 꿈을 꾸고 있을지 몰랐다. 케이트는 자기 방에서 공부하고 있을 것이었다. 실라는 테니스를 치러 가서 크리스마스에 고향인 아일랜드에 가지 않은 죄책감을 날려버리고 있을지 몰랐다. 그들 가운데 어느 누구도 재닛의 심장이 두 동강 난 건 모를 터였다.

리엄이 재닛을 쳐다보았다.

"우리 또 만날래요?" 그가 물었다. 간절한 표정으로. 그는 그녀와 대화를 나누고, 같이 웃고, 끌어안고, 사랑을 나누는 게 좋았다. 처음 만났을 때처럼 유쾌하고 마음 편하게 계속 만나지 못할 이유가 없었다.

재닛도 굳이 따지고 들자면 만나서는 안 될 이유를 찾지 못했지만 이제 끝이라는 걸 알았다.

"아뇨, 하지만 고마웠어요. 그래도 고마웠어요." 재닛이 말했다.

리엄은 슬픈 눈빛으로 재닛을 쳐다보았다.

"물고기 때문이에요? 크리스마스 선물로 준 바라문디 때문이에요?" 그는 걱정스럽게 물었다.

"왜 그런 소리를 해요?" 재닛이 물었다.

리엄은 심란한 표정을 지었다.

"당신이 좋아할 줄 알았거든요. 유치하면서 감상적이고 순수한 선물이라고 생각했는데. 핀이나 브로치나 500달러짜리 다른 선물을 살 수도 있었지만 그건 어쩐지 부적절해 보일 것 같았어요."

"물고기 마음에 들어요." 재닛은 말했다.

"그리고 우리가 바라문디 덕분에 만난 것도 맞잖아요." 그가 말했다.

"아닐 수도 있고요." 재닛이 말했다.

정적이 흘렀다. 리엄은 집을 쳐다보았다. "집 좋네요." 그는 그녀에게 풍족한 삶을 물려주기라도 하려는 듯 말했다.

"아, 네. 그렇죠." 재닛은 그가 모른다는 사실을 깨달았다. 그는 그녀에게 동거남이나 남편이나 아이들과 함께 사는지 묻지 않았다. 그냥 자신이 그렇듯 양쪽 삶을 분리해서 살 수 있는 자유로운 영혼일 거라고 짐작했다.

"뒤에 마당 있어요?" 이제 그들은 처음 보는 사람처럼, 칵테일파티에서 만난 사람처럼 대화를 나누었다.

"네, 조그만 마당이 있어요. 그거 알아요, 리엄? 나는 크리스마스이브에 거기 앉아 있었을 때 과거의 어느 때보다, 그리고 앞으로의 어느 때보다 행복했어요." 재닛은 자신의 목소리가 아주 진지하다는 걸, 그가 불안한 눈빛으로 그녀를 쳐다보고 있다는 걸 알았다. 하지만 뭔가를 분명하게 규정하고 났더니 왠지 모르게 굉장히 마음이 놓였다. 여자는 나이를 먹을수록 어머니를 닮아간다고들 하지 않던가.

재닛은 몸서리를 쳤다. 자신이 어머니를 아주 많이 닮아가고 있다는 느낌이 들었다. 조만간 그녀의 얼굴은 딱딱한 미소로 굳어질 것이었다. 그 사실에 대해 얘기할 상대가 아무도 없다니 이 얼마나

안타까운 노릇인가. 지금과 다른 상황이었다면 대문 앞에서 재닛
에게 작별인사를 하는 이 남자가 그것을 이해해주었을지도 모르는
일이었다.

올해는
다를 거야

This Year It Will Be Different

에설은 그녀의 이름이 문제인 건지 궁금해졌다. 에설 머먼* 말고
는 짜릿한 인생을 사는 에설이 많지 않은 것 같았다. 그녀는 자기
인생을 주도적으로 개척했다는 다른 에설의 이야기를 들어본 적이
없었다.

동창 중에 에설이 두 명 더 있었는데, 한 명은 현재 제3세계의
수녀였다. 물론 그런 삶 역시 스스로 선택한 것이지만 짜릿한 선
택은 아니었다. 나머지 한 명은 다소 칙칙한 인물인데, 십대 시절
부터 칙칙했고 사십대가 되자 더 칙칙해졌다. 그녀는 어떤 이기적
인 인물의 비서 노릇을 했다. 그녀는 자신의 역할을 '충복'이라 표
현했지만 사실은 '졸개'라는 단어가 딱 맞아떨어졌고, 말이라는 건
결국 갖다붙이기 나름이었다.

---

* 미국의 배우이자 가수.

롤모델로 삼을 사람이 없다고 에설은 속으로 중얼거렸다. 하지만 유순한 인상을 주는 이름을 가진 것이 문제가 아니라 해도, 사람이 하룻밤 새 달라질 수는 없는 법이었다. 행복하게 지내던 세 아이의 엄마가 느닷없이 가족회의를 소집해 올해는 모든 게 지긋지긋하다고, 퇴근하고 와서 청소하고 크리스마스 장식을 사서 달고 몇 명 안 남은 친구나마 유지하기 위해 크리스마스카드를 사서 쓰고 부치는 것도 이젠 지친다고 선포하는 건 영화에서나 가능한 일이었다.

크리스마스 카운트다운도, 브랜디 버터*를 준비할 타이밍을 맞추는 것도, 밤 소와 베이컨 롤을 만드는 것도, 칠면조와 곁들이는 음식으로 넘칠 것 같은 접시를 부엌에서 끙끙대며 들고 왔을 때 "소시지는 없어요?"라는 외침에 대비해 마음의 준비를 하는 것도 더 이상 못 견디겠다고 선포하는 건 영화에서나 있을 법한 일이었다.

예전에는 에설도 요리를 좋아했고 맛있는 음식을 기다리며 그녀를 올려다보는 가족들의 희망어린 눈빛에서 희열을 느꼈지만, 이제는 전 세계가 크리스마스를 어떤 날로 간주하는지 생각만 해도 지긋지긋했다.

하지만 야단법석은 벌어지지 않을 것이었다. 다들 왜 이렇게 이기적이냐고 일장연설을 늘어놓음으로써 다른 식구들의 크리스마스를 망칠 필요가 뭐가 있을까? 에설은 아주 공정한 사람이었다. 남편이 부엌에서 손 하나 까딱하지 않는다면 분명 에설의 책임도 있었다. 처음부터 그가 식사 준비를 같이할 거라 믿고, 그걸 당연

* 버터에 설탕과 브랜디를 섞어 만든 소스로 주로 크리스마스 푸딩에 곁들여 먹는다.

시하고, 미소를 띠고 서서 그가 도와주길 기다렸어야 했다. 하지만 이십오 년 전에 여자들은 그러지 않았다. 젊은 아내들은 젊은 남편들을 벽난로와 석간신문 앞으로 내쫓았다. 당시에는 그들 모두 미니 슈퍼우먼이었다. 중년이 되었다고 골대를 옮기는 건 불공평한 처사였다.

두 아들과 딸을 상대로 시위를 벌이는 것도 마찬가지였다. 애초부터 그 아이들은 공부가 최우선이라는 얘기를 들으며 자랐다. 저녁을 먹고 나면 아이들이 숙제를 하거나 대학교 리포트를 쓰거나 컴퓨터 연습을 할 수 있게 엄마가 항상 식탁을 치웠다. 다른 여자들은 식기세척기를 살 때 에설은 워드프로세서를 사야 한다고 했다. 그런데 이제 와서 불평을 해야 할까?

게다가 주변에서는 건강하고 잘생긴 두 아들이 본인의 선택으로 그녀와 같이 산다고 다들 부러워했다. 다른 집의 스물세 살, 스물두 살 된 자식들은 집을 나가지 못해 안달이었다. 열아홉 살짜리 딸을 둔 다른 엄마들은 딸이 원룸, 생활 공동체, 불법 거주지에서 살겠다고 하는 통에 돌아버리겠다고 했다. 에설은 행운아로 간주됐고 이 점에는 그녀도 동의했다. 그녀는 복을 차고 넘치게 받았다고 앞장서서 얘기할 수 있는 사람이었다.

작년까지는 그랬다. 그런데 올해는 속은 기분이 들었다. 열여덟 살짜리 몸과 반질반질한 피부와 쉰여섯 개는 되어 보이는 하얗고 고른 치아와 반짝이는 머릿결을 자랑하는 마흔일곱 살 여자의 사진이 또 한번 잡지에서 그녀를 보고 웃으면 에설은 고기 저미는 칼을 들고 그녀를 쫓아갈 작정이었다.

올해 그녀는 난생처음으로 크리스마스를 손꼽아 기다리지 않았다. 올해는 저울질을 했다. 저울의 한쪽에는 고민과 노동과 불안과 뼈까지 쑤시는 피곤함을, 다른 쪽에는 가족의 즐거움을 올려놓았다. 양쪽은 평형을 이루려는 기미조차 보이지 않았다. 그만한 가치가 없는 일이라는 사실을 깨닫고 그녀는 마음이 무거워졌다.

그녀는 호들갑을 떨지 않았다. 대신 아무것도 하지 않았다. 트리도 사지 않고 꼬마전구도 손보지 않고 정말로 필요한 사람들에게만 여섯 장의 카드를 보냈다. 다른 해처럼 칠면조의 무게와 햄을 만드는 시간을 두고 신나게 떠들지도 않았다. 사야 할 물건을 적지도, 늦은 저녁에 그걸 사러 장을 보러 가지도 않았다. 퇴근하면 저녁을 차리고 치우고 설거지를 한 다음 앉아서 텔레비전을 보았다.

결국 가족들이 알아차렸다.

"트리 언제 살 거야, 에설?" 남편이 부드럽게 물었다.

"트리?" 에설은 그것이 아일랜드에 아직 상륙하지 않은 특이한 스칸디나비아 풍습이라도 되는 듯 멍한 눈빛으로 남편을 쳐다보았다.

그는 얼굴을 찡그렸다. "올해는 손이 트리를 준비해야겠군." 그는 벼락을 칠 듯한 표정으로 큰아들을 쳐다보았다.

"민스파이는 아직 안 됐어요?" 브라이언이 물었다.

에설은 아들을 향해 꿈꾸는 듯한 미소를 지었다.

"안 됐냐고?"

"완성이 안 됐냐고요, 안 만드셨냐고요. 예전처럼 만들어서 통에 담아놓지 않으셨냐고요."

"상점에 가면 많을 거야." 그녀가 말했다.

에설의 남편은 둘째아들 브라이언을 보며 경고조로 고개를 저었다.

그렇게 논의가 끝났다.

다음날에는 테리사가 다른 식구들에게 냉장고에 칠면조가 없다고, 주문도 안 되어 있다고 얘기했다. 에설은 부엌에서 벌어지는 가족회의 소리가 들리지 않게 텔레비전 볼륨을 높였다.

그들은 아주 정중하게 그녀에게 다가갔다. 꼭 중재를 하기 위해 계단을 오르는 노동조합 대표단 같았다. 아니면 대사관에 항의 서한을 전달하러 온 사람들 같았다.

"올해는 다를 거야, 에설." 남편은 어색하고 익숙하지 않은 단어를 쓰느라 딱딱한 말투로 말했다. "우리가 지금껏 제 역할을 하지 않았다는 사실을 깨달았어. 아냐. 아니라고 하지 마. 우리가 전부 의논했으니까 올해는 다를 거야."

"크리스마스 식사가 끝나면 설거지는 저희가 다 할게요." 숀이 말했다. "포장지도 전부 치우고요." 브라이언이 거들었다. "그리고 엄마가 케이크 만들면 제가 위에 아이싱 입힐게요. 그러니까 아몬드 아이싱까지만 입혀주시면요." 테리사가 말했다.

에설은 늘 그랬듯 사근사근한 미소를 머금고 그들을 한 명씩 차례대로 쳐다보았다.

"그럼 아주 좋겠네." 그녀가 말했다. 왠지 냉랭하게 느껴지는 말투였다. 그녀는 그들이 더 격한 반응을 원한다는 걸 알았다. 그들은 그녀가 당장 벌떡 일어나 앞치마를 두르고, 각자 한 개씩 잔심부름을 맡겠다고 했으니 미친듯이 속도를 내야겠다고 하길 원했다. 왔다갔다, 야단법석. 하지만 그녀는 그럴 만한 기운이 없었고 그들이 그만 얘기해주길 바랐다.

남편이 그녀의 손을 토닥였다.

"말뿐이 아니야, 에설. 우리가 아주 구체적으로 계획을 세워놨고, 크리스마스 전에 실행할 예정이거든. 사실 내일부터 시작할 거야. 그러니까 잠깐 동안 부엌에 들어오지 말아줘, 우리끼리 논의를 마무리하고 싶으니까."

그들은 다시 부엌으로 우르르 돌아갔다. 에설은 의자에 기대앉았다. 그녀는 그들에게 벌을 주거나, 애정을 거두거나, 심통을 부려 도움을 받으려고 한 적이 없었다. 치밀한 계획 아래 거둔 승리도, 영리한 수법도 아니었다.

그들이 중얼중얼 계획을 세우는 소리가 들렸다. 흥분해서 언성을 높였다 서로 조용히 시키는 소리도 들렸다. 그들은 아무것도 몰랐던 몇 년을 보상하기 위해 열심히 애쓰는 중이었다. 그렇다, 그거였다. 그들은 그녀가 얼마나 힘들게 일했는지 몰랐을 뿐이다.

다섯 명의 성인이 아침에 일을 하러 집을 나서는데 그중 한 명만 살림을 병행하는 상황이 얼마나 불공평한지 알아차리지 못했을 뿐이다.

물론 에설은 일을 포기하고 전업주부로 살 수도 있었다. 하지만 이제 와서, 주변에서 많이들 얘기하는 빈 둥지가 기다리는 시기에 그러는 건 어리석은 선택이었다. 아이들은 보증금을 모으는 중이라 생활비를 거의 부담하지 않았고, 그들은 결국 그녀의 자식이었다. 자식에게 하숙비를 달라고 할 수는 없지 않은가.

아니다, 아니다, 그녀가 얼마나 열심히 일했고 얼마나 피곤했는지 그들이 알지 못한 건 그녀의 잘못이었다. 지금까지 알지 못했던 건 말이다. 그녀는 부엌에서 어떤 대화가 이어지는지 즐겁게 귀를 기울였다. 이제라도 알게 됐으니 천만다행이었다. 조금 무기력한 모습을 보인 게 결코 나쁜 선택은 아니었던 셈이다. 저 밑바닥의 진심에서 우러난 행동은 아니었지만, 그렇다고 연극을 한 것도 아니었으니까.

다음날 아침 아이들이 에설에게 몇시에 퇴근하느냐고 물었다.

"글쎄, 평소처럼 여섯시 반쯤?" 그녀가 말했다.

"일곱시 반에 하셔도 돼요?" 아이들이 물었다.

그럴 수 있었다. 같은 회사에 다니는 친구 모이라와 술 한잔 마시면 될 일이었다. 모이라는 에설이 가족들이 밟고 지나가는 깔개처럼 산다고 했었다. 그런 모이라에게 가족들이 그녀를 대신해 크리스마스 전 준비를 하고 있어서 집에 들어갈 수 없다고 얘기하면 얼마나 뿌듯할까.

"슈퍼마켓에 가셔도 좋고요." 테리사가 말했다.

"내가 장을 봐야 하는 거니?" 에설은 당황했다. 아이들이 전부 알아서 하는 줄 알았던 것이다.

두 아들이 테리사를 향해 눈살을 찌푸리는 게 보였다.

"아니, 뭐든 하시고 싶은 걸 하시라는 뜻에서 드린 말씀이에요." 테리사가 말했다.

"포일 잘 챙길 거지?" 에설은 걱정하는 투로 물었다. 그들이 베이킹을 도맡는다는데 필요한 준비물이 떨어지면 얼마나 당황스럽겠는가.

"포일요?" 그들은 멀뚱멀뚱 그녀를 쳐다보았다.

"내가 일찍 퇴근해서 너희를 좀 거들어야 할지도 모르겠구나……"

그들은 한목소리로 안 된다고 했다.

그건 아무도 원하지 않았다. 아니, 아니, 그녀는 밖에 있어야 했다. 오늘은 크리스마스 사 일 전이고 올해는 여느 크리스마스와 다를 테니 두고 보라고, 어쨌든 그녀가 집에 있으면 안 된다고 했다.

그들은 일제히 출근길 아니면 등굣길에 나섰다.

에설은 아침 식탁을 치우는 건 새로운 체제에 포함되지 않았다는 걸 알아차렸지만, 다섯 개의 잔과 받침 접시와 음식 접시와 시리얼 그릇을 치우고 씻고 닦지 않았다고 투덜거리는 건 쩨쩨한 짓이라고 되뇌었다. 그녀는 그들을 위해, 그들이 하려는 모든 일을 위해 부엌을 완벽하게 치워놓고 싶었다.

그들이 요리책을 꺼내놓지 않았다는 게 의아했다. 신문에서 오려 큼지막한 빨래집게로 집어놓은 온갖 요리 관련 스크랩과 함께 눈에 잘 띄는 곳에 두는 게 좋겠다. 하지만 계속 이렇게 호들갑을 떨었다가는 회사에 지각할지도 몰랐다.

모이라는 퇴근 후에 술 한잔하자는 제안을 반가워했다. "어쩐 일이야? 식구들이 자기만 두고 바하마로 떠나기라도 했어?" 그녀가 물었다.

에설은 웃음을 터뜨렸다. 결혼생활을 그런 식으로 얕잡아보다니 모이라다웠다.

에설은 가족들 일을 혼자만의 비밀로 간직했다. 그녀의 가족이 모든 걸 알아서 할 것이었다. 회사에서는 분위기가 좋았다. 내년에 사무실 집기를 전부 교체하고 쓰던 건 헐값에 내놓기로 했다. 에설은 숀이 컴퓨터 책상을 좋아할지, 브라이언이 조그만 책상을 좋아할지 궁금해졌다. 올해는 그 어떤 선물도 아깝지가 않았다. 하지만 중고라 무신경하고 후줄근해 보일까?

에설은 핫위스키를 두 잔 마시고 익숙지 않은 알딸딸함을 느끼며 집에 도착했고 진입로를 지나 문을 열고 들어갔다.

"나 퇴근했어." 그녀는 큰 소리로 외쳤다. "부엌에 들어가도 돼?"

그들은 멋쩍어하는 한편 열띤 표정으로 거기 서 있었다. 에설은 벅찬 감동을 느꼈다. 그녀가 다리를 쭉 뻗고 앉아 레몬과 정향을 넣은 위스키를 마시며 모이라와 사무실의 새로운 자리 배치에 대해 얘기하는 동안 그들은 열심히 일을 하고 있었다. 가엾은 모이라는 아무도 없는 아파트로 돌아가야 했지만 운이 좋은 에설에게는 올해는 다를 거라고 장담한 가족이 있었다. 그녀는 코와 눈 주변이 따끔거리는 걸 느끼며 눈물이 나지는 않길 바랐다.

에설이 기억하기로 그들은 특별한 선물을 하거나 깜짝 이벤트를 벌인 적이 한 번도 없었다. 그래서 이번이 더욱 의미 있었다. 생일 때면 남편은 뭐 좀 좋은 걸 사라는 말과 함께 지폐 두어 장을 접어서 주었다. 아이들은 카드를 주었다. 그마저도 매년 받지는 못했다. 그리고 크리스마스 때는 다 같이 십시일반으로 돈을 모아 그녀에게 집안에 필요한 물건을 선물했다. 작년에는 전기 병따개였다. 재작년에는 온수기 보온재였고.

그랬던 그들이 달라질 거라고 그녀가 무슨 수로 짐작이나 할 수 있었겠는가?

그들은 모두 에설을 바라보며 반응을 기다렸다. 그들이 무엇을 준비했든 그녀가 마음에 든다고 해주길 바랐다.

에설은 그들이 설탕에 절인 과일 껍질을 제대로 찾았길 바랐다. 별다른 표시가 없는 통에 담겨 있었는데, 찾지 못했다 한들 아무 말도 하지 않을 작정이었다.

에설은 부엌을 둘러보았다. 뭘 굽거나 섞거나 젓거나 준비한 흔적이 없었다.

그런데도 그들은 기대로 가득한 열띤 표정으로 계속 그녀를 쳐다보았다.

에설은 그들의 시선을 따라갔다. 커다랗고 난감하게 생긴 텔레비전이 길이로 보나 면적으로 보나 그게 들어갈 만한 딱 하나뿐인 선반을 차지하고 있었다.

실내용 안테나가 그 위로 위태롭게 솟아 있는 걸 보면 그 뒤편 선반은 쓸 수 없다는 얘기였다.

그들은 그녀가 텔레비전의 위용을 제대로 감상할 수 있게 뒤로 물러섰다.

숀이 서커스단의 단장처럼 호들갑스럽게 텔레비전을 켰다. "짜자아아안!" 그가 외쳤다.

"내가 그랬잖아, 올해 크리스마스는 여느 때와 다를 거라고." 에설의 남편은 그녀를 보며 얼굴을 환히 빛냈다.

이제부터 그녀도 다른 식구들처럼 텔레비전을 볼 수 있었다. 부엌을 지켜야 한다는 이유로 유용한 정보를 놓치거나 뒤처질 일은 없었다.

그들은 그녀와 기쁨을 함께할 순간을 기다리며 훈훈한 분위기로 그녀를 감싸고 동그랗게 서 있었다. 그들의 목소리가 아주 멀리서 들렸다. 숀이 아는 사람 중에 텔레비전을 개조하는 업자가 있었고, 아빠가 돈을 댔고, 브라이언이 남의 밴을 몰고 가서 싣고 왔다. 테리사는 플러그를 사서 직접 연결했다.

여러 해 동안 실망감을 감추면서 쌓은 노하우가 이 순간 발휘됐다. 얼굴의 근육이 순식간에 행동을 개시했다. 입은 우우우 하고 기쁨의 탄성을 지르고 두 눈은 놀라고 흥분한 눈빛으로 바뀌었다. 심지어 두 손은 자동으로 깍지를 꼈다.

에설은 숙련된 댄서의 스텝을 보이며 그들이 기대하던 대로 움직였다. 로봇처럼 손을 뻗어 그녀의 부엌 대부분을 떡하니 차지한 흉물스럽고 흉측한 텔레비전을 쓰다듬었다.

그들은 모든 걸 바꾸어놓을 선물을 했다는 사실에 행복해하며 다시 저녁식사를 기다리는 모드로 돌입했고 에설은 부엌에서 저녁 준비를 시작했다.

외투를 벗고 앞치마를 둘렀다. 그리고 큼지막한 텔레비전을 빙 돌아 지나가며 머릿속으로 모든 선반과 얼마 안 되는 수납공간에 물건들을 재배치했다.

그녀는 희한하리만치 모든 것과 동떨어진 기분을 느꼈다. 머릿속에서는 올해 크리스마스는 다를 거라고 했던 그들의 목소리가 계속 맴돌았다.

그들 말이 맞았다. 느낌이 달랐다. 하지만 그녀가 영원히 부엌에 매여 상을 차리고 치워주길 바라는 그들의 심정을 반영하는 이 무신경한 선물 때문은 아니었다.

소시지에 구멍을 내고 감자 껍질을 벗기는 동안 이유가 분명해졌다. 그들이 난생처음으로 그녀를 위해 뭔가를 준비했기 때문이다. 그녀가 원하던 건 아니었지만 그래도 뭔가였다. 왜 그랬을까? 그녀가 골을 부렸기 때문이다. 에설이 작정하고 그런 건 아니었지만 누가 봐도 골을 부린 게 맞았다. 다른 여자들은 오래전부터 그러고 있었다. 입을 내밀고 불평하고 인정해달라고 요구했다. 크리스마스 준비를 하지 않겠다고 거부함으로써 그녀는 그들에게서 반응을 얻어냈다.

자, 이제 더 뭘 어쩔 수 있을까?

에설은 화면이 지직거리고 흰 점이 깜빡이는 텔레비전을 켜고 호기심어린 눈빛으로 쳐다보았다. 이건 시작이었다. 물론 천천히 움직여야 했다. 평생을 하인처럼 살다 한순간에 변할 수는 없는 법이었다. 벌레처럼 살던 그녀가 너무 심하게 꿈틀거리면 그녀의 신경질과 연령을 이유 삼아 진정제를 처방하는 하얀 가운을 입은 친절한 사람에게 상담을 받아야 할 수도 있었다. 뒤치다꺼리를 당장 중단할 수는 없었다. 아주 천천히 진행해야 했다.

에설은 평면 텔레비전 주변에 옹기종기 모여 앉아 적절한 조치를 취했으니 조만간 저녁이 차려질 거라며 만족감에 젖은 그들을 바라보았다. 앞으로 모든 게 정말 어떤 식으로 달라질지 그들은 전혀 모르고 있었다.

야단법석의 계절

Season of Fuss

미시즈 도일은 원래 10월부터 호들갑을 떨기 시작했다. 해야 할 일이 너무 많았다. 크리스마스 케이크, 푸딩, 온갖 준비. 덕분에 아이들은 몇 번씩 천당과 지옥을 오갔다. 그런데 그들은 더이상 아이가 아니었다. 다 큰 어른이었다.

미시즈 도일이 시어도라의 케이크 요리법을 잃어버렸다는 걸 깨닫는 순간 야단법석이 시작돼 모든 걸 식탁 위로 끄집어낼 것이었다. 이로써 새로운 충격이 드러날 것이었다. 답장을 쓰지 않은 편지, 친구에게 보내주기로 약속한 뜨개질 본. 모든 게 엉망진창, 모든 게 뒤죽박죽이었고 이런 난장판 자체가 해야 할 일이 얼마나 많은지를 보여주는 또다른 증거가 되었다.

"요리법 정리하시라고 내가 앨범까지 사드렸는데." 브렌다는 울부짖었다. "심지어 내가 오려서 넣어드리기까지 했는데 엄마는 그걸 다시 꺼내놓았다가 잃어버린다니까. 진짜 속상해."

브렌다의 아파트는 업무 효율성 전문가가 보면 부러워할 만한 공간이었다. 그녀는 시어도라의 케이크 요리법이 됐건, 미국으로 부쳐야 하는 카드 발송 기한이 됐건 뭐든 검색할 수 있었다. 그녀는 어머니를 위해 모든 자료를 복사해드리곤 했지만 그런다 한들 혼란스러움만 가중되는 듯했다. 미시즈 도일은 대체 원본을 어디에 뒀는지 고민했다.

또다른 딸 캐시는 미시즈 도일이 크리스마스 식사 때문에 한 시간 동안 야단법석을 떨면 눈 위에 냉습포를 얹고 누워야 했다. 캐시가 보기에 크리스마스 식사는 일 년을 통틀어 가장 간단한 식사였다. 새를 오븐에 넣고 다 익으면 꺼내서 잘라 먹으면 그만이었다. 감자, 방울양배추, 브레드 소스, 칠면조 안에 넣을 소도 고민해야 하지만 솔직히 아예 포기하고 수건을 던질 생각이 아닌 이상 그런 일에 겁을 먹으면 안 되었다. 미시즈 도일은 스케줄을 점검하고 또 점검하며, 전날 저녁에 뭘 해야 하고 몇시에 일어나야 하는지 계획을 세웠다. 두 딸과 아들과 사위와 며느리를 위해 식사를 차리는 게 아니라 케이프커내버럴*의 우주비행관제센터를 맡기라도 한 듯이 굴었다.

마이클 도일은 어머니가 비용 운운하기 시작하면 가끔 바닥에 누워 크리스마스가 다 지나갈 때까지 안 일어나고 싶다고 했다. 그는 어머니에게 비용 걱정은 하지 말라고 아무 소용 없는 얘기를 했다. 칠면조와 채소 몇 가지만 사면 된다고 말이다. 푸딩과 케이크는 한참 전에 만들어놓았을 것 아닌가. 와인과 리큐어 초콜릿, 통

---

* 케네디우주센터가 있는 플로리다 동부 연안의 곳.

에 든 비스킷이나 감자칩이나 해마다 불이 들어오지 않는 크리스마스트리를 위한 여벌 전구 같은 기타 소품은 브렌다, 캐시, 마이클이 모두 준비했다.

그들은 집으로 돌아갈 무렵이면 진이 다 빠져 피곤하고 신경이 곤두섰다. 크리스마스 분위기는 그날을 위해 모인 가족과의 시간을 여유롭게 즐기지 못하고 부산스럽게 돌아다니는 한 여인으로 인해 차갑게 식어버렸다.

올해는 달라져야 한다고 결정을 내린 사람은 브렌다였다. 브렌다는 독신에 잘나가는 커리어우먼이었기에 다른 형제들보다 조금 거만하게 나갈 수 있었다. 사실 그것이 그녀에게 주어진 역할이나 다름없었고, 올해 그녀는 전력을 다해 그 역할을 수행할 작정이었다.

캐시에게는 챙겨야 하는 아들이 있었다. 이제 오 개월이 된 이 귀염둥이는 어느 누구도 성가시게 하지 않을 테고 1층에서 야단법석의 폭풍이 부는 동안 쌔근쌔근 잠을 자겠지만, 그것도 미시즈 도일이 허락할 때의 얘기였다. 캐시는 밤마다 잠을 설치는 데 익숙하지 않았기 때문에 올해는 피로가 쌓였다. 어머니의 온갖 호들갑을 견딜 여력이 없었다. 그리고 마이클의 아내 로즈는 임신중이었기에 이런 들썩들썩 불안한 분위기 때문에 너무 스트레스를 받으면 안 되었다. 시누이 캐시와 출산과 아이에 대해 평온하게 대화를 나눌 시간이 주어져야 했다.

9월에 브렌다는 행동 계획을 수립했다. 그들은 미시즈 도일에게 올해는 특별히 자신들이 크리스마스 식사를 준비하겠다고 했다. 캐시가 케이크를, 로즈가 푸딩을 맡고, 당일에 브렌다가 주요리를 만들면 될 것이었다. 미시즈 도일은 발을 뻗고 쉬면 됐다. 그들이 크리스마스트리도 찾고 장식까지 할 것이었다. 심지어 크리스마스카드도 일찌감치 사놓고 몇 시간씩 우체국에서 줄을 설 필요가 없게 우표까지 준비할 것이었다. 미시즈 도일은 이의를 제기했다. 아니에요, 어머니가 오랫동안 우리를 위해 준비하셨잖아요. 그들은 입을 모았다. 이번만큼은 분위기 전환 삼아 우리한테 맡겨주세요.

크리스마스가 점점 다가오자 그들은 왜 진작 이렇게 할 생각을 못했는지 의아해했다. 미시즈 도일은 그들이 기억하는 과거의 어느 때보다 침착했다. 가끔 다급한 말투로 얘기를 꺼냈다가도 올해는 어마어마한 중책을 맡지 않았다는 사실을 기억하고는 다시 입을 다물었다. 그들은 모두 거의 날마다 어머니를 찾아갈 수 있을 만큼 가까운 곳에 살았다. 브렌다와 캐시, 마이클은 야단법석 지수를 80퍼센트 줄였다는 것에 자축하며 서로 축하 인사를 건넸다. 미시즈 도일은 빙판길을, 사촌에게 달력을 보내면서 우표를 충분히 붙였는지를 걱정했지만 그런 건 말 그대로 불치병이었다. 고칠 수 있는 건 그들이 모두 고쳤다. 크리스마스이브가 되자 집에서는 명절 분위기가 물씬 풍겼다. 그들은 어느 때보다 큰 트리를 사다가 다른 때보다 훨씬 더 근사하게 장식했다. 마이클과 브렌다는 깔깔대고 오렌지주스를 섞은 보드카를 마시며 즐겁게 일했다. 다시 어린 시절로 돌아간 기분이었다. 캐시도 와서 방을 호랑가시나무로 장식했다.

호랑가시나무가 떨어져 이마를 긁히는 사람이 없도록 브라이언이 장식을 높이 매달았다. 미시즈 도일이 작고 뾰족한 가시를 사진 뒤편으로 쑤셔넣으려다 장식을 떨어뜨리곤 했기 때문이다. 그들은 발랄한 빨간색 종이 냅킨과 알록달록한 크래커를 샀다. 마이클은 불이 꺼지지 않게 조개탄을 넉넉히 챙겼고 불쏘시개도 한 상자 더 준비했다. 그들은 점심상을 차려놓고 집으로 돌아갔다. 미시즈 도일에게 입을 맞추고 그 어느 때보다 행복한 크리스마스를 기대했다.

미시즈 도일은 따뜻하고 깔끔한 집안을 거닐었다. 브렌다가 내일 식사 준비를 하면서 내친김에 집을 좀 정리하고 간 터였다. 감자와 방울양배추가 담긴 냄비가 전보다 반짝였고, 밤과 소시지용 고기로 속을 채운 칠면조는 포일로 덮여 있었다. 그녀는 내일 아침 열한시에 그걸 오븐에 넣을 예정이었다. 그녀가 해야 하는 일은 그게 전부였다. 예전에 부엌 서랍에 넣어둔 조리법이나 몇 개 정리할까? 앨범에 넣어놓으면 브렌다가 보고 좋아할 것이었다. 그런데 이럴 수가! 브렌다가 이미 미시즈 도일을 대신해 앨범에 정리해두었다. 서랍이 수상하리만치 깔끔했고, 뭐가 없어졌는지 콕 짚어 얘기할 수는 없었지만 이것저것 내다버린 게 많은 듯했다.

미시즈 도일은 아이들이 설거지를 거들 때 깨끗한 찬장을 보고 감탄할 수 있도록 그곳을 청소하기로 했다. 그런데 찬장마저 아주 깔끔했고 깨끗한 종이가 선반에 깔려 있었다. 분명 전에는 없던 것이었다. 캐시와 로즈가 미시즈 도일을 난로 앞으로 내쫓고 둘이서 아이와 요통 얘기를 하며 깔깔대더니 그때 여길 정리한 모양이었다. 행주도 모두 빨아서 내일이면 빳빳하고 보송보송하게 마르도록 의자에 널어놓았고, 쟁반에는 내일 아침 그녀가 미사를 보고 돌아와 아이들을 기다리는 동안 먹을 삶은 달걀이 차려져 있었다. 그녀는 아침 열한시에 칠면조를 오븐에 넣는 엄청난 거사를 치른 이후에는 할일이 아무것도 없었다. 다른 해에 비하면 내일 하루는 엄청 평화로울 것이었다. 아이들이 아주 잘해주었다. 정말이지 잘해주었다.

그녀는 난로 옆에 앉아 제임스를 생각했다. 심지어 벽난로 위 선반에서 그의 사진을 꺼내 열심히 들여다보았다. 올해가 그 없이 보내는 열두번째 크리스마스였다. 살아 있다면 그는 이제 겨우 예순두 살, 그녀와 동갑이었을 것이다. 많은 나이가 아니었다. 그들보다 나이가 많은 친구 중에도 남편과 아내 모두 아직 정정한 부부가 많았다. 예순두 살은 남편을 떠나보내고 십이 년째 혼자 지내기에 너무 이른 나이였다. 제임스는 그런 식으로 세상을 떠나면 안 되는 거였다. 서로 무슨 얘기를 나눌 겨를도 없었는데 그가 떠나버렸다. 합창단이 캐럴을 부르며 지나가는 소리가 들리자 그녀의 눈에 눈물이 고였다. 크리스마스는 홀로 남은 사람과 혼자 사는 사람에게 너무 힘든 날이었다.

미시즈 도일은 부은 눈으로 내일을 맞이하지는 않기로 결심했다. 딸들이 의심스러운 눈빛으로 쳐다보며 추궁할 테니까.

안 된다. 그녀는 제임스가 살아 있었을 때의 좋은 추억을 떠올릴 것이었다. 아이들이 태어났을 때 그가 얼마나 흥분했던가. 첫딸이 태어났을 때는 전혀 모르는 사람들에게 술을 사고, 첫아들이 태어났을 때는 동네방네 뛰어다니며 창문을 두드리지 않았던가. 아이들이 얼마나 잘하고 있는지, 우등상을 몇 번 받았는지, 누군가가 힘을 쓰는 바람에 마이클이 그 회사에 취직하지 못한 게 얼마나 부당한 일인지 아무나 붙잡고 얘기하지 않았던가. 그녀는 웃으며 퇴근하던 그의 모습을 생각할 것이었다. 그가 고통과 당혹감이 가득한 눈빛으로 그녀에게 끊임없이 물으면, 그녀는 끊임없이 거짓말로 답했던 마지막 몇 개월은 생각하지 않을 것이었다. "당연히 당신은 죽지 않지, 제임스. 말도 안 되는 소리 하지 마."

이번 크리스마스에는 떠오르는 생각들을 떨쳐버리기가 더 힘들었다. 이유는 모르겠지만 그랬다.

아이들은 선물을 한아름씩 안고 왔다. 아이들이 미시즈 도일을 얼마나 사랑하고 챙기는지 온 동네 사람들이 목격할 수 있었다. 동네 사람들은 창문 너머로 반짝이는 크리스마스트리도 보았고 심지어 놋쇠들이 깔끔하게 반짝이는 것도 알아차렸을지 몰랐다. 브렌다가 어머니 몰래 슬쩍 닦았기 때문이다.

크리스마스 식사는 수월하게 지나갔다. 어머니는 의자에 앉아 있었고, 아기는 내내 2층에서 쌔근쌔근 잠을 잤고, 마이클과 로즈는 내년 크리스마스에는 그들의 아이도 이 자리에 참석하겠다며 즐겁게 얘기를 나누었다. 이번 파티의 분위기 메이커 역할을 맡은 브렌다가 얼마 전에 입사한 홀아비에게 눈독을 들이고 있다며 일이 계획대로 되면 내년 크리스마스에 그를 데리고 올지도 모르겠다고 했다.

그들은 평생 가장 행복한 크리스마스였다고 한목소리로 말했다.

"너희 아버지가 돌아가신 이후로 말이지." 미시즈 도일이 말했다.

"그럼요." 마이클이 얼른 말했다.

"당연히 그런 뜻에서 한 얘기죠." 캐시가 말했다.

"물론 아빠가 돌아가신 이래 그렇다는 거죠." 브렌다가 말했다.

그들은 깜짝 놀랐다. 어머니는 원래 크리스마스에 아버지 얘기를 꺼내지 않았다. 하지만 속상한 표정은 아니었다. 그냥 분명히 짚고 넘어가는 차원에서 한 얘기라는 식이었다.

올해 그들은 허둥지둥 집으로 돌아가지 않았다. 교대로 설거지를 하는 동안 나머지는 이글거리는 난롯불 앞에 앉아 미시즈 도일과 대화를 나누었다. 텔레비전도 조금 보았고, 다들 산책하러 나간 사이 캐시와 로즈만 남아 아이를 돌보고 곧이어 태어날 아이에 대해 얘기했다.

차와 케이크를 먹고, 나중에는 브렌다가 집에서 만든 근사한 빵과 함께 식힌 칠면조 고기를 먹었다. 다들 그 홀아비가 브렌다의 올가미에 걸려들면 운이 좋은 거라고 했다.

그들이 돌아간 뒤에도 집은 여전히 따뜻하고 깔끔했다. 선물 포장지는 모두 접어서 맨 아래 서랍에 넣어두었다. 지금까지 미시즈 도일은 매년 그걸 보관해야 할지 버려야 할지 결정하지 못했었다. 올해는 아이들이 대신 결정을 내려주었다. 그녀가 받은 선물은 전부 사이드보드 위에 놓여 있었다. 향수, 땀띠분, 볼펜과 연필 세트, 잡지 구독권, 손으로 수를 놓은 〈RTE 가이드〉 잡지 커버, 그랑 마르니에 오렌지 리큐어. 크리스마스에 항상 기억되는 여인을 위한 선물이었다. 그런데 살짝 불안해지는 이유가 뭘까? 그 옆에 놓인 목록 때문일 것이다. 브렌다가 누가 어떤 선물을 했는지 적어놓았다. 이렇게 해놓으면 감사 편지를 쓸 때 헷갈리지 않을 거라면서. 뭐, 맞는 말이었다. 당연히 도움이 될 것이었다. 하지만 미시즈 도일은 아흔두 살이 아니라 예순두 살이었다. 그녀의 목에 턱받이를 두르고 밥을 떠먹일 필요는 없었다. 아이들은 그녀에게 갓난애 대하듯 얘기하지는 않았다. 그런데 누가 뭘 주었는지 적어준 이유가 뭘까? 그녀는 오늘 생각할 거리가 별로 없었다. 누가 어떤 선물을 주었는지 기억을 더듬으며 즐거운 시간을 보낼 수도 있었다.

평소 미시즈 도일은 크리스마스 밤이면 기진맥진한 상태로 잠자리에 들었다. 올해는 벽난로 앞에 한참 동안 앉아 제임스의 사진을 다시 꺼내 들여다보며, 오늘 아침에 신부님이 이야기한 것처럼 하느님이 그렇게 선한 분이라면 왜 몇 달 동안 제임스가 그 고생을 하고 두려워하다 죽게 내버려두었는지 생각했다. 그 질문에 해답은 찾을 수 없었고 하느님을 나쁘게 생각했다는 죄책감만 느껴질 따름이었다. 그녀는 침대로 가서 누웠고, 어둠 속에서 한 세월처럼 느껴지는 시간 동안 눈을 뜨고 있었다.

크리스마스 주간 동안 아이들이 모두 다녀갔다. 아이들은 항상 이렇게 자기들 내킬 때 드나들었다. 원래는 미시즈 도일이 호들갑을 떨며 스콘을 만들려던 참이라고 말하곤 했지만, 올해는 무슨 군사작전처럼 진행됐다. 아침에 찾아온 로즈와 마이클은 누가 들를 경우에 대비해 햄 샌드위치를 한 접시 들고 왔다. 캐시와 브라이언은 오후에 짜잔 하고 차와 함께 등장했다. 그뿐 아니라 캐시는 레몬과 정향과 위스키를 섞어 만든, 뜨거운 물만 부어서 마시면 되는 음료를 한 병 들고 왔다. 그래서 브렌다가 왔을 때는 이럴 수가, 맛있고 특이한 간식거리가 그녀를 기다리고 있었다.

하지만 그들 모두 이상한 낌새를 느꼈다. 어머니가 너무 조용했다. 미시즈 도일이 조용하다니 이상한 일이었다. 그녀는 누가 말을 걸기 전에는 입을 열지 않았다. 어떤 의견이나 불만도 없었고 사실상 아예 말이 없었다.

그들은 서로 상의했다. 어머니가 독감에 걸린 것 같지는 않았다. 그녀는 아프거나 쑤시는 데는 없다고 그들을 안심시켰다. 그들이 이상한 낌새를 느끼기 시작한 게 성 스테파노 축일*이었는데 목요일에도 여전했다. 토요일이 되자 그녀의 말수가 확연하게 줄었다.

브렌다가 해답을 알아냈다. 어머니는 야단법석을 피울 일도 없었지만 할일도 없었다. 마치 폭풍의 중심처럼 야단법석이 어머니 인생의 핵심이었다. 그걸 없애자 그녀에게는 아무것도 남지 않았다. 캐시와 마이클은 브렌다가 너무 극단적인 결론을 내린 것 아니냐고 했다. 이러니저러니 해도 근사한 크리스마스였지 않은가.

"우리 입장에서는," 브렌다가 우울하게 말했다. "우리 입장에서는 그랬지."

토요일 오후에 브렌다는 어머니를 찾아갔다. 예고 없이 찾아갔기에 준비된 게 아무것도 없었다. 브렌다는 야단법석 배터리가 가동된 어머니가 한숨을 쉬고 앓는 소리를 내며 어느 가게는 열고 어느 가게는 닫았는데 어느 가게가 어느 쪽일지 절대 알 수가 없다고 투덜거릴 때까지 얌전히 기다렸다. 그런 다음 공감하는 뜻에서 고개를 끄덕였다. 브렌다는 이것저것 많이 쟁여놓은 자기 집 냉장고와 식료품 저장실에서 뭘 가져오려다 생각을 바꾸었다. 야단법석이 제법 큰 폭풍으로 발전하도록 내버려두었다.

그런 다음 비장의 카드를 꺼냈다.

"세일하는 데 가시게요?" 브렌다가 물었다. "워낙 붐벼서 뭘 사면 좋을지 판단하기 어려울 텐데."

미시즈 도일이 반짝 열의를 보였다.

"왜 그런 데를 가는지 모르겠어요." 브렌다는 말했다. "고문 그 자체인데. 하지만 워낙 싸니까. 엄마가 생각하기에는 세일 첫날 아

---

* 기독교의 영명 축일로 아일랜드에서는 12월 26일에 기념한다.

침에 눈을 뜨자마자 가서 줄을 서는 게 낫겠어요, 아니면 좀 잠잠 해질 때까지 기다렸다 가는 게 낫겠어요?"

시도한 보람이 있었다. 미시즈 도일의 얼굴에 다시 활기 비슷한 게 돌아왔다. 미시즈 도일이 복잡하다는 둥, 피곤하다는 둥, 그럴 값 어치가 있다는 둥 없다는 둥, 그냥 헐값에 팔아치우려는 쓰레기와 정말 싸게 잘 사는 물건을 아는 게 중요하다는 둥 열변을 토하다, 지난 일 년 동안 신문에서 값이 3분의 1로 떨어질 경우 살 만한 물 건을 발견하면 오려서 스크랩해둔 것을 가져오자 브렌다는 한숨을 쉬었다. 그리고 완벽한 크리스마스로 인해 지연되기는 했지만 야 단법석의 계절이 돌아왔고, 모든 게 다시 괜찮아졌음을 깨달았다.

전형적인
아일랜드식
크리스마스는…

A Typical Irish Christmas...

사무실의 모든 직원이 벤의 크리스마스에 대해 궁금해했다. 그는 정말로 괜찮다고 일일이 대꾸하느라 지쳤다.

벤은 괜찮아 보이지 않았고, 괜찮은 사람의 목소리도 아니었다. 그는 지난봄에 일생일대의 사랑을 떠나보낸 서글픈 거구의 사나이였다. 그런데 어떻게 괜찮을 수 있겠는가? 모든 게 엘런을 떠올리게 했다. 누군가를 만나러 레스토랑으로 달려가는 사람들, 꽃을 든 사람들, 집에서 또는 밖에서 하룻밤을 보내는 사람들.

크리스마스는 벤에게 끔찍한 시간이 될 것이었다.

그렇기에 그들 모두 그를 초대할 핑곗거리를 찾았다.

추수감사절에 벤은 해리와 지니와 그들의 아이들과 함께 시간을 보냈다. 엘런과 있을 때와 비교하면 그에게 그 시간이 얼마나 길게 느껴졌는지, 칠면조는 얼마나 퍽퍽했는지, 호박파이는 얼마나 맛이 없었는지 그들은 절대 알지 못할 것이었다.

벤은 미소 띤 얼굴로 고마워하며 분위기를 맞추려 했지만 가슴이 납덩이처럼 무거웠다. 그는 엘런에게 그녀가 떠나더라도 사람들과 어울리겠다고, 밤낮으로 몇 시간이고 일에만 매달리는 은둔자는 되지 않겠다고 약속했다.

그 약속은 지키지 못했다.

하지만 엘런은 그 약속을 지키기가 얼마나 어려울지 몰랐을 것이다. 해리와 지니와 추수감사절 식탁에 앉아 그의 엘런이 건강하게 살아 있고 그녀의 목숨을 앗아간 병마의 그늘을 전혀 느끼지 못했던 작년의 기억을 떠올렸을 때, 상실의 고통이 그의 온몸을 어떤 식으로 후벼팠는지 몰랐을 것이다.

정말이지 벤은 크리스마스를 남의 집에서 보낼 수 없었다. 크리스마스는 몇 시간 내내 웃고 서로 끌어안으며 트리를 다듬던 그들만의 특별한 시간이었다. 엘런은 그녀의 고향인 스웨덴의 숲속에 자라는 거목 얘기를 들려주었고, 그는 모든 잠재 고객이 자취를 감추고 트리 가격이 반값으로 떨어지는 크리스마스이브 저녁 늦게 브루클린의 가게에서 트리를 샀던 얘기를 들려주었다.

그들에게는 아이가 없었지만 사람들은 그래서 서로에게 더 애틋한 거라고 했다. 그들의 사랑을 공유할 사람도 없었지만 그 사랑을 분산시킬 사람도 없었다. 엘런도 벤 못지않게 열심히 일했지만 어찌어찌 시간을 내서 케이크와 푸딩을 만들고 훈제 생선을 비법 양념장에 재웠다.

"절대 다른 여자한테 도망치지 못하게 당신을 붙잡아두고 싶어서 그래……" 그녀가 말했다. "크리스마스 때 이렇게 다양한 음식을 준비하는 사람이 나 말고 또 누가 있겠어?"

벤은 엘런의 곁을 떠날 일이 없었기에, 그 화창하던 봄날 그녀가 그의 곁을 떠났을 때 믿을 수가 없었다.

뉴욕에서 다른 사람과 보내는 크리스마스는 감당할 수 없을 것이었다. 하지만 다들 워낙 친절하게 대해주었기에 그들의 호의가 얼마나 부담스러운지 차마 얘기할 수 없었다. 다른 데 가는 척해야 할 것이었다. 하지만 어디에 간다고 해야 할까?

벤은 매일 아침 출근길에 아일랜드 사진을 걸어놓은 여행사 앞을 지났다. 거길 여행지로 선택한 이유는 그도 알 수 없었다. 아마 엘런과 같이 간 적 없는 곳이기 때문이었을 것이다.

그녀는 항상 햇볕을 쬐고 싶다고, 추운 데서 사는 가엾은 북유럽 사람들은 햇볕에 굶주렸다고, 그렇기 때문에 겨울에는 멕시코나 섬에 가야 한다고 했다. 그래서 그들은 그런 곳으로 떠났고, 엘런의 핏기 없는 피부가 황금색으로 그을릴 때까지 같이 걸으면서 워낙 서로에게 푹 빠져 있었기 때문에 혼자 여행 온 사람들을 한 번도 의식한 적이 없었다.

그런 사람들이 보이면 그들은 분명 미소를 지었을 거라고 벤은 생각했다. 엘런은 워낙 마음이 넓고 따뜻했으니, 동행이 없는 사람을 보면 분명 말을 걸었을 것이다. 하지만 그는 그랬던 기억이 나지 않았다.

"크리스마스 연휴 동안 아일랜드에 가요." 벤은 사람들에게 딱 부러지게 말했다. "일도 좀 하고 푹 쉬려고요." 그는 자신이 무얼 할 계획인지 정확히 알고 있는 사람처럼 목소리에 힘을 주었다.

동료와 친구들의 표정을 보니, 그에게 뭔가 계획이 있다는 사실에 기뻐하는 눈치였다. 이렇게 단순한 설명을 어쩌면 그렇게 순순히 받아들이는지 놀라울 정도였다. 몇 달 전에 어떤 회사 동료가 아일랜드에 가서 일도 하고 좀 쉴 거라고 했다면 벤 역시 그토록 훌륭한 계획을 세웠다는 것에 기뻐하며 고개를 끄덕였을 것이다.

사람들은 기본적으로 남에 대해 심각하게 고민하지 않았다.

그는 휴가 예약을 하러 여행사로 갔다.

카운터의 여자 직원은 자그마하고 까무잡잡하고 콧잔등에 주근깨가 있었다. 엘런도 여름에 그런 주근깨가 생기곤 했다. 이렇게 춥고 또 추운 날 뉴욕에서 그걸 보다니 신기했다.

직원은 재킷에 이름표를 달고 있었다. 피오눌라였다.

"흔치 않은 이름이네요." 벤이 말했다.

그는 아일랜드의 크리스마스 명절을 소개하는 브로슈어와 자세한 정보를 보내달라는 부탁과 함께 명함을 건넸다.

"아, 아일랜드에 가시면 그런 브로슈어를 수십 장 볼 수 있을 거예요." 그녀가 말했다. "도주중이거나 그러신 건 아니죠?"

벤은 화들짝 놀랐다. 예상치 못한 질문이었다.

"그건 왜 물어요?" 그는 알고 싶었다.

"아, 명함에 부사장이라고 적혀 있는데 그런 분들은 대개 예약을 대신 해주는 직원이 있잖아요. 그래서 뭔가 비밀이 있으신가 해서요."

피오눌라가 아일랜드 억양을 썼기 때문에, 벤은 특이한 질문을 던지고 답변에 관심을 보이는 그녀의 나라로 이미 건너간 듯한 착각을 느꼈다.

"도망치고 싶은 건 맞지만 법이 아니라 친구와 동료들한테서예요. 나하고 계속 휴가를 같이 보내려고 하는데 나는 그러고 싶지 않거든요."

"손님은 왜 휴가 계획이 없으신데요?" 피오눌라가 물었다.

"아내가 4월에 죽었어요." 그는 거두절미하고 말했다. 지금까지 한 번도 없던 일이었다.

피오눌라는 이해했다.

"음, 그럼 시끌벅적한 활동은 별로 원하지 않으시겠네요." 그녀가 말했다.

"맞아요. 그냥 전형적인 아일랜드식 크리스마스면 돼요." 그가 말했다.

"그런 건 없어요, 전형적인 미국식 크리스마스라는 게 없는 것처럼. 도시에 가신다면 크리스마스 프로그램이 있는 호텔을 잡아드릴 수 있어요. 아마 경마와 댄스파티, 술집 순례를 할 거예요. 그게 아니고 시골이면…… 스포츠와 사냥을 많이 하는 곳으로 가셔도 돼요. 아니면 아무도 만날 필요가 없는 오두막을 빌려도 되지만 그러면 좀 외롭겠죠."

"어떤 걸 추천하고 싶어요?" 벤이 물었다.

"저는 손님을 잘 몰라서 어떤 걸 좋아하실지 알 수 없으니, 손님에 대해 좀더 얘기해주세요." 그녀는 단순하고 단도직입적이었다.

"모든 손님에게 그런 걸 묻는다면 들이는 비용 대비 효과가 떨어지겠는데요. 예약하기까지 삼 주는 걸리겠어요."

피오눌라는 패기만만하게 그를 쳐다보았다. "모든 손님한테 그러지는 않아요, 손님한테만 그러는 거죠. 부인과 사별하셨다니 다른 손님과는 경우가 다르죠. 반드시 알맞은 곳으로 보내드려야 할 중요한 이유가 있잖아요."

맞는 말이라고 벤은 생각했다. 그는 아내와 사별했다. 그의 눈에 눈물이 고였다.

"그러니까 다른 가족이랑 같이 보내기가 싫으신 거죠?" 피오눌라는 울먹이는 그를 못 본 체하며 물었다.

"나처럼 냉랭하고 서먹서먹한 사람이라면 괜찮겠지만 그런 사람은 누굴 자기 집으로 초대하지 않겠죠."

"정말 힘드시겠어요." 그녀가 연민이 가득한 목소리로 말했다.

"남들도 다 이겨내는걸요. 이 도시는 누군가를 떠나보낸 사람들로 가득할 거예요." 벤은 다시 껍데기 속으로 들어갔다.

"저희 아빠랑 같이 지내셔도 되는데." 피오눌라가 말했다.

"뭐라고요?"

"저희 아빠 집에 가셔서 같이 지내주시면 그 은혜는 잊지 않을게요. 저희 아빠는 손님보다 훨씬 더 냉랭하고 서먹서먹한 분인데 크리스마스를 혼자 보내실 거거든요."

"아, 그렇군요. 하지만……"

"그리고 날마다 바닷가를 몇 마일씩 산책시켜야 하는 커다란 콜리 두 마리와 함께 돌로 만든 커다란 농가에 사세요. 반 마일만 걸어가면 으리으리한 술집도 있어요. 하지만 크리스마스트리는 사다 놓지 않으실 거예요. 아빠 말고는 볼 사람이 없을 테니까."

"아가씨는 왜 아버지하고 같이 있지 못하는데요?" 벤도 처음 만나는 이 피오눌라라는 아가씨에게 똑같이 단도직입적으로 물었다.

"왜냐하면 같은 마을에 살던 남자를 따라 뉴욕까지 왔거든요. 그 사람이 저를 사랑하는 줄 알고, 아무 문제 없을 줄 알고요."

아무 문제 없었느냐고 물을 필요는 없었다. 누가 봐도 그렇지 않다는 걸 알 수 있었으니까.

피오눌라가 말했다. "아버지도 심한 말을 하셨고 저도 심한 말을 해서 저는 여기에, 아버지는 거기에 계시는 거예요."

벤은 그녀를 쳐다보았다. "하지만 아가씨가 전화를 드리면 되잖아요. 아버님이 전화를 하실 수도 있고."

"그렇게 간단한 문제가 아니에요. 상대방이 전화를 끊어버리면 어떻게 할지 서로 걱정하고 있거든요. 전화를 하지 않으면 그럴 일은 없으니까요."

"그럼 내가 평화 사절단이 되어야 하는 거로군요." 벤은 사태를 파악했다.

"워낙 다정하고 친절하게 생기신데다 달리 할일도 없으시잖아요." 그녀가 말했다.

콜리의 이름은 선셋과 시위드였다. 나이얼 오코너는 사과하며 그의 딸이 오래전에 고른 세상에서 제일 바보 같은 이름이라고, 하지만 개하고의 의리는 지켜야 하지 않겠느냐고 말했다.

"따님하고의 의리도요." 평화 사절단 벤이 말했다.

"그렇겠죠." 피오눌라의 아버지가 말했다.

그들은 시내에서 크리스마스에 먹을 스테이크와 양파, 치즈, 초콜릿 덩어리가 든 비싼 아이스크림을 샀다.

크리스마스이브에는 자정 미사에 참석했다.

나이얼 오코너는 벤에게 그의 아내 이름도 엘런이었다고 말했다. 그들은 같이 실컷 울었다. 다음날 스테이크를 만들 때는 전날 흘린 눈물에 대해 서로 입도 벙긋하지 않았다.

그들은 언덕을 걷고 호수 곳곳을 누볐고, 이웃집에 놀러가 동네 사람들에 대한 소문을 들었다.

벤의 귀국 날짜는 미정이었다.

"피오눌라한테 연락해봐야겠어요." 벤이 말했다.

"여행사 담당 직원이니까요." 나이얼 오코너가 말했다.

"그리고 선생님의 따님이기도 하죠." 평화 사절단 벤이 말했다.

피오눌라는 아일랜드는 이 주 동안 모든 곳이 문을 닫겠지만 뉴욕은 그와 다르게 춥긴 해도 다시 가동을 시작했다고 말했다.

"전형적인 아일랜드식 크리스마스는 아주 잘 보냈어요." 벤이 말했다. "계속 여기서 전형적인 아일랜드식 새해를 맞이하려고 하는데…… 그럼 비행기표는……?"

"오픈 티켓이니까 아무때나 오시면 되는데…… 저한테 전화하신 진짜 이유가 뭐예요?"

"당신도 건너와서 우리와 함께 소박한 새해 첫날을 보내면 어떨까 해서요." 그가 말했다.

"그게 누구 생각인지……?"

"선셋, 시위드, 나이얼 그리고 나, 일단 이렇게 넷요." 벤이 말했다. "전부 바꿔주고 싶지만 걔들은 자고 있어요. 나이얼은 옆에 있고요."

벤은 수화기를 피오눌라의 아버지에게 건넸다. 그리고 그들이 통화하는 동안 문가로 다가가 저편의 대서양을 바라보았다.

밤하늘 가득 별이 반짝였다.

거기 어딘가에서 두 명의 엘런이 기뻐하고 있을 것이었다. 그는 지난봄 이래로 그 어느 때보다 깊고 자유로운 숨을 깊이 들이마셨다.

희망찬 여행

Travelling Hopefully

멕이 12월 11일에 한 달 일정으로 오스트레일리아로 떠난다고 하자 같은 회사 직원들은 부러워서 어쩔 줄 몰라했다.

"날씨 어쩔 거야," 그들은 말했다. "날씨."

멕은 길거리는 북적이고 차량은 움직일 줄 모르고 각종 업체의 호들갑과 상업주의가 난무하는 런던의 춥고 습한 몇 주를 피할 수 있을 터였다.

"멕은 운도 좋지." 그들은 말했고 심지어 젊은 이십대 여자 직원들조차 진심으로 그녀를 부러워하는 듯했다. 그걸 보고 멕은 혼자 미소를 지었다.

멕은 끔찍하게 늙었다고 느껴지지는 않는 쉰세 살이었지만, 대부분의 동료 직원이 그녀가 한물간 지 오래라고 생각한다는 걸 알았다. 그들은 그녀에게 오스트레일리아에 사는 장성한 아들이 있다는 걸 알았지만 유부남이었기에 관심을 보이지 않았다. 거기다

엄마를 보러 오지도 않는 아들이었으니. 하지만 유부남이건 싱글이건 잘생긴 로버트를 봤다면 관심을 보였을 것이다. 학생회장이었고 A학점을 수도 없이 받았던 로버트. 스물다섯 살에 멕은 한 번도 만나본 적 없는 로사라는 그리스 아가씨와 결혼한 로버트.

로버트는 조촐한 결혼식을 올릴 거라고 편지에 썼지만 멕이 받아본 사진으로는 그리 조촐해 보이지 않았다. 그리스 친척과 친구가 수십 명은 되는 것 같았다. 신랑측 가족만 없었다. 멕은 전화로 이 부분에 대해 애써 명랑한 목소리로 물었다. 예상했던 대로 그는 짜증을 냈다.

"오버하지 마세요, 엄마." 그는 말했다. 아이가 다섯 살 때 무릎에 피로 흠뻑 젖은 거즈를 대고 집에 온 날부터 했던 말이었다.

"로사의 친구와 친척은 전부 여기 사는데 엄마랑 아빠는 몇천 마일을 와야 하잖아요. 그건 중요한 문제가 아니에요. 나중에, 좀더 대화할 만한 여유가 생기면 오세요."

물론 로버트의 판단이 옳았다. 대부분의 하객이 그리스어를 쓰고, 그녀의 전남편 제럴드와 어쩌면 당돌하고 앙증맞은 그의 아내까지 만나 대화를 나누어야 하는 결혼식이라니…… 감당할 수 없었을 것이다. 로버트의 판단이 옳았다.

그리고 이제 멕은 아들 부부를, 사진으로만 보았던 아담하고 까무잡잡한 로사를 만나러 가려는 참이었다. 그녀는 한 달 동안 화창한 햇살을 맞으며 잡지 기사나 텔레비전에서만 보았던 곳들을 구경할 작정이었다. 일단 시차에 적응하면 아이들이 성대한 환영 파티를 열어줄 것이었다. 멕은 아이들이 그녀를 노약자 취급하는 게 분명하다는 생각이 들었다. 그녀가 시차에 적응하는 기간을 나흘로 잡은 걸 보면 말이다.

로버트는 편지에서 잔뜩 신이 나 있었다. 멕을 데리고 오지에 가서 오스트레일리아의 진면모를 보여주겠다고 했다. 그녀는 여기저기 겉핥기식으로 구경하는 단순한 관광객이 아니라 그곳을 속속들이 아는 전문가가 될 거라고 했다. 그녀는 로버트가 하루종일 작은 마당에 앉아서 쉬고 동네 수영장에 다녀올 수도 있다고 해주었더라면 얼마나 좋았을까 하고 생각했다. 멕은 이렇게 긴 휴가를 보낸 적이 없었다. 로버트에게 옷과 자전거와 아버지가 없다는 사실을 보상할 수 있을 만한 것을 사주려고 허리띠를 졸라매느라 오랫동안 휴가도 없이 지냈다. 제럴드는 일 년에 세 번쯤 헛된 약속과 꿈으로 아이를 흔들어놓다가 다 망가져가는 기타를 사준 것 말고는 한 일이 없는데, 아이는 엄마가 열심히 일해서 안긴 어떤 선물보다 그걸 더 애지중지했다. 로버트는 오스트레일리아에서 지내는 동안 기타를 치다가 로사를 만났고, 영원히 변치 않을 사랑과 생활 방식을 발견했다고 어머니에게 말했다.

멕의 회사 동료들이 돈을 모아 여행가방을 선물했다. 예쁘고 가벼웠고 그녀가 쓰기에는 너무 고급스럽다는 생각이 들었다. 해외여행이라고는 해본 적이 없는 사람에게는 전혀 걸맞지 않은 가방이었다. 공항에서 짐을 부칠 때도 그 가방이 그녀의 것이라니 믿기지가 않았다. 항공사에서는 비행기가 만석이라고, 이맘때는 함머들이 전부 저 아래로 내려가기 때문에 그렇다고 했다.

"함머요?" 멕은 당황하며 물었다.

"할머님들요." 데스크의 젊은 남직원이 말했다.

멕은 혹시 로사도 임신을 했을지 궁금했다. 하지만 그랬다면, 오지가 어딘지 몰라도 그런 데 갈 리가 없었다. 그런 건 물어보지 말아야 했다. 그녀는 아들이 짜증을 낼 만한 질문은 하지 말자고 마음을 다지고 또 다졌다.

비행기에 자리를 잡자 어깨가 떡 벌어지고 덩치가 큰 옆자리 남자가 손을 내밀며 자기소개를 했다.

"어떤 의미에서는 잠자리를 같이하게 됐으니 통성명이라도 해야 하지 않을까요?" 그는 강한 아일랜드 억양으로 말했다. "저는 위클로에서 온 톰 오닐입니다."

"저는 런던에서 온 멕 매슈스예요." 멕은 그와 악수하며 앞으로 스물네 시간 동안 그가 입을 다물어주길 바랐다. 그녀는 로버트의 입에서 "오버하지 마세요, 엄마"가 나올 만한 얘기를 하지 않도록 마음의 준비를 하고 연습을 하고 싶었다.

알고 보니 위클로에서 온 톰 오닐은 이상적인 옆자리 승객이었다. 그는 작은 체스 세트와 체스 문제집을 들고 왔다. 안경을 코에 얹고 체계적으로 수를 연구했다. 멕의 잡지와 소설책은 펼쳐지지도 않은 채 무릎 위에 놓여 있었다. 그녀는 머릿속으로 체크리스트를 점검했다. 로버트에게 일 년에 얼마나 버는지, 대학을 이 년 다니고 자아를 찾으러 오스트레일리아에 건너갔다가 대신 카페에서 노래하는 일자리와 로사를 찾았을 때 때려치운 공부를 다시 시작할 마음이 있는지 물어보지 않을 작정이었다. 그가 전화를 거의 하지 않는 것에 대해서도 아무 말 하지 않겠다고 다짐하고 또 다짐했다. 그녀는 외롭다는 말이나 잔소리를 한마디도 하지 않겠다고 맹세하는 동안 자신이 웅얼거린 것도 몰랐다.

"그냥 살짝 난기류를 만난 거예요." 톰 오닐이 걱정 말라는 투로 얘기했다.

"네?"

"묵주기도를 드리는 거 아니었어요? 그럴 필요 없다고요. 그건 상황이 정말 심각해질 때까지 아껴둬요."

그는 보기 좋은 미소를 지었다.

"아뇨, 저는 사실 묵주기도를 드리지 않아요. 그게 효험이 있나요?"

"대중없어요. 아마 한 오십 번에 한 번 정도? 하지만 사람들은 기도가 효험이 있으면 기뻐하면서 늘 효험이 있다고 착각하고 효험이 없었던 때는 잊어버리죠."

"당신도 기도를 하세요?" 멕이 물었다.

"요즘은 하지 않지만 젊을 때는 했어요. 한번 기가 막히게 효험을 본 적이 있거든요. 경마, 투견, 포커에서 돈을 땄어요. 그것도 한 주에 전부." 그는 그때의 기억을 떠올리며 아주 행복한 표정을 지었다.

"그런 건 기도하면 안 되는 거 아니에요? 도박에도 효험이 있는 줄은 몰랐는데."

"장기적으로 보면 효험이 없어요." 그는 침울하게 말하고는 다시 체스를 두기 시작했다.

이제 보니 톰 오닐은 술을 전혀 마시지 않았고 식사도 거의 하지 않았다. 물만 연거푸 마셨다. 결국 멕은 거기에 대해 물었다. 기내 식은 장거리 비행의 몇 안 되는 즐거움 가운데 하나고 술을 마시면 잠을 자는 데 도움이 되지 않던가.

"도착했을 때 좋은 컨디션을 유지해야 하거든요." 그가 말했다.

"어디서 보니까 비법이 물을 계속 마시는 거래요."

"뭘 받아들이는 태도가 굉장히 극단적이네요." 멕은 감탄과 비난을 반씩 섞어 말했다.

"맞아요." 톰 오닐이 말했다. "그게 내 인생의 축복이자 저주예요."

아직 가야 할 길이 열다섯 시간 남았다. 멕은 인생담을 들려달라며 그를 부추기지 않았다. 아직은 너무 일렀다. 그녀는 네 시간밖에 안 남았을 때부터 그의 인생에 대해 묻기 시작했다. 말을 듣지 않는 딸이 이야기의 주인공이었다. 아이 엄마가 죽은 후부터 톰은 딸을 제어할 수 없었다. 아이는 언제든지 자기가 하고 싶은 대로 하며 지냈다. 지금은 오스트레일리아에서 살았다. 그냥 잠깐 머무는 게 아니라 아예 거기서 살고 있었다. 어떤 남자와 함께. 남편이 아니라 소위 말하는 사실혼 관계였다. 아주 자유분방하고 아주현대적인 그의 딸은 대놓고 동거를 하며 오스트레일리아 정부에도 그 사실을 당당하게 공개했다. 그는 이런 현실에 화가 나고 심란해서 고개를 저었다.

"받아들여야지 어쩌겠어요. 거기까지 이 먼길을 가고 있는데, 그걸 가지고 뭐라 하면 쓸데없는 짓 아니겠어요?" 멕이 말했다. 남의 일에 훈수를 두는 건 식은 죽 먹기였다.

자기 차례가 되자 그녀는 로버트에 대해 얘기하고 결혼식에 초대받지 못한 것에 대해 설명했다. 톰 오닐은 잘된 일 아니냐고 했다. 전남편이나 말도 전혀 안 통하는 사람들과 대화를 나누어야 했을 테니 말이다. 지금 만나러 가는 게 훨씬 나았다. 결혼식이 뭐 그리 대수겠는가. 수많은 날 중 하루에 불과한데. 물론 그는 지금 같아서는 그런 자리에 참석할 가망이 아예 없었다.

그의 딸은 디어드러라는 멀쩡한 아일랜드식 이름이 있었지만 이제는 디라고 서명했고 남자친구는 이름이 폭스였다. 무슨 사람 이름이 그런지 모를 일이었다.

창문 덮개가 올려졌다. 잠을 깨우는 오렌지주스와 뜨거운 수건이 제공됐다. 이 무렵 멕과 톰은 오랜 친구가 된 듯한 기분이었다. 거의 헤어지기 싫을 지경이었다. 그들은 짐이 나오길 기다리는 동안 서로에게 충고를 건넸다.

"결혼식 얘기는 꺼내지 마요." 톰이 경고했다.

"동거에 대해 아무 소리도 하지 마요. 여기서는 보는 관점이 다르니까." 멕은 간곡히 당부했다.

"내 주소 적어놨어요." 그가 말했다.

"고마워요, 고마워요." 멕은 아들의 집주소를 적어줄 생각을 하지 않았다는 사실에 죄책감을 느꼈다. 아마 로버트의 눈에 비행기에서 만난 모르는 아일랜드 남자에게 전화번호를 주는 한심한 엄마로 보이고 싶지 않아서였을 것이다.

"그럼 연락을 하든 말든…… 당신한테 맡길게요." 톰이 말했고 그녀는 그의 목소리에서 실망한 기색을 느낄 수 있었다.

"네, 네, 좋은 생각이에요." 멕이 말했다.

"한 달은 긴 시간이니까요." 그가 말했다.

방금 전만 해도 그들은 한 달이라니 너무 짧다고 말했었다. 그런데 이제 오스트레일리아 땅을 밟고 보니 두 사람 모두 아이들을 만날 생각에 살짝 긴장이 되면서…… 한 달이라는 기간이 너무 길게 느껴졌다.

"저는 랜드윅에 머물러요." 멕이 말문을 열었다.

"아니에요, 아니에요. 나중에 차 한잔하고 싶으면 연락해요. 같이 좀 걷고 얘기도 나누자고요."

톰은 겁먹은 듯 보였다. 물을 그렇게 마셨음에도 폭스라는 남자를 대등하게 상대할 수 있는 상태가 되지 못했다. 딸이 자칭 디라는 이름을 쓴다는 사실을, 사실혼이나 결혼이나 다를 바 없다며 스스로를 기혼녀라고 생각한다는 사실을 기억하고 있을 것 같지 않았다. 멕은 그에게 보호 본능을 느꼈다.

"꼭 연락할게요. 사실 우리 둘 다 문화 충격에서 조금 벗어날 필요가 있을 거라고 봐요." 그녀가 말했다.

멕은 자신이 불안한 표정을 짓고 있다는 걸 알았다. 이마에 주름이 생기고 눈썹이 한데 모이는 게 느껴졌다. 회사 동료들은 그걸 보면 멕이 안절부절 모드에 돌입했다고 표현했고 아들은 오버하지 말라고 사정했다. 그녀는 이 편안한 남자와 계속 대화를 나누고 싶었다. 어디 의자에 앉아 한 시간 동안 수다를 떨며, 지금까지와는 전혀 다른 크리스마스와 생활 방식을 맞이할 마음의 준비를 하면 안 될까?

그녀는 문득 그들이 여기까지 온 목적이 그거라는 사실을 깨달았다. 그들은 새로운 생활 방식을 인정하기 위해 나선 길이었다. 톰은 디에게 폭스를 만나서 다행이라고, 제대로 결혼식을 올리지 않은 건 상관없다고 얘기하러 왔다. 멕은 그녀 없이 진행된 결혼식에 마음이 쓰인다고 로버트에게 눈치를 주기 위해서가 아니라, 새로운 며느리와 그녀의 가족을 어서 빨리 만나고 싶다고 얘기하러 왔다. 톰을 다시 만나서 어떻게 돼가는지 들으면 좋을 것이었다.

그들이 오랜 친구였다면 고민 없이 그렇게 했겠지만 혼자 사는 중년의 남녀인데다 비행기에서 만난 사이다보니 훨씬 장황한 설명이 필요했다. 로버트가 그녀를 안쓰럽게 여길 수도 있었다. 로사는 어머니가 비행기에서 남자를 만나다니 멋지다고 생각할지 몰랐다. 어느 쪽이 됐건 당황스럽기는 마찬가지였다.

"디어드러한테는, 아니 이름이 디지. 맙소사, 이름이 디라는 걸 기억해야 하는데." 톰이 말문을 열었다.

"딸한테는 뭐요?"

"그 아이한테는 우리 둘이 예전부터 친구였다고 얘기할지도 몰라요. 알죠?"

"알아요." 멕은 아주 따뜻한 미소와 함께 말했다.

그들은 좀더, 아니 한참 더 대화를 나눌 수도 있었다. 사실 친구가 되려면 서로에 대해 아는 게 좀더 많아야 했다. 하지만 너무 늦었다. 그들은 카트를 밀고 통로를 지나, 까무잡잡하니 건강해 보이는 오스트레일리아의 젊은이들이 장거리 비행을 마치고 휘청휘청 걸어나오는 우글쭈글한 노인들을 기다리는 곳으로 갔다. 사람들이 이름을 부르고 고함을 지르고 아이들을 허공으로 들어올려 흔들고 있었다. 날씨는 한여름 같았다.

그리고 거기에 반바지 아래로 까무잡잡하게 탄 길쭉한 다리를 드러낸 로버트가 아담한 아가씨의 목에 팔을 두르고 서 있었다. 커다란 눈과 까만 고수머리를 자랑하는 그녀는 불안한 듯 입술을 깨물며 로버트와 함께 멕을 찾아 인파를 훑었다. 멕이 보이자 로버트는 그 긴 시간 동안 비행기를 타고 온 사람이 이곳에 그녀뿐이라는 듯 "저기 계시다!" 하고 소리를 질렀고, 그들이 서로를 부둥켜안았을 때 로사는 울고 있었다.

"너무 젊으세요. 할머니가 되기엔 너무 젊으세요." 로사가 말하며 자랑스럽게 자기 배를 토닥이자 멕도 눈물을 흘리기 시작했다. 로버트는 멕을 끌어안았고 오버하지 말라고 하지 않았다. 멕은 아들의 어깨 너머로 톰 오닐의 예쁜 딸을 볼 수 있었다. 평생 제멋대로 살았다는데 이제는 그래 보이지 않았다. 디는 수줍어하며 동그란 얼굴에 안경을 낀 빨간 머리 남자를 아버지에게 소개하고 있었다. 그는 아일랜드에서 온 장인을 만나려고 특별히 차려입은, 익숙지 않은 와이셔츠 깃과 넥타이를 느슨하게 풀고 있었다. 톰은 남자의 머리칼을 가리키며 농담을 했는데, 어쩌면 이름이 왜 폭스인지 이제 알겠다는 말이었을지도 몰랐다. 그게 무엇이었든, 셋 다 웃음을 터뜨렸다.

그리고 이제 로버트와 로사도 웃으며 눈물을 닦고 멕을 차로 안내했다. 멕은 비행기에서 우연히 만난 오랜 친구 톰 오닐과 시선을 맞출 수 있을까 싶어 뒤를 돌아보았다. 하지만 그 역시 다른 데로 끌려가고 있었다. 상관없었다. 그들은 여기 이 오스트레일리아에서 젊은 커플에게 너무 거치적거리지 않도록, 어쩌면 두세 번쯤 만날 것이었다. 하지만 한 달은 방문객으로 지내기에 너무 짧은 기간이기에 너무 자주 만나지는 않을 것이었다. 그리고 크리스마스는 가족을 위한 시간이었다. 게다가 어차피 그들은 지구 반대편에서, 할일이 별로 없는 시간과 공간에서 언제든 다시 만날 수 있었다.

대가족

The Extended Family

〈라이브라인〉에 출연한 여자가 대가족에 대해 푸념을 늘어놓고 있었다.

"있잖아요, 메리언, 그게 지금 아일랜드의 진짜 문제예요. 그러니까 예전하고는 다르게 아무도 더이상 관심이 없다는 거. 그러니까 메리언, 대가족이라는 개념 자체가 사라져가고 있어요."

조는 메리언 피누케인을 성인聖人으로 추대해야겠다는 생각을 다시 한번 했다. 무슨 수로 저런 사람들을 폭발하지 않고 참아낼 수 있으며, 무슨 수로 자기 라디오 프로그램에 출연해 횡설수설하는 사람들의 이야기에서 재미있는 부분을 기어이 찾아내는 걸까? 입 닥치라고 한 다음 헤드폰을 벗어던지고 스튜디오에서 뛰쳐나가고 싶은 적이 없었을까?

조라면 그 여자와 그녀의 대가족 이론에 그런 반응을 보였을 것이다. 저 여자는 도대체 어떤 세상에서 살고 있는 걸까? 이 나라는 대가족 병에 걸렸다. 요즘 아이들은 두 세트의 집을 들락거려야 하고 네 세트의 조부모를 상대해야 했다. 부모가 결별해 다른 보금자리를 꾸렸을 때 벌어지는 일반적인 현상이었다. 그보다 얼마나 더 대가족이라야 한다는 걸까?

그녀를 예로 들어보자. 조는 차를 한 잔 더 따른 다음, 출연자를 진정시켜 좀더 차분해지도록 유도하는 메리언의 솜씨에 감탄했다. 그녀의 집은 아이가 셋이었고—열다섯 살, 열네 살, 열 살이었다—아이들의 엄마는 조, 아빠는 숀이었다. 하지만 숀은 현재 낸시와…… 결혼 비슷한 걸 한 상태였고 둘 사이에서 태어난 아이는 각각 세 살과 두 살이었다. 그리고 조에게는 케빈이라는 아주, 아주 다정하고 착한 남자친구가 있었지만 같이 살지는 않고 드나들기만 했기 때문에 남편 비슷한 관계라고는 할 수 없었다. 케빈은 엄마와 같이 사는 스무 살짜리 아들이 하나 있었고, 원룸에 혼자 살며 사람들의 집을 그린 다음 그 집주인을 찾아가 그림을 사지 않겠느냐고 제안하는 일을 했다.

조는 라디오에 출연한 그 짜증나는 할머니의 기준에서도 그 정도 대가족이면 충분하지 않을까 싶었다. 그녀의 아이들과 크리스마스 당일을 같이 보내고 싶어하는 사람이 한두 명이 아니었다. 먼저 아빠 숀이 있었다. 그는 작년에 조가 아이들을 차지했으니 이번에는 자기 차례라고 여러 번 얘기했다. 그리고 낸시도 숀을 기쁘게 해주고 싶은데다 아이들이 자기 아기들을 돌보는 걸 도와줄지 모른다고 내심 기대했기에 말로는 아이들을 부르고 싶다고 했다. 아버지가 돌아가시고 혼자 사는 조의 어머니는 손주들을 사랑하는데다 다른 손주들은 브뤼셀에 살았기 때문에 아이들을 자기 집으로 부르고 싶어했다. 숀의 아버지와 어머니도 그 아이들이 자신들의 손주인데다 크리스마스에 애들이 채워주어야 하는 엄청나게 넓은 집에 살았기에 그들을 부르고 싶어했다. 그리고 정초에 고관절 수술을 받을 예정인 낸시의 어머니는 금쪽같은 딸 낸시를 홀려 두 아이를 낳은 뻔뻔한 남자의 가족일지언정 같이 있어줄 사람이 필요했기에 모두를 자기 집으로 초대하고 싶어했다.

케빈은 아이들과 게임을 하고, 밖에 데리고 나가 자기만 아는 방식으로 같이 연을 날리고 싶어했다. 그는 크리스마스 아침에 아이들과 몇 시간 놀아도 되느냐고 물었다. 아이들이 아빠네 집에 가면 당연히 물 건너간 얘기가 될 것이었다. 엄마의 애인이 찾아가 아이들을 잠깐 빌리겠다고 하는 건 어쩐지 적절하지 않아 보였다.

그리고 조도 온갖 빌어먹을 사항을 파악하려면, 예컨대 숀이 그녀의 인생에서 낸시의 인생으로 자리를 옮기도록 내버려둔 이유 같은 걸 파악하려면 아이들이 절실하게 필요했다. '핵가족을 돌려줘.' 조는 생각했다. 엄마 하나, 아빠 하나 그리고 아이들, 그것이 기초 단위인 관계.

하지만 그녀가 진심으로 그걸 바라는 건 아니었다. 그녀와 숀은 너무 자주 다퉜고 너무 많은 것에 대해 생각이 달랐다. 그들은 처음 만나 사랑에 빠지고 결혼했던 이십 년 전과 같은 사람이 아니었다.

달라진 건 아무것도 없다는 듯 서로에게 매여 있는 건 바보 같은 짓이었을 것이다. 조는 숀 같은 야심가가 아니라 케빈처럼 느긋하고 다정한 남자와 훨씬 잘 지냈다. 그런가 하면 숀은 사업 거래와 인맥 구축에 있어 낸시가 가진 열정과 협조적인 자세가 필요했다. 대체로는 별문제 없었다. 아이들은 놀라우리만치 잘 적응했고 양쪽 집에서 모두 환영받는다는 걸 알았다. 아들들은 낸시의 황당한 습관을 가끔 비웃었고, 카펫을 새로 깔면 신발을 벗어야 한다거나 식기세척기에 넣기 전에 접시를 깨끗하게 씻어야 한다는 등 조가 들으면 재미있어할 만한 원칙이 있으면 얘기했다.

하지만 열 살이 된 제니는 아빠의 집에 다녀온 뒤에 재밌는 얘기를 한 적이 없었다. 그냥 조금 생각에 잠긴 표정, 어쩌면 아쉬워하는 듯한 표정을 지을 뿐이었고 조는 절대 거기에 대해 물어보지 않았다. 할 얘기가 있으면 제니가 원하는 때 얘기할 것이었다.

제니는 크리스마스 직전에 얘기를 꺼냈다.

"다 같이 보내면 안 돼요? 그러니까 모든 할머니, 할아버지, 케빈, 낸시 그리고 아기들까지요. 엄마랑 아빠를 중심으로 말이에요."

조는 그럴 수 없는 이유를 제대로 설명했다고 생각했다. 모두 자기들만의 전통을 쌓는 걸 좋아한다고. 제니가 알아야 하는 가장 중요한 사실이 있다면 모두 그녀를 사랑한다는 것과 어디에서든 그녀를 원하고 필요로 한다는 것이라고.

"아, 그건 알아요." 제니는 대수롭지 않다는 듯 말했다. "그냥 다 같이 보내면 분위기가 더 따뜻할 것 같아서요. 빈자리도 없고 못 만나는 사람도 없이."

조는 원래 뭘 어떻게 하면 좋은지 남들에게 조언을 잘했다. 케빈에게는 그의 그림이 좀더 완성된 느낌을 줄 수 있도록 저렴한 액자에라도 넣어야 한다고 말했다. 친구 모린에게는 어처구니없이 긴 머리를 자르라고 하고 얼굴에 두 개의 빨간 반점이 생긴 것처럼 보이지 않게 볼터치 하는 법을 알려주었다. 옆집에는 쓰레기통 뚜껑을 손잡이에 묶으면 쓰레기를 비우는 날마다 뚜껑을 쫓아서 달릴 필요가 없다고 가르쳐주었다. 그런데 아이의 소원 앞에서 그녀가 행동 노선을 정하지 못하는 이유가 뭘까?

간단한 해결책이 있을 것이었다.

이윽고 제니에게 이렇게 말하는 자신의 목소리가 들렸다. "그러게, 네 말마따나 빈자리가 있지. 그럼 크리스마스 지나고 토요일에 전부 여기로 불러 성대한 파티를 열면 어떨까? 전부 점심에 초대하자. 지금 초대장을 쓸까?"

조는 봉투를 모조리 꺼내 초대장을 쓰기 시작하면서 자신이 미친 게 아닌가 생각했다. 손을 놓아준 이 집으로 낸시를 초대하려하다니. 이쪽 대륙에서 유일하게 고관절 수술을 받는 환자인 양 하소연을 멈출 줄 모르는 낸시의 맹한 어머니를 초대하다니. 천하에 쓸모없는 손이 반경 50미터 안으로 진입하면 무슨 짓을 저지를지 모른다고 입버릇처럼 얘기하는 그녀의 어머니를 부르다니. 어찌나 콧대가 높으신지 손이 지금까지 자기보다 한참 못한 여자와 부부로 지냈으니 다른 여자와 살아도 욕먹을 이유가 없다고 생각하는 손의 부모님을 제 손으로 집안에 들이다니.

그리고 케빈은? 분란을 질색하는 우리 다정한 케빈은 이 와중에 어디에 자리잡을 수 있을까? 그리고 몸이 약한 그의 아내와 불평만 일삼는 그의 아들까지 부르겠다고 하면 적절한 처사일까 아니면 미친 짓일까?

하지만 제니는 열 살이기에 일말의 주저함도 없었다. 아이는 오빠들에게 희소식을 알렸다. "우리 엄마가 미쳤을지도 모르니까 마음의 준비를 하는 게 좋겠어." 큰오빠가 말했다. "안전벨트 단단히 매." 작은오빠가 말했다.

크리스마스 당일에 조는 아이들을 아빠 집까지 태워다주고 작은 고물차에서 명랑하게 손을 흔들었다. "토요일 잊지 마." 그녀는 이렇게 외치고는 낸시가 핑곗거리를 생각해내려는 기미를 보이기 전에 굉음과 함께 사라졌다. 그런 다음 어머니를 모시고 호텔에 점심을 먹으러 갔다 둘 다 만취해, 호텔측에서 계획한 크리스마스 프로그램에는 포함되어 있지 않던 합창대회를 주도했다.

그런 다음 성 스테파노 축일에는 숙취 때문에 앓는 소리를 내며 아이들의 이야기를 들었다. 그들은 낸시가 고급 식탁 매트를 비닐 매트로 덮었고 아빠가 클라레* 잔에 호크**를 따르자 짜증을 냈다고 종알거렸다.

금요일이 되자 조는 자신이 무슨 짓을 저질렀는지 실감이 나면서 공포가 스며들기 시작했고, 그런 다음 정말로 토요일이 됐다. "이거…… 준비하는 거…… 저희도 도와드릴까요?" 아들들이 물었지만 케빈과 함께 시원한 바람이나 쐬라고 언덕으로 내보내고 조는 제니와 함께 슈퍼에 갔다.

좋은 수가 떠오르길 바랐지만 헛된 바람이었다. 이 모든 게 어처구니없었다. 오전 열시였다. 세 시간 뒤면 약 열 명의 손님과 그녀의 가족, 그 많은 사람이 조의 집에 모일 예정이었다. 그녀는 서로서로 가장 복잡한 관계로 얽힌 열네 명에게 식사를 대접해야 했다. 생각해보면 배신으로 엮인 사이였다. 누가 물으면 그녀의 어머니는 분명 간통으로 엮인 사이라고 할 것이었다.

---

* 프랑스 보르도산 레드와인.
** 독일산 화이트와인.

하지만 어머니에게 그런 걸 묻는 사람은 없을 것이었다. 케빈에 대해, 전체적인 그림에서 케빈이 차지하는 위치에 대해 제대로 설명하는 사람도 없을 것이었다. "아, 제니." 조는 열 살짜리 딸을 애처로운 목소리로 불렀다. "제니, 손님들한테 뭘 대접하면 좋을까?"

"다들 메뉴는 신경쓰지 않을 거예요." 제니는 씩씩하게 말했다. "잘 알아차리지도 못할 거예요. 한자리에 모였다는 데 너무 기뻐서 뭐가 나오든 다 잘 먹을 거예요." 딸아이의 표정이 어찌나 열의 넘치던지 조는 쇼핑 카트 안으로 들어가 몸을 웅크리고 엉엉 울고 싶은 심정이었다.

하지만 조는 대신 이렇게 물었다. "그럼 제니 너는 뭘 먹고 싶은데?"

제니는 소시지와 콩과 구운 감자, 후식으로 아이스크림을 내면 누구든 좋아할 테고, 케빈의 아들이 채식주의자니까 피망도 두어 개 굽는 편이 좋겠다고 했다.

"하지만 케빈의 아들은 오지 않을 수도 있지 않을까?" 조는 현기증을 느꼈다. "당연히 올 거예요. 딱총나무 꽃을 넣어서 직접 담근 벌꿀 술을 들고." 제니는 모르는 게 없었다.

그들은 가구를 전부 뒤로 밀어서 손님을 위한 공간을 마련했다. 손님들은 방주로 들어서는 동물처럼 살짝 의심스러워하면서도 낙천적인 빛을 띠고 왔다. 한 명도 빠짐없이. 투덜거리기 좋아하는 낸시의 어머니는 지팡이를 아주 요란하게 짚었고 도도한 손의 부모님은 로열 애스컷 경마대회라도 관람하러 나서는 차림새였다. 조의 어머니는─눈을 가늘게 뜬 채─문 앞에서 손과 마주쳤고 그의 아이 중 하나에게 상당한 관심을 보였다. 케빈의 아내인 게 분명한 아담하고 두 눈이 반짝이는 여자는 초콜릿케이크를 들고 왔다. 조는 자신의 아들들이 벌꿀 술의 발효 과정과 알코올 농도를 높이는 방법에 대해 설명하는 키가 껑충한 스무 살짜리의 이야기에 지나치게 관심을 보이며 열띤 대화를 나누는 것을 보았다.

그들은 하나같이 소시지와 콩이 딱 좋다고 했고 케빈의 부인이 가져온 초콜릿케이크에 아이스크림을 곁들여 먹었다. 웅성웅성 대화가 끊임없이 이어지다 난로에 넣는 연료통만큼 커다란 병 두 개에 담아온 딱총나무 꽃 벌꿀 술이 들어가자 분위기가 떠들썩해졌다.

다들 이야기를 나눌 시간이 충분했기에 어느 할머니도 뒷전으로 밀려나거나 무시당하는 기분을 느끼지 않았다. 크리스마스 이전의 긴장감은 모두 해소됐고 스트레스도 없었다. 중요한 날은 이미 지나갔다.

크리스마스는 거의 모두에게 부족한 날이었지만, 다들 타협점을 찾지 못해 오로지 아이들만을 위한 이런 풍성한 자리를 마련하지 못했다. 그런 상황에서는 승자가 없었고, 모두가 패자였다.

소시지와 소음과 남다른 술이 있고 누가 누군지 완벽하게 파악한 사람이 아무도 없는 이런 어처구니없는 모임이야말로 그들에게 가장 알맞은 자리였다. 어둠이 내리고 모두들 조에게 고마웠다고, 근사한 시간이었다고 인사하자 조는 현기증을 느꼈다. 제니는 예전처럼 모두가 서로를 사랑하는 세상 안에서 다시 안도감을 느끼며 계단에 앉아 얼굴을 환히 빛냈다. 음식과 벌꿀 술을 실컷 먹고 마신 대가족은 방주를 나서며 전부 크리스마스 당일보다 더 좋았다고 말했다.

정말로 그랬다. 어느 시점에 이르자 참석한 사람 모두 조에게 솔직히 이번 토요일이 크리스마스 날보다 훨씬 더 좋았다며 이런 자리를 다시 한번 마련해야겠다고 했다.

명절이 너무 길어

Too Many Days

올해는 크리스마스가 화요일이라 명절이 너무 길었다. 채워야 할 공백이 너무 많았다. 크리스마스이브가 진짜 이브 날을 포함해 네 번일 것이었다. 금요일에는 사무실 파티. 토요일에는 여자끼리 점심. 일요일에는 싫어하는 친척들을 위한 파티. 그리고 진짜 크리스마스이브에는 광란의 막판 쇼핑과 무한 알코올 파티가 기다리고 있었다.

그런 다음은 크리스마스 당일과 복싱데이*였다. 목요일이면 분위기가 살짝 정상으로 돌아갈지 모르지만, 새해를 앞두고 그 모든 게 다시 반복되겠지.

세라가 늘 명절을 앞두고 이런 심정이었던 건 아니었다. 그녀도

---

* 영연방 국가와 일부 유럽 국가에서 크리스마스 다음날을 가리키는 말로, 공휴일로 지정됐다.

명절을 사랑하고 상점의 장식과 가짜 눈, 길거리에 달린 색색의 전구와 빨간 외투를 입은 인물에 남들처럼 감동받던 시절이 있었다. 하지만 그때는 지금과 달랐다. 예전에는 그녀가 서른다섯 살이 아니었다. 예전에는 혼자가 아니었다. 불안하지도 않았다.

세라는 책이나 대여섯 권 들고 외국의 호텔로 도망칠까 잠깐 고민했다. 하지만 피곤했고 돈도 거의 없었다. 세라는 에드 킹에게 얼마를 빌려주었는지 생각하고 싶지 않았다. 아니, 빌려준 게 아니라 그냥 주었다. 속아서 날렸다. 외국으로 나가면 마음이 쓸쓸할 텐데, 꺾인 일흔 살이 된 것도 충분히 기분 나쁜 일이었다. 거기다 쓸쓸해지기까지 할 수는 없었다.

2월 1일 에드가 떠난 이래 세라는 아주 잘 지냈다. 남들 앞에서 울지 않았고, 괜찮다고 모두를 안심시켰고, 사람들이 그를 가리켜 쓰레기 같은 인간이라며 세라의 여자 친구들을 거의 다 최소 한 번씩은 찔러보지 않았느냐고 하면 화제를 바꾸었다.

세라는 그가 돌아오지 않을 걸 알았고 새로 사귄 여자친구에게 잘 보이려고 세라의 돈으로 멀끔한 차를 산 것도 알았다. 그가 없는 편이 낫다는 것도 알았다. 그런데 어째서 기분이 더 나아지지 않는지 궁금할 따름이었다. 오히려 전보다 더 안 좋고 더 외로웠다.

올해는 명절이 너무 길다고 생각한 이유도 그 때문이었다. 지난 오 년 동안은 에드가 있었다. 하지만 그가 항상 그녀의 곁을 지킨 건 아니었다. 명절은 당연히 아이들과 함께 보내야 했고 아이들을 위해 별거중인 아내와 아무 일 없는 척해야 했다.

세라는 에드에게 아이도 없고 별거중인 아내도 없었다는 사실을 모른 사람이 세상천지에 그녀 혼자뿐이었을지 궁금해졌다. 사람이

248

그런 거짓말을 할 수 있다니 그녀로선 상상할 수 없는 일이었다. 에드는 그들을 아주 그럴듯하게 묘사했었다.

결혼생활이 끝났을 때 네 살밖에 안 됐던 꼬맹이 스티비. 이제는 씩씩한 아홉 살이 되었다. 아빠를 끔찍이 사랑하는 딸 메리골드는 열두 살이었다. 별거중인 아내 힐러리는 쿨하고 말끔하며 훌륭한 엄마이자 훌륭한 가정주부였지만 에드에게 그가 원하고 필요로 하는 사랑을 주지는 못했다. 그리고 그는 그 사랑을 세라에게서 찾았다.

하지만 그 모든 게 거짓이었다.

세라는 이십 년 동안 캘리포니아의 펜팔 친구와 편지를 주고받았다. 예전에는 소녀였지만 지금은 어른으로 성장한 제인이었다. 세라는 제인을 만난 적이 없었기에 속을 털어놓기가 왠지 더 쉬웠다. 6000마일의 거리가 있었기에 좀더 솔직해질 수 있었다. 제인은 현실적이었다. 죽은 사람은 없지 않냐고, 마음의 상처는 치료하면 된다고 했다. 세라가 해야 할 가장 중요한 일은 버티는 거라고.

세라는 봄 동안 버텼다. 그 기간에 얽힌 기억은 별로 없지만 아무튼 이겨냈고 여름이 왔다. 어디로 놀러갈 만한 돈이 없었기 때문에 세라는 삼 주의 휴가 동안 다른 일자리를 얻었다. 호텔의 객실 청소부로 일했다. 너무 피곤해서 다른 생각을 할 겨를이 없었고 에드가 들고 간 아파트의 온갖 세간을 다시 살 수 있을 만큼 돈을 벌 수 있었다. 남들이 얼마나 열심히 일하는지도 목격할 수 있었다. 대부분이 미래에 대한 보장도 없이 본국으로 송환될지 모른다는 두려움에 떨며 가명으로 일을 했다.

가을이 찾아왔다. 주말이면 에드와 함께 오붓하게 숲속을 산책할 일도, 고된 일을 마치고 퇴근하는 그를 위해 식사를 준비할 일도 없었다. 고된 일을 한다는 것도 거짓말이었겠지만 상관없었다. 에드가 싸구려는 반 마일 밖에서도 알아차렸기 때문에 늘 신경써서 준비했던 고급 와인과 비싼 음식을 이제 와 후회해봐야 부질없었다.

하지만 크리스마스에는 너무 힘들 것이었다. 우선 선물이 문제였다. 올해는 그야말로 돈이 없었다. 세라는 작년에 어디에 돈을 썼는지 기억을 더듬었다. 에드에게 캐시미어 스웨터와 전자기기를 선물했다. 그녀는 그가 요즘도 그 옷을 입고 다닐지 생각할 시간을 삼십 초간 스스로에게 허락했다. 그녀가 스웨터 색깔을 두고 그의 눈처럼 회색이 섞인 초록색이라고 했던 걸 기억할까? 그리고 세라는 에드가 준 선물이라고는 장미 한 송이나 그녀가 좋아하는 노래를 녹음한 테이프가 고작이었는데 왜 진작 알아차리지 못했는지 궁금해하는 데 십 초를 할애했다.

다 지난 일이었다. 끝난 일이었다.

세라가 크리스마스에 아무에게도 초대를 받지 못한 건 아니었다. 그녀는 전부 거절했다. 부모님의 집에서 종이 모자를 쓰고, 크래커를 뜯으면 나오는 수수께끼와 재밌는 글을 읽고, 여왕의 크리스마스 기념 방송을 들을 수는 없었다. 일요일 점심에 가는 거라면 모를까, 일주일 내내 거기 있고 싶지는 않았다. 지난 오 년 동안 크리스마스에 에드가 가족에게서 벗어나 그녀를 몰래 만나러 올 때마다 얼마나 짜릿했는지에 대한 기억을 가진 채로는 더더욱. 때문에 어머니가 크리스마스에 집에 오겠느냐고 조심스럽게 묻자 세라는 친구들과 같이 보내기로 했다고 황급히 대답했다.

친구들도 세라를 초대했지만 대부분 어린애가 있는 아이 엄마였다. 그들과 같이 있으면 기분이 더 비참해질 것이었다. 친구들의 동정을 받는 것도 싫었고, 에드에 대한 그들의 판단이 처음부터 맞았다는 걸 인정하기도 싫었다. 즐거운 척 금요일부터 목요일까지 연극을 계속할 수는 없었다. 올해 명절은 너무 길었다. 집에 갈 거라고 하면 친구들이 그쪽으로 연락할 테니 그럴 수도 없었다. 그래서 세라는 외국으로 나갈 거라고 했다. 그녀도 에드처럼 거짓말을 능숙하게 할 수 있으면 얼마나 좋을까 싶었다. 멀드 와인을 제공하고 사람들이 눈을 맞으며 독일어로 〈고요한 밤 거룩한 밤〉을 부르는 오스트리아의 근사하고 친절한 호텔 이야기를 그럴듯하게 지어낼 수 있다면 얼마나 좋을까. 하지만 세라는 소설을 쓰는 데 젬병이었기에, 인터넷에서 본 곳인데 훌륭할 거라고 애매하게 말했다. 몇몇 친구들이 걱정한다는 걸 알았기 때문에 1월 1일에 보자고 약속하면서 아무런 문제가 없는 것처럼 보이도록 무진 애를 썼다.

1월 1일은 전혀 두렵지 않았다. 씩씩하게 성장한 꼬맹이 스티비가 아빠와 함께 새해 카운트다운을 하는 걸 좋아하고, 아빠를 끔찍이 사랑하는 딸은 아빠가 '해피 뉴 이어'라는 인사와 함께 잘 자라고 뽀뽀해주지 않으면 잠을 이루지 못했기에 에드가 그때는 절대 시간을 내지 못했다. 그래서 세라는 그녀만의 1월 1일 계획을 세우는 데 이골이 나 있었다.

세라는 금요일 저녁에 열린 사무실 파티에 참석하지 않았다. 지난 몇 년 동안 너무 많은 우울한 사람들이 그 파티에서 한심한 실수를 너무 많이 저질렀다. 그녀는 그 대열에 합류할 생각이 없었다. 평생 한 회사에서 부대껴야 할지 모르는 사람과 바보처럼 하룻

밤 사랑을 나누느니 고독을 즐기는 편이 나았다.

아파트로 돌아갔을 때 사방에서 벽이 그녀를 향해 다가왔다. 숨이 막혀 죽을 것 같았다. 고독은 좋은 친구가 되지 못했다. 그녀는 노트북을 꺼내 캘리포니아의 제인에게 이메일을 보냈다.

"너희 미국 사람들은 우리보다 훨씬 현명해. 명절에 하루나 이틀 정도 쉬고 그만이잖아. 우리는 명절이 너무 길어……"

그녀는 가만히 있지 못하고 집안을 계속 왔다갔다했다. 아파트가 진부하고 칙칙해 보였다. 치장할 돈도 없거니와 명절 분위기를 내고 싶지도 않았다. 이제는 에드가 몰래 빠져나와 이 집으로 그녀를 만나러 올 일도 없지 않은가.

잠시 후 세라는 제인이 답장을 보냈다는 걸 알아차렸다. 단 몇 문장뿐이었다.

에드는 돌아오지 않는다는 걸 인정하고 내 질문에 대답해봐. 어떻게 하면 가장 행복한 기분으로 다음주 목요일에 다시 출근할 수 있을까? 살을 5킬로그램 빼볼래? 아파트에 칠을 새로 하는 건 어때? 너보다 형편이 어려운 사람한테 선행을 베푸는 건? DVD를 열 개 빌리고 매일 저녁 중국 음식을 먹는 건 어떨까? 모두 좋은 방법이지. 어떤 걸 선택했는지 알려줘. 아, 그나저나 너무 긴 명절은 없어. 너무 짧은 명절만 있을 뿐.

사랑을 담아, 제인

세라는 자신보다 형편이 어려운 사람에게 선행을 베풀면 기분이 좋아지겠다고 결론을 내렸지만 연락한 자선단체마다 대부분 신청자가 다 찼다고 했다. 일찌감치 계획을 세운 착한 사람들이었다. 세라처럼 가족과 친구들에게 거짓말을 하고 닷새의 휴일이 두려워 뭔가를 하려고 하는 한심한 사람들이 아니었다. 그녀는 감사하지만 남은 자리가 없다는 대답을 다시 한번 듣고 수화기를 내려놓으며 죄책감을 느꼈다.

"뭔가를 하고 싶으시다면 도움의 손길을 반가워할 만한 곳을 한 군데 아는데요." 한 사람이 말했다.

수많은 이민자가 긴 명절 동안 외로워한다는 걸 간파한 어느 건축업자였다. 이민자들은 친척도 없고 명절을 치르는 전통도 없고 장시간 노동에 익숙했다. 그래서 이 업자는 마을회관을 짓고 꾸미는 일을 이들에게 맡겼다. 간소하게 갖춰놓은 주방이 있어서 음식을 만들어줄 사람도 필요했다.

세라는 건축업자를 만나기로 했다. 그는 외로운 날들을 보내는 일꾼들에게 목적의식을 부여하는 것이 이 프로젝트의 주된 목표라고 했다. 도와주는 사람도 많아서 어느 페인트 회사에서는 무료로 페인트를 제공했고, 어느 중국 음식점에서는 매일 저녁 밥과 남은 갈비를 제공했고, 인근 DVD가게에서는 재미있게 볼 수 있는 무료 DVD와 오래된 플레이어를 제공했다.

그렇게 휴일이 시작됐다. 세라는 샌드위치용 빵을 썰고, 중국 음식점 웨이터와 함께 밥을 짓고, 폴란드식 미트볼 만드는 법과 스페인 사람들과 파소도블레 춤을 추는 법을 배우면서 지금껏 알아온 다른 연말연시를 잊었고 지난 오 년이 그녀의 의식에서 사라졌다. 키프로스섬 사람들은 노래를 가르쳐주었고 인도 사람들은 지금까지 아무도 먹어본 적 없는 감자 요리를 만들 수 있게 도와주었다.

세라는 많이 먹을 수도 없을 만큼 바쁜 시간을 보내느라 놀랍게도 실제로 살이 빠졌다. 복싱데이 점심시간에 페인트칠이 끝나자 건축업자는 남은 페인트가 몇 통 있으니 지금까지 끼니를 챙겨준 것에 감사하는 의미로 세라의 집을 칠하면 어떻겠느냐고 했다. 그들은 열띤 반응을 보이며 자원하고 나섰고 뚝딱 해치웠다.

세라는 자신의 아파트를 보고 감탄하는 그들을 보며 목구멍에서 무언가가 울컥 치밀어오르는 것을 느꼈다. 그들은 감격하며 특별할 것 없는 그녀의 가구와 좁은 부엌을 쓰다듬었다. 예쁜 집이라며 놀라워했다. 세라도 그들과 비슷한 저소득 노동자인 줄 알았던 것이다. 이런 궁전을 내버려두고 명절 동안 그들에게 음식을 만들어주었다니.

내일은 다시 출근하는 날이었다. 세라는 살이 5킬로그램 빠졌고, 그녀보다 형편이 어려운 사람들과 함께 일을 했고, 중국 음식을 먹었고, DVD를 실컷 봤고, 아파트가 인테리어 잡지에 소개돼도 손색이 없을 만한 모습으로 바뀌었다. 그녀는 펜팔 친구에게 할 얘기가 많았다. 그리고 걱정 따위는 개나 줘버리기로 마음먹었기 때문에 이름이 해리이고 아내와 사별한 건축업자가 새해 전날에 데이트 신청을 했다는 얘기도 할 작정이었다.

곰곰이 생각해보면…… 정말이지 너무 긴 명절은 없었다.

온 동네를
통틀어
가장 훌륭한 호텔

The Best Inn in Town

두 어머니는 서로를 좋아해야 마땅했다. 그들은 과시하기 좋아한다는 점에서 같은 부류의 사람이었다. 둘 다 자기주장이 확실했고 어떤 걸 스타일이 있다고 생각하는지 의견이 분명했다. 하지만 그들은 십팔 년 전에 각자의 아들과 딸이 결혼을 약속한 순간부터 서로를 증오했다. 그로부터 일 년 뒤 던 할머니가 된 노엘의 어머니는 걸핏하면 불만스럽게 입술을 뒤트는 버릇이 있었다. 번 할머니가 된 애브릴의 어머니는 접시가 깨지는 듯한 웃음소리로 모두의 피를 얼어붙게 만드는 데 일가견이 있었다. 노엘과 애브릴이 결혼할 당시에는 두 어머니 모두에게 영역 싸움보다 아이들의 행복을 우선시하는 순한 성격의 남편이 있었지만, 훗날 두 사람 다 남편을 먼저 떠나보낸 처지가 된 후에도 화합은 이루어지지 않았다. 그들은 일 년에 딱 하루 만났는데 그날이 크리스마스였다. 상당히 괜찮을 수 있었던 가족들과의 크리스마스가 그들이 만나면 공포와 파멸로 물들었다.

노엘의 이름이 노엘인 이유는 크리스마스에 태어났기 때문이었다. 던 할머니는 그 얘기를 하고 또 했다. 크리스마스 식사를 하는 도중에 진통을 느꼈다고. 산부인과 병동이 온통 겨우살이와 호랑가시나무와 종이테이프로 뒤덮여 있었다고. 아, 그 당시에는 사람들이 크리스마스를 제대로 축하할 줄 알았는데. 그녀는 힐난조로 애브릴에게 입버릇처럼 말했다. 그녀가 요즘 받는 대접과 비교하면 그 당시 분만실은 베르사유궁전의 무도회였다는 식이었다.

번 할머니는 애브릴이 4월April에 태어났기 때문에 이름이 애브릴이라는 설명을 빼먹는 법이 없었다. 햇살과 싱싱한 꽃이 가득하고 새끼 양들이 뛰어다니고 모든 게 희망으로 가득한 아름다운 달이었다. 그 당시에는 말이다. 그녀는 서글프고 으스스하게 접시 깨지는 웃음소리를 내며 노엘을 노려보았다. 그게 어떤 의미인지는 누가 봐도 뻔했다. 그녀의 딸이 열아홉 살의 나이에 결혼해 그 모든 희망을 영영 내동댕이친 이래 삶이 싱그러운 봄기운을 잃었다는 뜻이었다.

노엘과 애브릴은 서로를 질색하는 양쪽 어머니를 이겨냈다. 사실 그 덕분에 그들의 사이가 더욱 돈독해졌다. 그들은 저울이 어느 쪽으로도 기울지 않는다는 점에서 자신들은 운이 좋다고 말했다. 던 할머니가 말실수를 할 때마다 번 할머니가 기습 공격으로 응수했다. 그들은 어떠한 비교도 불가능하도록 양쪽 어머니를 공평하게 대하는 데 신중을 기했다. 매달 첫번째 일요일에 양가를 번갈아 찾아갔다. 세 아이는 수족관이 있어서 던 할머니의 집을 좋아했고, 맹크스 고양이가 있고 맹크스 고양이를 소개하는 책을 일 년에 여섯 번씩 넋을 잃고 읽을 수 있어서 번 할머니의 집을 좋아했다.

아이들은 어느 할머니네 집을 가건 아무 문제 없었다. 하지만 노엘과 애브릴에게는 항상 시련이었다. 던 할머니는 고양이가 병을 옮긴다고 믿어 의심치 않았고, 고양이를 꼭 키워야겠다고 하더라도 아랫도리를 훤히 드러내는 기형으로 품종 개량한 불쌍하고 멍청한 고양이를 선택하는 건 심보가 비뚤어진 사람이나 하는 짓 아니냐고 했다.* 번 할머니는 노이로제에 걸린 인간을 진정시키겠다는 그 하나의 목적을 위해, 미지근한 썩은 물이 담긴 수조 안에 딱한 주황색 물고기를 풀어놓고 절망적으로 헤엄쳐 다니게 하는 사람들을 자신이 어떻게 생각하는지 항상 짚고 넘어갔다.

번 할머니는 대부분의 남편이 아내에게 사주는 최신 가전제품 없이도 애브릴이 살림을 아주 잘한다며 대단하다고 말했다. 애브릴은 이를 악물고, 어머니가 그녀의 불만을 대변하는 건 아니라는 뜻에서 노엘의 손을 꼭 쥐었다. 그러면 던 할머니는 바람이 바뀌어도 변치 않을 입술 뒤틀림을 선보이며, 며느리를 비롯한 요즘 세대 여자들은 단지 남자한테 잘 보이고 그의 낯을 세워주기 위해 화장을 하거나 옷을 차려입지 않는다며 아주 존경스럽다고 말했다. 그러면 이번에는 노엘이 손을 꼭 쥘 차례였다. 그들은 양쪽 어머니가 미치는 여파에 대응하기 위해 일부러라도 서로 사랑한다고 기운을 북돋우고 좋은 말만 할 수밖에 없다고 생각했다. 그리고 그건 나쁜 일이 아닐지도 몰랐다.

그들은 너무 화려하고 거창한 자신들의 이름에 대한 반발심으로

---

* 맹크스 고양이는 꼬리가 없거나 아주 짧은 것이 특징이다.

아이들 이름을 앤, 메리, 존이라고 지었다. 양쪽 어머니는 너무 창의력이 떨어지는 이름이라 생각했고 상상력과 스타일이 없다며 상대방의 자녀를 비난했다.

앤은 열일곱 살이었고 크리스마스 당일에 뭘 하며 재미있게 보낼지 계획을 세우는 임무를 맡았다. 할머니들을 위한 오락거리를 찾아내기가 점점 어려워졌기 때문에, 앤이 학교에서 컴퓨터 과목을 잘하는 게 도움이 됐다. 문제는 텔레비전 채널과 볼 수 있는 비디오가 늘어났다는 것이었다. 이번 크리스마스에는 선택지가 너무 많았다. 앤은 볼 영화가 〈사운드 오브 뮤직〉밖에 없고 그 이후엔 교황과 여왕을 놓고 옥신각신했던 시절에는 훨씬 간단했을 거라고 진지하게 말했다. 애브릴의 어머니인 번 할머니는 일말의 교양이라도 있는 사람이라면 여왕의 축사를 시청해야 한다고 생각했다. 친영국적 성향이라거나 그런 게 아니라 그냥 크리스마스에는 그래야 한다고 말이다. 노엘의 어머니는 왕가를 주시하는 것이 그들의 문화였던 적은 없다고 말했다. 그러고는 오래전 집에서 일하던 하녀들이 왕실에 얽힌 이런저런 에피소드를 읽으며 좋아했던 기억이 난다며 그런 데 엄청난 흥미를 느끼는 사람이 있기는 한가보다고 했다. 그녀로 말할 것 같으면 교황의 모든 걸 지지하지는 않았지만 삼백육십오 일 중 단 하루만이라도 무릎을 꿇고 교황의 축복을 받고 싶다는 생각을 하지 않는 사람은 훌륭한 가톨릭교도라고 볼 수 없다고 생각했다.

노엘과 애브릴은 두 고위인사를 모두 크리스마스 일정에 넣는 것으로 미쳐버리는 사태를 방지했다. 교황의 연설이 끝나면, 민스파이를 먹으며 선물을 개봉하기 전에 건강에 좋은 산책을 다녀오는 등 그 밖의 다른 일정도 있었다. 그들은 하루종일 집에 있으면 답답해서 저녁을 먹지 못할 거라는 데 동의했다. 때문에 비가 오나 눈이 오나 밖으로 나가 바닷가까지 산책을 다녀왔다. 노엘과 애브릴은 다른 가족을 지나칠 때면 저들은 진심으로 행복한지 아니면 그들처럼 일촉즉발의 상황과 폭발 직전의 감정, 산더미 같은 재앙이 기다리고 있는지 종종 궁금했다.

여왕과 함께 독한 칵테일을 마시고 난 다음에는 크리스마스 식사를 하고 꾸벅꾸벅 졸며 주구장창 텔레비전을 보다 어머나 시간이 벌써 이렇게 됐네? 두 분을 집으로 모셔다드리기 전에 차 한잔 마시면서 크리스마스 케이크를 먹으면 어때요?라고 묻는 것으로 이어졌다.

비디오를 장만한 이후부터 지내는 게 좀더 수월해지기는 했다. 채널을 이리저리 돌리거나 즉석에서 뭘 볼지 결정하는 것은 꿈도 못 꿀 일이었다. 지난 몇 년 동안 이 가족은 노르망디상륙작전에나 어울림직한 치열함으로 크리스마스 편성표를 연구했다. 음악 방송은 욕설이 빗발치기 때문에 배제됐다. 코미디는 확신이 가지 않았다. 번 할머니가 웃음 포인트를 간파했는지, 던 할머니가 자신은 아무것도 아닌 일에 발끈하는 사람들을 죽었다 깨나도 이해하지 못하겠다고 말하는 건 아닌지 계속 곁눈질하면서 살피고 싶지는 않았다. 두 할머니를 예측하는 건 항상 불가능했다. 한 해에 한쪽이 도덕성을 강조하면 다른 쪽은 느슨하게 나오는 식이었는데, 누가 어느 쪽을 맡을지 절대 알 수 없었다. 꼭 크리스마스 선물처럼 모 아니면 도였다. 한쪽이 젊을 때 마음껏 누려야지, 라고 하면 다른 한쪽은 아이들에게 균형감각을 길러줘야지, 라고 응수하는 식이었다.

앤은 오락거리를 선택하는 역할을 맡았다는 데 자부심을 느꼈지만 솔직히 문제가 많았다. 점심을 먹는 동안 한 채널에서 방영하는 〈백 투 더 퓨처〉를 녹화하면 다섯시에 볼 수 있겠지만 할머니들이 타임머신 얘기를 이해할 수 있을까?

앤의 보고에 따르면 동생들은 〈제국의 역습〉을 보고 싶어했다. 그들은 그걸 녹화 스케줄에 넣어주길 바랐다. 하지만 네시에서 여섯시까지 방영되기 때문에 그 시간에는 다른 걸, 아마도 미리 비디오로 녹화해놓은 걸 보게 될 가능성이 컸으니 동시에 녹화할 방법이 없을 것이었다.

앤은 〈폭풍의 소년〉을 미리 녹화해놓으면 어떨지 고민했다. 그게 〈폴링 인 러브〉보다 온 가족이 시청하기에 더 적합할 것 같았다. 〈폴링 인 러브〉가 어떤 내용인지는 몰랐지만 메릴 스트립과 로버트 드니로가 출연한다니 스킨십이 많이 나올 테고, 할머니들이 애정신에 어떤 반응을 보일지 알 수 없었다.

노엘과 애브릴은 심각한 표정으로 스케줄을 짜는 딸아이를 바라보았다. 메리와 존이 좋아하는 음악 방송은 빼야 했다. 할머니들은 그런 걸 받아들이지 못했다. 크리스마스 소동극이라고 설명된 게임 쇼도 있었지만 던 할머니나 번 할머니가 소동극을 보고 재밌어 할지도 모른다는 건 바보 같은 생각이었다. 드라마는 당연히 넣었지만 크리스마스 버라이어티쇼는 뺐다. 너무 종류가 다양하기 때문이었다. 소년 성가대가 나와 캐럴을 부르면 할머니들이 좋아할지 모르지만 그보다 더 현대적인 분위기라면 장황한 비난이 쏟아질 텐데 그걸 감수할 필요는 없었다.

앤은 동생들과 다시 한번 의논해보겠다고 했다. 방법이 있을 것이었다. 그녀는 모든 가족이 이 시기에는 똑같은 고민을 하지 않겠느냐고 점잖게 말하고는, 동생들이 계속 〈탑 오브 더 팝스〉와 말도 안 되는 프로그램을 보겠다고 우는소리를 하니 그게 문제라고 했다. 크리스마스는 아이들을 위한 날이 아닌데.

애브릴과 노엘의 가슴은 슬픔으로 가득찼다. 그들의 딸은 심지어 반어법을 쓴 것도 아니었다. 앤은 한평생 크리스마스는 두 할머니를 모시고 능력이 허락하는 한 최대한 두 분의 비위를 맞춰야 하는 날이라고 여기며 살아왔다.

애브릴은 던 할머니가 자신을 위아래로 훑어보며 언제 옷을 갈아입을 거냐고 물었다가 입술을 뒤틀며 당연히 그게 갈아입은 걸 텐데 몰라봐서 미안하다고 사과하고, 그렇게 편한 옷만 입으니 얼마나 합리적인 성격이냐고 크리스마스 때마다 수천 번씩 같은 말을 반복했던 기억에 입술을 깨물었다.

번 할머니가 슈퍼마켓에서 산 와인의 라벨을 들여다보며 노엘에게 어느 주류점에서 샀느냐고, 올해는 특별한 와인을 준비했느냐고 연말연시 때마다 수천 번씩 똑같이 물었던 것도 기억났다. 그러면 노엘은 수천 번씩 식탁 아래에서 애브릴의 손을 토닥였다. 괜찮아. 그는 그녀에게 말했다. 우리 모두 각자의 삶이 있는 거니까.

맞는 말이었지만, 아이들이 크리스마스를 제대로 누리지 못했다.

할머니들이 없다면 어떨지 생각해보라. 생각해보라.

애브릴은 마음껏 상상을 펼쳤다. 그들은 느지막이 일어나 실내복 차림으로 아침을 먹을 수 있었다. 차를 연거푸 마시며 〈폴티 타워스〉*를 볼 수 있었다. 마누엘의 쥐가 등장하는 편을. 그들은 모두

그 편을 좋아했다. 할머니들의 반응을 확인하느라 두 개의 푹신한
안락의자를 몰래 흘끗거릴 필요도 없을 것이었다.

다 같이 짧게 산책을 하고 헌옷을 입고 진창으로 살짝 덮인 곳에
가서 이런저런 것을 손가락으로 서로 가리켜 보이며 웃을 수도 있
었다. 평소에 그랬던 것처럼. 할머니의 속도로 걷지도 않고 할머니
의 쏟아지는 추궁과 점수 매기기 집중 공격에 대응할 필요도 없이.

교황도 여왕도 볼 필요가 없었다. 그들의 크리스마스 메시지는
그들 가족 안에 있었다.

분석당하고 설명하고 사과할 필요가 없으면 칠면조도 더 맛있을
것이었다. 보여주기용으로 브랜디 버터를 만들지 않고 그들 모두
가 좋아하는 대로 크리스마스 푸딩에 그릭 요거트를 곁들여 먹을
수도 있었다. 아이들은 그렇게 조잡한 크래커를 돈 주고 사다니 천
벌 받을 짓이라는 할머니들의 말을 듣고 점잖게 고개를 끄덕이기
보다 크래커에서 나온 재밌는 글을 보며 깔깔대고 웃을 수 있었다.

노엘 또한 크리스마스에 어머니를 초대할 생각을 단 한 번도 하
지 않는 두 남동생과 여동생에게 울컥 분노가 치밀었다. 그들은 어
머니가 노엘과 애브릴의 집에 가는 게 전통이라고 입을 모으며 죄
책감 섞인 엄청난 안도감을 느꼈고, 셰리주와 폴리스를 덧댄 탕파
와 더불어 어머니 혼자 드시라며 조그만 상자에 든 리큐어 초콜릿
을 선물했다. 그리고 어머니는 자식들이 시킨 대로 했다.

리머릭에 사는 애브릴의 여동생이 번 할머니를 초대해도 되지

---

* 1975년부터 1979년까지 방영된 영국 시트콤으로 가상의 호텔에서 벌어지는 일을
그린다. 마누엘은 호텔에서 웨이터로 일하는 어리숙한 인물이다.

않나? 딱 한 번, 딱 한 해만이라도. 왜 이게 전통이어야 할까? 이 노인네들도 변화를, 약간의 다채로움을 좋아하지 않을까? 노엘은 절망적으로 생각했다.

하지만 이런 고민을 시작하기에 올해는 이미 너무 늦었다. 일찌 감치 계획을 세워야 했고 절대…… 절대 지금 이런 생각을 하는 티를 내지 말아야 했다.

애브릴과 노엘은 서로를 쳐다보았지만 이번만큼은 손을 내밀어 상대방을 토닥이거나 달래거나 지금까지 함께한 일생을 상기시키 거나 하루쯤은 포기할 수 있지 않냐고 강조하지 않았다. 처음으로 그게 너무하다고 느꼈다. 그날은 모두가 즐거워야 하는 날이었다. 그런데 그들 가족은 그날이 아이들을 위한 날이 아니라고 진심으 로 믿었다.

크리스마스를 앞두고 며칠 동안 그 기분이 가시지 않았다. 아이 들은 이상한 낌새를 알아차렸다. 평소에는 끊임없이 요구하고 애 원하고 재촉하던 어머니와 아버지가 크리스마스 정신을 잃어버린 듯했다.

그들은 심지어 예전처럼 수시로 당황스럽게 중년의 포옹을 하거 나 손을 토닥이지도 않았다. 앤이나 메리나 존이 할머니들을 위한 계획에 대해 물어도 대답을 거의 하지 않았다.

"번 할머니가 찬바람이 든다고 하실 경우에 대비해 블라인드를 내릴까요?" 앤이 물었다.

"찬바람 들라고 하지 뭐." 뜻밖에도 어머니는 이렇게 대답했다.

"〈RTE 가이드〉 볼 때 필요한 돋보기 어디 있어요?" 존이 크리 스마스이브에 물었다. "던 할머니가 그걸 들고 작은 글씨를 읽는 걸 좋아하시잖아요."

"그럼 우리처럼 빌어먹을 안경을 쓰시라고 하지 뭐." 아버지가
대답했다.

아이들은 몹시 걱정스러웠다.

앤은 아버지가 남성 갱년기에 접어들었나보다고 생각했다. 메리
는 어머니가 중년의 위기를 겪나보다고 생각했다. 그게 뭔지는 몰
랐지만, 어머니 또래의 얼굴 하얀 여자들이 텔레비전 프로그램에
대거 출연해 그걸 겪고 있다고 한 적이 있었다. 존은 학교 선생님
들이 언짢은 기분으로 학기의 반을 보내듯 부모님도 기분이 언짢
은가보다고 생각했다. 그는 부모님이 극복해내길 바랐다. 부모님
이 계속 이런 식으로 딱딱거리니 분위기가 너무 침울했다.

크리스마스 전날 저녁에 온 가족이 벽난로 앞에 앉았다. 그들 모
두 보고 싶어하는 영화가 같았다. 몇 분 있으면 제임스 스튜어트가
나오는 영화가 상영될 것이었다. 누가 어디에 앉는지를 놓고, 상석
이 벽난로 근처인지 텔레비전 근처인지를 놓고 긴장감이 흐르는
일은 없었다. 아무도 돋보기나 외풍 차단용 쿠션을 찾지 않았다.

노엘과 애브릴은 한숨을 쉬었다.

"할머니들 때문에 미안해!" 애브릴이 불쑥 외쳤다.

"너희도 다른 아이들처럼 평범한 크리스마스를 보내면 좋을 텐
데." 노엘이 말했다.

세 아이는 믿기지 않는다는 눈빛으로 그들을 쳐다보았다. 그들
이 사과한 건 이번이 처음이었다. 대개는 할머니가 두 분이나 계셔
서 얼마나 좋으냐고, 할머니들이 크리스마스에 찾아오시니 얼마
더 좋으냐고 했었다.

물론 세 아이는 그 말을 절대 믿지 않았다. 그건 빵 껍질은 몸에 좋고 패스트푸드는 몸에 나쁘다는 얘기와 마찬가지였다. 그들은 그 말을 들으면 그냥 사람들이 으레 하는 얘기로 받아들였다. 하도 오랫동안 들었기 때문에 이제는 배경의 일부가 되었다. 부모님 사이에 새롭게 등장한 불안한 분위기나 사실 할머니가 좋은 건 아니라는 갑작스러운 폭로보다 그쪽이 한 귀로 듣고 한 귀로 흘리기 훨씬 쉬웠다.

앤과 메리와 존은 그런 얘기를 듣고 싶지 않았다. 이로써 자연스러운 질서가 바뀌었다. 그들은 변화를 원하지 않았다. 크리스마스 때는 특히.

"너희의 날이기도 한데 말이야." 애브릴이 말했다.

"사실 할머니들의 날이라기보다 너희의 날에 더 가깝지." 노엘은 열띤 표정을 지으며 설명했다.

장작 불빛 앞에서 세 아이가 노엘을 올려다보았다. 그들은 아무 설명도 듣지 않을 참이었다. 제 몫을 하지 않는 이모와 삼촌들에 대한 비난도 마찬가지였다. '짐'이나 '골칫거리' 같은 단어도 마찬가지였다. 크리스마스에는 안 될 말씀이었다.

나오면 안 되는 얘기가 튀어나오지 않도록 얼른 화제를 돌려야 했다.

"〈스타트렉 6〉을 녹화하고 할머니들한테 누가 누군지 업데이트 비슷한 걸 해드릴까봐요. 커크, 스팍, 스코티가 누군지 말이에요." 존이 말했다.

"그리고 번 할머니는 드라큘라와 프랑켄슈타인에 얽힌 추억을 떠올리는 분위기에 젖을 수도 있어요." 메리가 희망에 찬 목소리로 말했다.

이번 크리스마스에 어른이 다 돼서 거의 모든 걸 이해하게 된 앤이 문득 다정한 목소리로 말했다.

"할머니들이 다른 호텔에 간다 한들 방도 없을 테니까 할머니들한테는 여기가 온 동네를 통틀어 가장 훌륭한 호텔인 게 다행이지 뭐예요."

크리스마스 베이비

The Christmas Child

패디 크로스비가 〈스쿨 어라운드 더 코너〉*를 처음 녹화하던 날에 관한 오래된 일화가 있다. 그는 어떤 남자아이에게 재미있는 에피소드가 있으면 들려달라고 했다. 아이는 숨을 크게 들이마시더니 말했다. "크리스마스이브에 누나가 영국에서 돌아와 저 임신했어요, 라고 하니까 아빠가 잘했다, 젠장 잘했어, 라고 했고 온 가족이 웃었어요."

닷은 그 이야기를 듣고 남들보다 우울하게 웃었는데 혼잣말처럼 누차 중얼거렸다시피…… 그게 바로 그녀의 얘기였기 때문이다.

그녀도 크리스마스이브에 똑같은 소식을 전했다. 그 당시에는 세태가 달랐다. 아주 달랐다. 그녀의 아버지는 전혀 웃지 않았다.

_____

* 1954년에 방송을 시작한 아일랜드 라디오 프로그램으로 초등학생 어린이를 초대해 인터뷰하는 형식. 패디 크로스비는 이 프로그램의 초대 진행자다.

쌀쌀한 1월에 결혼식을 올리는 도중에도 심지어 미소조차 짓지 않았다. 그는 노인이 아니었지만 노인의 사고방식과 무정한 심장을 소유하고 있었다. 하지만 그 당시는 시대가 달랐고 동네도 작았다. 그리고 그는 대부분 자기 탓을 했다. 자신이 닷에게 아버지로서 부족했다고, 오래전에 세상을 떠난 닷의 어머니에게 한 약속을 지키지 못했다고 생각했다.

닷이 어떤 엄마도 그녀를 마틴의 품에서 떼어내지 못했을 거라고, 그의 아이를 가진 것이 기쁠 따름이라고 아무리 얘기해도 소용없었다.

그녀의 아버지는 두 손을 들며 고개를 돌렸다. 이 상황만으로도 충분히 힘든데 꼭 그렇게 희희낙락해야겠니?

닷은 돌아가신 어머니의 사진을 보며 어머니도 똑같은 반응을 보였을지 궁금해했다. 어머니였다면 딸을 끌어안고 위로하고 축하도 해주지 않았을까?

하지만 감상에 젖어봐야 바보 같은 짓이었고 손바닥만한 시골 마을은 중세시대나 다름없었다. 액자 안에서 침착한 눈빛으로 바라보는 이 여인도 그런 소식에 침착하게 대처하지는 못했을 것이다. 아무튼 다 잘돼서 어여쁜 딸 다라가 봄에 태어났고 한참 동안 행복한 결혼생활이 이어졌다. 이십 년 동안 말이다. 그 정도면 대부분의 사람들보다 오랜 기간이었다. 그녀의 부모님보다 오랜 기간이었다.

이제는 고향으로 돌아가 아버지와 다시 같이 사는 것이 자연스러운 수순처럼 느껴졌다. 그 둘이 추억이 깃든 크고 텅 빈 각자의 집에서 따로 살아야 하는 이유가 뭐란 말인가?

다라는 반대했다. 그건 자유의 종말을 의미할 테고, 할아버지를 챙기느라 어머니가 제 나이보다 일찍 늙을 거라고 경고했다. 딸을 그토록 못마땅하게 여겼던 할아버지의 삶에 어머니가 매몰되는 건 아버지가 바라던 바가 아니었다. 닷은 번갯불에 콩 구워 먹듯 치른 결혼식에 대해 그녀의 아버지가 얼마나 오랫동안 한탄했는지 은폐하려 해봤지만 소용없었다. 그가 한숨을 쉬고 고개를 저을 때마다 드러났다.

다라는 어머니에게 고향집으로 다시 들어가지 말라고 간청했다. "엄마가 나를 가졌다고 얘기했을 때 그렇게 냉랭하셨다면서요. 할아버지가 나이를 먹고 기운이 빠져서 더는 혼자 감당이 안 된다고 해도 돌아가면 안 돼요."

닷은 미소를 지었다. 그녀의 아버지는 정정한 연금생활자였고 무능력하다는 단어와는 한참 거리가 멀었다. 그리고 그들은 붙어 지내지도 않을 것이었다. 닷은 지하실로 들어갈 작정이었다. 거기서 피아노 강습을 하면 학생들이 별도의 출입문으로 드나들기 때문에 아버지가 신경쓸 일이 없었다.

"엄마는 할아버지를 너무 생각해요." 다라는 투덜거렸다. "제가 한 얘기 기억하세요. 이거 잘 안 될 거예요."

하지만 아버지와의 동거생활은 몇 년 동안 아주 순탄하게 굴러갔다. 그는 위원회에 친구에 소소한 여행으로 바쁘게 지냈다.

시간이 평화롭게 흘러갔다. 다라는 웃음꽃과 친구들을 몰고 다니며 그들의 삶을 드나들었다. 하지만 친구 한 명을 데려온 적은 없었다. 결혼할 남자를 데려온 적은 없었다.

닷은 할머니가 되고 싶은 마음이 간절했다. 가무잡잡하고 멋진 딸아이가 사랑하는 남자를 만나 가정을 일구었으면 했다. 다라의 젊음이 영원하지는 않을 테지만 자기가 몇 살인지는 다라가 제일 잘 알 테니 어머니가 그걸 되짚어준들 고마워할 리 없었다.

그래서 닷은 항상 눈을 반짝이며 다라의 새로운 친구와 새로운 관심사와 새롭고 놀라운 직장에서의 성공담에 관심을 보였다. 작고 까만 눈의 다라가, 그녀 삶의 빛인 다라가 금융 업계의 핵심인물인 모양이었다. 다라는 어머니와 아버지가 학생들 음악 시험에 대해 이야기하듯, 할아버지가 교구회에 대해 이야기하듯 아무렇지 않게 도쿄와 뉴욕의 증권거래소를 운운했다.

닷은 한숨을 쉬었다. 그녀와 마틴은 외동딸을 부족함 없이 키우고 싶었기에 비 오는 날 몇 시간씩 버스를 타고 학교로 출강했고, 야심만만한 부모 밑에서 태어난 음감 없는 아이들을 맡아 음계와 곡을 주입식으로 가르치는 재미없는 수업을 감당했다. 그들은 여력이 되어도 차를 사지 않고 만일의 경우에 대비해 비상금을 모아두었다. 다라가 미국에서 석사 공부를 하고 싶다고 하면 학비가 필요할 테니까.

그리고 단 한순간도 그걸 후회한 적이 없었다. 마틴과 닷은 딸아이를 보며 희열을 느꼈고, 무너져버린 삶의 의미와 기대했던 결혼식과 사라질 줄 모르는 수치심에 고개를 젓는 닷의 아버지를 용서했다. 그는 그럴 수밖에 없었다고, 세대가 달라 그런 거라고 서로에게 얘기했다. 그녀의 아버지는 아일랜드 정부가 수립되기 이전의 부활절 봉기*를 기억하는 사람이었다. 그런 그가 요즘 세태를

---

* 1916년 4월 부활절 주간에 아일랜드인이 영국에 대항해 일으킨 무장 항쟁.

무슨 수로 이해할 수 있겠는가.

닷은 크리스마스 무렵이면 그들 사이가 냉랭하지도 소원하지도 않고 심지어 거리감마저 느껴지지 않는다는 데 항상 기쁨을 느꼈다. 그녀는 기억이 닿는 가장 먼 옛날부터 늘 그래왔듯 고향집을 꾸몄다.

올해도 그 전통에는 변함이 없었다. 닷은 장화를 신고 마당 뒤편의 길고 축축한 길을 따라 담장까지 걸어가 담쟁이 잎사귀를 한아름 땄다. 집안 곳곳을 큼지막하고 헐렁한 나비매듭으로 장식하기 위해 해마다 빨간색 리본을 다리고 묶어서 준비해놓았다. 심지어 마틴이 살아 있을 때도 그들이 받은 크리스마스카드를 이 집으로 잔뜩 들고 와 좀더 연말연시다운 분위기로 꾸몄다. 닷은 그 긴 시절을 돌아보았다. 마틴이 해마다 뼈를 바른 총 스무 마리의 칠면조가 이십 년의 세월을 따라 줄지어 늘어섰고, 빨간색 리본도 담쟁이도 매년 같았다. 다라만 얼굴이 바뀌며 자라서 어른이 되었다. 작년에 다라는 핼쑥하고 피곤해 보였다. 하지만 행복하게 잘 지낸다며 어머니를 안심시켰다. 닷은 캐묻지 말아야 한다는 걸 알았고 충고하고 싶은 유혹에 절대 넘어가지 않았다. 중년의 피아노 선생님이 금융 업계의 젊고 반짝이는 스타에게 무슨 조언을 할 수 있겠는가.

닷의 아버지가 방치되어 있던 시들시들한 종려나무 화분을 들고 나와 장식에 보탰다. 자르르 윤기가 흐르는 것과는 거리가 먼데도 그는 그 화분을 좋아했다.

"이것도 쓰면 좋겠다 싶어서." 그는 조금 자신 없는 목소리로 말했다. 그래도 자기 생각이 전부 옳다고 여기는 건 여전했고, 거기에는 화분을 어두운 데서 키우는 것도 포함되어 있었다.

"예쁘네요. 거기다 리본을 두를게요." 닷은 말했다. 그녀는 크리스마스 반짝이를 조심스럽게 그 위에 뿌렸다. 제법 근사해 보인다고 혼자 생각하며 기뻐했다. 어쩌면 마틴이 살아 있을 때 그들 부부는 소질이 없는 아이들에게 피아노를 가르칠 게 아니라 꽃집을 운영하고 반짝이는 크리스마스 장식품을 만들었어야 했는지도 몰랐다. 그녀는 그런 생각을 하며 혼자 미소를 짓느라 문이 열리는 소리를 듣지 못했다.

어딘지 모를 곳에 갔다 돌아온 다라였다. 다른 나라일 수도 있었고…… 심지어 다른 대륙일 수도 있었다.

어머니와 딸인 동시에 동지이자 친구이기도 한 두 사람은 벽난로 앞에 앉았다. 다라는 비행기를 놓칠까봐 정신없이 서둘렀던 것과 교통체증, 인파, 상점에 대해 얘기했다. 상점 얘기를 하면서 다라는 벌떡 일어나 가져온 꾸러미를 공개했다. 어머니를 위해 산 예쁜 빨간색 실크 재킷이었다.

"이건 너무……" 닷은 깜짝 놀랐다. 닷이 아니라 좀더 젊은 여자가 입을 만한 디자이너 브랜드였다.

하지만 딸은 두 눈을 반짝이며 이 옷을 본 순간…… 빨간색 리본과 집에서 보낸 근사한 크리스마스가 생각났다고 말했다.

닷은 눈을 깜빡여 감사의 눈물을 떨치고 재킷을 입어보았다. 중년의 여자로 보이지 않았다. 아주 멋져 보였다. 그녀는 놀라워하며 거울에 비친 자신의 모습을 들여다보았다.

닷의 뒤로 다라의 얼굴이 보였다. 왠지 모르게 달라 보이는 이유는 거울에 비친 모습이기 때문일까? 닷이 고개를 돌려보니 짐작대로 뭔가가 달랐다. 닷에게 할말이 있는 것이었다.

"이 계절에 아주 잘 어울리는 소식이 있어요." 다라가 말했다.

닷의 심장이 쿵쾅거렸다.

"그게 무슨 소리니?" 닷은 희망에 가득찬 표정으로 물었다.

"엄마가 오래전에 바로 이 집에서 할아버지한테 말씀드렸던 그거요." 다라가 말했다.

지금은 시대가 달랐다. 이 아이는 당당하고 떳떳하게 서서 자신이 들고 온 크리스마스 뉴스가 환영받을 거라는 사실에, 자신이 그랬듯 뱃속의 아이도 큰 기쁨을 줄 거라는 사실에 행복해했다.

닷은 딸을 끌어안고 까만 머리를 쓰다듬며 행복의 눈물을 흘렸다.

"어떤 남자인지 얘기해줘. 언제 만날 수 있을까? 언제 결혼할 거니?" 다라는 닷의 품에서 빠져나왔다.

"아, 엄마. 결혼이나 뭐 그런 건 하지 않을 거예요." 다라가 말했다.

"그렇구나, 그렇구나." 닷은 달래는 투로 얘기했다. 그녀는 이 순간을, 크리스마스의 이 근사한 순간을 망치고 싶지 않았다.

"결혼은 생각한 적 없어요. 처음부터 안중에 없던 일이에요."

"알았어." 닷은 알지 못했지만 이렇게 말했다.

그들은 함께 벽난로 앞에 앉았고, 닷은 오래전 크리스마스 때 그랬듯 딸의 손을 잡았다. 내년에는 이 집에 가족이 한 명 더 생긴다니 기뻤다. 전구와 리본을 올려다보며 웃는 아이가 생긴다니 기뻤다.

닷은 처음부터 안중에 없었다던 아이 아빠에 대해 지금 당장은 묻지 않을 작정이었다. 결혼을 생각한 적 없는 이유를 결국에는 듣게 될 것이었다.

아버지에게 이 소식을 전할 때 표현과 말투에 신경써야 했다. 그녀 자신조차 이해하지 못하는 것을 아버지에게 이해시키려고 노력해야 했다.

문을 두드리는 소리가 들렸다. 다라가 벌떡 일어섰다.

"할아버지!" 다라는 늘 그랬듯이 그를 끌어안았다. "저 아이가 생겼어요." 그녀가 외쳤다.

"이런, 이런, 이런. 아주 기쁜 소식이로구나." 그가 말했다. "샴페인 한 병 마셔야겠다. 안 그러니, 닷?"

닷은 놀란 표정으로 두 사람을 쳐다보았다. 오래전의 그 얼음장 같던 반응은 어디 갔을까? 하지만 아버지가 나머지 소식을 다 들을 때까지 섣부른 판단은 금물이야! 닷은 그가 맨 처음에 보인 뜻밖의 반응이 달라질 수밖에 없다는 걸 알기에 가슴이 무거워졌다.

"결혼을 하거나 그러지는 않을 거예요, 할아버지. 저는 아직 정착할 마음의 준비가 되지 않았거든요…… 무슨 뜻인지 이해하실지 모르겠지만." 다라는 할아버지가 이해할 수 없는 상황이라는 걸 할아버지 스스로도 알 거라고 확신하며 그를 쳐다보았다. 하지만 닷의 아버지는 오래전보다 스무 배는 더 잘 이해하는 눈치였다.

"아주 현명한 결정이라고 본다. 하긴 너야 원래부터 현명한 아이였지. 닷, 축하하는 의미에서 샴페인 한 모금 할 거냐, 아니면 크리스마스가 끝날 때까지 그렇게 입 떡 벌리고 눈은 접시만하게 뜨고 서 있을 거냐?"

옮긴이 **이은선**
연세대학교 중어중문학과와 같은 학교 국제대학원 동아시아학과를 졸업했다. 출판사 편
집자, 저작권 담당자를 거쳐 전문 번역가로 활동중이다. 옮긴 책으로 『주황은 고통, 파랑
은 광기』 『고아 열차』 『다이어트랜드』 『딸에게 보내는 편지』 『엄마, 나 그리고 엄마』 『사
라의 열쇠』 『악몽과 몽상』 『그레이스』 『11/22/63』 『미스터 메르세데스』 『맥파이 살인
사건』 『할머니가 미안하다고 전해달랬어요』 『베어타운』 등이 있다.

문학동네 세계문학

올해는 다른 크리스마스

1판 1쇄 2019년 12월 2일 | 1판 2쇄 2019년 12월 30일

지은이 메이브 빈치 | 옮긴이 이은선 | 펴낸이 염현숙

기획 이현자 | 책임편집 이봄이랑 | 편집 윤정민 이현자 류현영 | 모니터링 이희연
디자인 신선아 이원경 | 저작권 한문숙 김지영
마케팅 정민호 정진아 함유지 김혜연 박지영 김수현
홍보 김희숙 김상만 오혜림 지문희 우상희
제작 강신은 김동욱 임현식 | 제작처 영신사

펴낸곳 (주)문학동네
출판등록 1993년 10월 22일 제406-2003-000045호
주소 10881 경기도 파주시 회동길 210
전자우편 editor@munhak.com | 대표전화 031) 955-8888 | 팩스 031) 955-8855
문의전화 031) 955-8896(마케팅) 031) 955-1929(편집)
문학동네카페 http://cafe.naver.com/mhdn | 트위터 @munhakdongne
북클럽문학동네 http://bookclubmunhak.com

ISBN 978-89-546-5868-3 03840

www.munhak.com